Jean-Marie Stoerkel

Crimes HISTORIQUES en ALSACE

Éditions du Bastberg

Ouvrages de Jean-Marie Stoerkel :

Frontière suisse, avec Patrick Rambaud, Olivier Orban. 1986

L'affaire Isabelle Fisch, avec Rémy Fisch, Éditions du Rhin. 1991

Les Loups de Saint-Pierre, les secrets de l'attentat contre Jean-Paul II, Plon. 1996

Faits divers, le doute d'un journaliste, L'Alsace Éditions. 2000

Le mystère de la chambre forte, Éditions du Bastberg. 2006

La croix de Baya, Éditions du Bastberg. 2008

Le chaos de l'âme, du Struthof à l'Amérique, de l'abbé Pierre au Che, Éditions du Bastberg. 2008

La morte du confessionnal, Éditions du Bastberg. 2010

Les morts de l'éclusier, Éditions du Bastberg. 2011

L'égaré, avec Pierre Freyburger, Éditions Alan Sutton. 2012

L'espion alsacien, Éditions La Nuée Bleue. 2014

L'enfer de Schongauer, Éditions du Bastberg. 2015

Nouvelle édition enrichie, Éditions du Bastberg, 2021

Le tueur à la coiffe alsacienne, avec Jacques Zimmermann, Éditions du Bastberg. 2015

Les tueurs à la coiffe alsacienne, avec Jacques Zimmermann, Éditions du Bastberg, 2016

Crime de guerre en Alsace, Éditions du Bastberg. 2017, deuxième édition 2019, troisième édition 2021.

L'aigle du Haut-Koenigsbourg, Éditions Saint-Brice, 2018, deuxième édition 2019

Crime au pressoir, Éditions du Bastberg. 2019

Cinquante nuances de crimes, Éditions du Bastberg. 2020, deuxième édition 2021

Crimes en plein-jeu, avec Martine Moser, Éditions du Bastberg, 2022

À Martine qui m'a ressuscité

AVERTISSEMENT

Les personnages principaux de ce roman, et leurs aventures, sont évidemment fictifs, nés de l'imagination de l'auteur.

Cependant, les faits historiques relatés sont vrais. Cette intrigue a précisément pour but de les rappeler, en les situant dans la grande histoire de l'Alsace.

1
58 AV. J.-C.

Il avait d'abord envisagé d'abattre Louis-Ferdinand Bridoux junior au Festival du livre de Colmar. Le grand événement culturel allait se tenir durant le dernier week-end de novembre au parc des expositions de la belle cité alsacienne.

La thématique de cette année lui plaisait beaucoup : Liberté, je lis ton nom ! Occupé à ourdir son crime, il trouvait de l'ironie dans ce fort symbole.

Le nom de Louis-Ferdinand Bridoux Jr figurait dans la liste des très nombreux auteurs annoncés.

Il se le représentait déjà, assis comme l'an dernier au stand de la Librairie Ruc, entre deux autres auteurs. Peut-être serait-il en train de discuter avec l'un d'eux, ou alors plutôt avec un visiteur, en essayant de le convaincre de lui acheter son dernier livre. « Je vous le dédicace à quel prénom ? », demanderait-il.

Puis, tout à coup, son visage se figerait et blanchirait d'effroi en voyant juste devant ses yeux le canon noir de l'arme… Fermerait-il les yeux, ou pousserait-il un cri ?

Il imaginait en même temps sa jouissance à lui, en lisant la peur s'écrivant sur la figure de l'écrivassier.

Ce sentiment d'infinie puissance l'envoûtait par avance. Il en jubilait déjà. Cependant, notre tueur en préméditation était hardi, mais pas irréfléchi.

Il mesurait que ce rêve lui serait impossible.

Il ne ferait rien s'il y avait des risques de se faire prendre. Il connaissait la phrase du philosophe positiviste du XIXe siècle Auguste Comte, « Savoir pour prévoir, afin de pouvoir », que les services secrets français ont décliné ainsi : « Savoir pour prévoir, prévoir pour pourvoir ».

Il avait rassemblé ses souvenirs, se revoyant une année auparavant dans ces vastes halls du parc expo où la foule grouillait entre les stands.

Il y avait en permanence des gens partout durant les deux jours. Ils avançaient par vagues, s'agglutinaient autour des stands, devant les lieux de conférence et de restauration. Ils s'arrêtaient, repartaient, se bousculaient.

Il avait beau revoir tout en détail, se refigurer les lieux, c'était sûr et certain que jamais il n'arriverait à s'enfuir une fois son crime commis.

Même si, par effet de surprise, il parvenait à partir en courant, repoussant dans le hall les témoins médusés, esquivant ceux qui tenteraient de l'attraper, il aurait bien du mal à atteindre l'une des sorties. Et si, par une chance inouïe, cette improbable hypothèse pouvait malgré tout se réaliser, une fois à l'extérieur, il serait de toute façon fait comme un rat par les nombreux vigiles du service de sécurité, si ce n'était par des visiteurs qui s'en allaient ou qui arrivaient.

Il avait lu dans un polar paru aux Éditions du Bastberg que c'était toujours très dangereux pour un serial killer de jouer les têtes brûlées. Lui ne faisait que débuter son itinéraire meurtrier. Il le voulait long et fécond pour écrire un épais chapitre de la saga criminelle alsacienne. Dans cette croisade, il n'avait aucune intention de se laisser prendre par l'impréparation et la maladresse, ou à cause de quelque négligence.

Ce n'était point l'inconscience qui caractérisait les grands tueurs en série, mais tout au contraire le contrôle de soi, la méticulosité, la prudence, et la préparation du crime jusque dans les moindres détails, où se niche le diable, ainsi que l'a dit le philosophe allemand du XIXe siècle Friedrich Nietzsche.

Avec bien des regrets quand même, il fit donc une croix sur l'extraordinaire mais absolument folle idée de tuer l'auteur alsacien Louis-Ferdinand Bridoux Jr en plein Festival du livre de Colmar.

Ce fut le lendemain de ce sage renoncement qu'il lut dans le journal que les traditionnelles journées du livre et des écrivains alsaciens allaient se dérouler le vendredi et le samedi suivants, une semaine avant le Festival de Colmar, au Super U de Pfastatt.

Le nom de Louis-Ferdinand Bridoux Jr apparaissait en premier des douze prosateurs et poètes invités. Ce n'était point à cause de sa renommée et de son prétendu talent, mais uniquement par le fait de l'ordre alphabétique.

Il connaissait le magasin, car il avait habité longtemps dans la région mulhousienne. Il y a trois ans, l'année précédant le déferlement du covid, il y était passé un vendredi après-midi de novembre. Il avait regardé les auteurs s'installer à une rangée de tables dans le hall, entre l'alignement des caisses et la galerie marchande avec l'opticien, le pressing et le fleuriste.

Il avait reconnu la blonde et souriante Michèle Nauroy qui étalait ses recueils de cuisine alsacienne, la poétesse brune Raymonde Verney inventrice de contes pour enfants, l'ancien élu pfastattois François Vogt exposant ses ouvrages sur l'histoire de la Haute-Alsace, Daniel Schaerer, adjoint au maire et président de la société d'histoire de la ville, Jean-Marie Lentz qui déclinait en livres ses souvenirs de service militaire en Algérie durant une guerre qui ne disait pas son nom, et puis encore Patrick Frickert et Vittorio di Marco, du Tandem littéraire, qui plantaient le décor de leurs polars dans le Sud-Alsace. Une ravissante jeune femme aux cheveux bouclés prénommée Myriam distribuait des grandes enveloppes kraft marron à cette douzaine d'écrivains. Elle leur expliquait qu'elles contenaient les écrits et les dessins des élèves des écoles de Lutterbach, Pfastatt et Richwiller ayant participé au concours de textes et qu'il leur incombait de les lire et de désigner les meilleurs.

L'âge venant, il n'était plus très sûr que c'était à cette occasion, où à une édition précédente, qu'il avait croisé pour la première fois Louis-Ferdinand Bridoux Jr. Il se souvenait cependant qu'il l'avait aperçu ensuite sur le parking en train de prendre un carton de livres dans le coffre de sa voiture et retourner dans le Super U.

Ainsi, il se dit que ce serait moins risqué de l'abattre à son arrivée sur le parking plutôt qu'à l'intérieur du magasin. Il n'aurait pas à attendre longtemps, puisqu'il était indiqué dans l'article du journal que le salon allait commencer vendredi à quatorze heures.

Notre assassin débutant repensa à l'injustice résidant dans le fait que l'écrivaillon Louis-Ferdinand Bridoux Jr était publié à compte d'éditeur par une maison d'édition parisienne assez élitiste, mais de bonne réputation, alors que bon nombre d'auteurs beaucoup plus talentueux que lui n'avaient pas d'autres choix, pour faire paraître leurs œuvres, que l'autoédition ou l'édition à compte d'auteur.

Dans ces deux cas, il leur fallait sortir beaucoup d'argent pour faire imprimer leurs ouvrages, qu'ils devaient distribuer eux-mêmes la plupart du temps, alors que ceux du plumitif se trouvaient dans toutes les librairies, souvent en tête de gondole et que chaque livre vendu lui rapportait huit ou dix pour cent de droits d'auteur. Même si, pareillement que pour la très grande majorité des auteurs, cela ne lui permettait pas d'en vivre, il gagnait plus qu'il ne perdait. En tout cas, il ne se retrouvait pas avec des cartons de bouquins invendus sur les bras.

Il en avait parlé un jour avec Bridoux Jr, lors d'une dédicace à la librairie Bisey, sur l'élégante place de la Réunion à Mulhouse. C'était il y a cinq ou six mois, quand son dernier roman venait de sortir.

Au hasard de la conversation, le fier prosateur avait fait preuve d'une belle vantardise, racontant qu'il possédait une Jaguar et habitait rue de la Montagne, dans le quartier huppé du Rebberg de Mulhouse. On aurait dit qu'il était un de ces parvenus qui se sentent obligés d'afficher leur richesse, car il avait précisé que sa résidence se trouvait tout près du gros et réputé cabinet d'experts-comptables Hans et associés, dont le fondateur du groupe, René Hans, enfant du bassin potassique, enchante les pensionnaires des Ehpad et parfois les spectateurs du parc Salvator avec son groupe de musique folklorique, le Hans Krainer Band.

Cependant, notre futur serial killer avait aussi discerné chez le très suffisant Louis-Ferdinand Bridoux Jr une amertume mêlée de jalousie et de rancœur, quand il lui énonçait ensuite son incompréhension de voir les livres d'une poignée d'auteurs célèbres vendus dans le monde entier, à grand renfort de promotion et de publicité, à des millions d'exemplaires, sans qu'ils soient supérieurs à tous les autres et en tout cas pas meilleurs que les siens, et même très souvent moins bien.

C'est que, développait avec emphase l'écrivaillon, les grandes maisons d'édition appartenaient à de grands groupes industriels et financiers qui contrôlaient aussi les médias et les chaînes de télévision privées en même temps qu'ils pesaient sur la vie politique, et qu'ainsi un livre n'était plus qu'un banal produit pareil qu'une boîte de petits pois ou de jus de tomate.

Il retenait de leur discussion que Bridoux Jr était avant tout amer et cynique.

Par la suite, il avait appris qu'il était aussi malhonnête et imposteur. En se renseignant sur le bonhomme, il avait découvert que, contrairement à ce qui était affirmé et souligné dans sa biographie officielle, Louis-Ferdinand Bridoux Jr n'était pas le fils du célébrissime humaniste et résistant mulhousien Louis-Ferdinand Bridoux.

C'était une immense supercherie.

Il ne pouvait absolument pas l'être, pour la bonne et simple raison que celui-ci n'avait jamais existé, quand bien même son nom apparaissait jadis régulièrement dans les pages des *Dernières Nouvelles d'Alsace,* puis dans celles de *L'Alsace.*

En vérité, ce fameux Louis-Ferdinand Bridoux était un personnage fictif sorti tout droit dans les années quatre-vingts de l'imagination fertile et farceuse de deux compères mulhousiens. Comme ils se retrouvaient très souvent à Antraigues, en Ardèche, où vivait Jean Ferrat qu'ils côtoyaient dans le village, cela ajoutait une touche poétique à leur entreprise.

Le premier est l'historien et homme politique Eugène Riedweg, auteur de nombreux ouvrages sur l'Alsace et longtemps premier adjoint socialiste au maire de Mulhouse. Le second était l'artiste peintre et journaliste mulhousien aux *Dernières Nouvelles d'Alsace* Jean-Pierre Grégoire, dont l'œuvre foisonnante et l'ironie cocasse s'inspiraient de Louis-Ferdinand Céline, enfin celui de *Guignol's Band* avec ses personnages hauts en couleur, et bien sûr pas le Céline des pamphlets antisémites.

Si les deux acolytes avaient inventé ce citoyen, c'était qu'à cette époque, dans la presse locale, les comptes rendus des abondantes, diverses et variées cérémonies, commémorations, célébrations et autres manifestations devaient immanquablement comporter les noms des innombrables personnalités présentes, en leurs prénoms, patronymes, rangs, grades, qualités et représentations.

Il arrivait régulièrement que des malencontreux et fâcheux oublis provoquent des ires et des protestations, entraînant des précisions dans les éditions ultérieures, où l'on indiquait que tel secrétaire adjoint du comité de telle association patriotique était également présent et que le journal lui présentait ses excuses pour cette regrettable omission.

Ce fut ainsi que, dans une sorte de malicieuse dérision, le personnage inventé par Jean-Pierre Grégoire et

Eugène Riedweg apparut de plus en plus régulièrement dans les colonnes des deux quotidiens régionaux qui, à cette époque, étaient pourtant férocement concurrents. Louis-Ferdinand Bridoux figurait tantôt en tant que grand humaniste rhénan, agrégé de quelque chose, célèbre artiste ou grand philosophe d'autre chose.

Puis, forcément, dans les cérémonies suivantes, les participants devenaient de plus en plus nombreux à demander aux autres qui était donc ce Louis-Ferdinand Bridoux invariablement cité dans la presse alors qu'eux étaient souvent oubliés. Ceux qui ne le connaissaient pas sollicitaient ceux qui prétendaient le connaître de le leur montrer, et mieux encore, s'ils auraient l'extrême amabilité de les présenter à lui. Très vite beaucoup se vantaient de bien le connaître, affichant une intimité avec lui. Ils inventaient moult choses sur lui, surenchérissaient en prétendues confidences.

Un jour, le maire de Mulhouse, Jean-Marie Bockel, lors d'un conseil municipal, cita un propos de Louis-Ferdinand Bridoux.

Ce personnage imaginaire apparut ensuite naturellement dans les diverses campagnes électorales. Des affiches apparurent sur les murs de la ville : « Votez Bridoux ! »

Il se trouva des électeurs, tel le reporter Stéphane Samacoïtz, grand spécialiste des affaires municipales à *L'Alsace*, qui glissèrent dans l'urne lors de ces élections à Mulhouse un bulletin de vote au nom de Louis-Ferdinand Bridoux.

Ces amusements durèrent plusieurs années, jusqu'à un temps où, dans les rédactions, on jugea bon d'arrêter de publier des longues et exhaustives listes de participants aux cérémonies et autres manifestations dont l'immense majorité du lectorat se fichait comme de l'an quarante.

Cependant, quelques malins journalistes vieillissants et nostalgiques persévéraient à citer régulièrement dans des articles le nom du légendaire mais totalement fictif humaniste.

Vendredi 18 novembre.

Il gare sa voiture à l'extérieur du parking du Super U de Pfastatt, le long de la rue des Peupliers. Durant les repérages, il a remarqué qu'une fois le crime commis, il n'aurait qu'à traverser le petit talus planté d'arbres pour regagner l'auto et disparaître, trois cents mètres plus loin, dans les rues de Richwiller. Une fuite en douceur, sans démarrage sur les chapeaux de roues, sans se faire remarquer. Il sait bien faire ça ; toujours rester dans la normalité, se fondre sans heurt ni précipitation dans les allées et venues des gens.

Comme il vérifie toujours tout, il est aussi allé traîner au Rebberg à Mulhouse, dénichant rapidement sur une sonnette d'un bel immeuble de la rue de la Montagne le nom L.-F.Bridoux. Il s'est promené autour. Au bout d'un moment, il a vu partir l'auteur filou au volant d'une Jaguar bleu foncé d'un modèle ancien.

C'est maintenant cette berline qu'il guette depuis dix minutes. À mesure que le temps s'égrène en s'étirant de plus en plus, une excitation sensuelle monte de son plexus. Elle fait ralentir sa respiration et accélérer les battements de son cœur. Il se crée une douce euphorie dans cette attente.

Depuis la veille, il s'est plusieurs fois demandé dans quel état d'esprit il se trouverait durant ces instants précédant celui où, pour la première fois de sa vie, il tuera un être humain. Il se voyait tantôt affolé, gorge serrée et mains tremblantes, hésitant encore et encore avant de renoncer à commettre le geste et se trouvant lâche, tantôt habité par une impétueuse frénésie presque mystique, porté par un séisme, puis, dans une impassible détermination, tirer sur la victime en la fixant dans les yeux pour y lire l'effet de la surprise, de la détonation et de la douleur quand la balle pénètre dans le corps.

Il ne ressent rien de tout ça. Il n'a pas peur. Il inspire et expire doucement pour bien maîtriser ses émotions.

Tranquillement il met ses gants de cuir noir.

Sur le talus, il est comme un chasseur épiant l'arrivée d'un gibier. Il est calme et concentré. Il suit le ballet des automobiles qui se garent et celui de leurs occupants marchant vers les entrées du magasin, beaucoup ayant pris un chariot qu'ils poussent. Le spectacle le distrait presque.

Un sourire s'esquisse sur son visage quand il voit la Jaguar apparaître à l'entrée du parking. On dirait que la belle berline glisse lentement sur le bitume, hésitant sur l'endroit où elle va s'arrêter. Elle va jusqu'au bout, à droite, vers la grande façade de verre et de métal gris. Il se dit que si elle est garée là-bas, il devra courir plus de cent mètres après le crime.

Mais la Jaguar tourne et longe l'entrée du bâtiment, jusqu'à l'autre extrémité. Elle vire encore, avance doucement dans la dernière allée. C'est là qu'il y a davantage de places libres. Sans doute Bridoux Jr a-t-il peur qu'on lui cabosse ou raye sa belle auto… C'est là aussi que le tueur se tient sur le monticule boisé.

C'est comme si la proie allait inconsciemment vers son assassin dans cet endroit à l'écart où il n'y a qu'eux deux et où la scène est dressée pour que le crime se commette.

La Jaguar s'immobilise à cinq mètres de lui. L'homme qui en sort est bien Louis-Ferdinand Bridoux Jr. D'ailleurs ce ne pouvait être que lui. Il est élégant avec sa veste en tweed marron à chevrons. Avec son visage poupin et ses cheveux blonds, il a quelque chose d'un ange.

Il le contemple comme on contemple un trophée.

Puis il va vers lui d'un pas assuré, en caressant son arme dans la poche de sa parka. C'est un pistolet Walther PPK, chargé de munitions .22 Long Rifle ; il est tout noir, plus petit qu'un livre de poche.

Il se dresse derrière l'écrivain quand celui-ci sort du coffre de la Jaguar un gros sac contenant ses livres.

– Bonjour monsieur l'usurpateur, dit-il.

– Je ne comprends pas… Je suis l'écrivain Louis-Ferdinand Bridoux Jr, répond celui-ci, surpris. …Mais nous nous sommes déjà rencontrés, il me semble…

– Vous n'êtes qu'un minable plagiaire et un menteur. Il est absolument impossible que vous soyez Louis-Ferdinand Bridoux Jr…

– Comment donc…

– Parce que Louis-Ferdinand Bridoux senior n'a jamais existé. Il n'était qu'une invention de journalistes mulhousiens au siècle dernier…

L'écrivain rougit et ne sait que dire. Il est obnubilé par l'arme noire braquée sur lui. Ses yeux s'écarquillent. Il veut parler mais rien de sort de sa bouche. Maintenant il est blême et figé.

– Alors je suis malheureusement obligé de mettre un terme à votre misérable existence, énonce le tueur en portant le canon de son pistolet contre la poitrine de sa victime.

À l'instant précis du coup de feu, il ressent une immense jouissance en lisant l'épouvante dans les yeux de l'auteur. Ensuite, avant de remonter sur le monticule boisé pour reprendre sa voiture et s'en aller, il dépose sur le cadavre une carte du tarot de Marseille.

C'est l'arcane numéro huit. Elle représente la justice.

Au dos, il est écrit, avec des chiffres et des lettres découpés dans le journal *L'Alsace* : « 58 av. J.-C. »

2
DIVAGATION

Je n'erre pas dans mes pensées, je divague et m'effraie.

J'ai bien sûr lu dans *L'Alsace* de ce matin l'article sur l'assassinat de l'écrivain Louis-Ferdinand Bridoux Jr, hier en début d'après-midi sur le parking du Super U de Pfastatt. C'est en voyant sa photo que j'ai réalisé que j'avais déjà rencontré le bonhomme, mais je crois bien que j'ignorais son nom jusque-là. Ou alors j'ai oublié.

Ma mémoire flanche de plus en plus à mesure que je vieillis. Depuis que j'ai quitté Mulhouse pour revenir à Ingersheim, les souvenirs de là-bas s'estompent.

Maintenant, ça me revient.

C'était l'année dernière, au festival du livre de Colmar. Il avait à nouveau lieu au parc des expositions après l'épisode du covid. Le thème était tout à fait de circonstance : Nos retrouvailles.

Venant de suivre l'interview d'Amélie Nothomb par Jacques Lindecker, le conseiller littéraire du salon, je passai devant le stand de la Librairie Ruc quand un gamin s'adressa à l'écrivain blondinet assis derrière des piles de livres. Il lui demandait s'il était célèbre.

« Oui, très... », répondit très sérieusement le fat auteur dont l'identité ne m'apparut pas, car il n'y avait pas de badge ni de photo avec son nom. Sa façon de paraître ainsi imbu de sa personne ne m'incitait pas du tout à chercher son patronyme sur les couvertures de ses bouquins.

Je me rappelle juste que j'ai pensé qu'il était un drôle de cuistre et que, si j'avais été de méchante humeur, je lui aurais envoyé à la figure cette profonde vérité: aussi connu que vous soyez, il y a toujours infiniment plus de gens dans le monde qui ne vous connaissent pas que de gens qui ont entendu parler de vous.

Mais maintenant que la photo de l'écrivain homicidé, avec son nom dans la légende, me ramène à ce hasard, un sentiment étrange naît en moi et vient m'habiter de plus en plus à mesure que j'avance dans la lecture du récit du crime.

C'est comme si je l'avais vécu. Je crois que je délire.

J'étais sûr et certain que j'étais déjà reparti hier du Super U de Pfastatt et sans doute déjà arrivé chez moi à Ingersheim au moment du crime, juste avant quatorze heures.

En même temps, j'ai l'impression d'avoir vu le crime. Mieux : de le voir encore.

Très précisément, je vois la scène finale. Non, je la vis, ou plutôt je la revis.

Dans la première séquence, l'écrivain sort de sa Jaguar et prend dans le coffre un sac plein de ses livres. Il est plein d'allant, regardant la grande façade du magasin. Il est sûr de lui, prêt à dédicacer tous ses ouvrages.

Puis, sous un autre angle, le mouvement ralentit.

Comme pour annoncer le crime, la caméra dans ma tête fait un gros plan sur son visage où les traits presque enfantins se métamorphosent en une figure d'horreur. Gros plan encore, plus serré : la noirceur de la terreur colore le bleu-vert du cercle chromatique des yeux qui s'écarquillent et se chargent d'angoisse, de la même terreur que dans *Le Cri* d'Edvard Munch.

Sauf que là il n'y a que le silence, tout à coup brisé par la déflagration. Et puis à nouveau le silence, aussi brutal que la détonation, et dans le même instant cette figure distordue qui tombe de l'écran quand le corps s'affaisse.

Et puis voilà que je lis, dans l'encadré sur la vie et l'œuvre de l'écrivain assassiné, qu'il prétendait être le fils du feu grand humaniste lettré rhénan Louis-Ferdinand Bridoux.

J'ai beau me répéter que ma mémoire commence à flancher et que peut-être la maladie d'Alzheimer me guette, mais je le sais bien, moi, que la chose est absolument impossible puisque ce Bridoux-là n'a jamais existé.

Ce n'était qu'un immense canular qui nous faisait tous bien marrer à l'époque. Bien sûr, avec le temps, plus personne ne s'en souvenait, à part des vieux retraités du journal comme moi. Cette longue et épique blague du personnage fictif de Louis-Ferdinand Bridoux présent dans toutes les manifestations haut-rhinoises et parfois même plus loin remonte quand même à presque un demi-siècle, c'est-à-dire au millénaire dernier. Je connaissais bien, et pour cause, les inventeurs mulhousiens de la magnifique farce, l'artiste et confrère des *DNA* Jean-Pierre Grégoire et l'historien élu socialiste Eugène Riedweg.

La sale maladie a fini par avoir la peau de Jean-Pierre Grégoire. J'étais à ses obsèques en juillet 2021, à l'église Sainte-Geneviève à Mulhouse. Est-ce que j'y avais croisé Eugène Riedweg, dont on me disait que dans son âge avancé il n'était plus très en forme ? Je crois bien que je l'ai vu de loin partir aussitôt que la cérémonie se fut achevée. En tout cas, à cet enterrement, personne n'avait ressuscité leur imaginaire Louis-Ferdinand Bridoux, mais moi j'y ai pensé beaucoup.

Dans sa relation de l'incompréhensible assassinat de Pfastatt, le journaliste de *L'Alsace* demande : À quoi correspond l'inscription « 58 av. J.-C. » sur la carte de tarot laissée sur le cadavre ?

Moi, ça fait tout de suite tilt dans ma tête…

… en me replongeant forcément dans la nostalgie du passé.

Jean-Georges Samacoïtz, mon cher et regretté ami et maître en journalisme, avait publié en 1981 aux Éditions du Bollwerk, puis réédité en 2004 aux Éditions Oberlin, un livre intitulé *Jules César m'a dit : carnets secrets de la bataille d'Alsace, 58 av. J.-C.*

58 avant Jésus-Christ est l'année où César a repoussé d'Alsace de l'autre côté du Rhin l'armée des Germains, appelés aussi Suèves, commandée par Arioviste, en gagnant la bataille de l'Ochsenfeld, située par la plupart des historiens dans la plaine entre Mulhouse et Thann.

Comme dans *La guerre des Gaules*, le général romain proconsul des Gaules évoque une colline sur laquelle il a installé son camp et que la première éminence est celle du Haulacker à Pfastatt, où l'armée de Rome installa ensuite un poste d'observation et des écuries, mon mentor situe à Pfastatt le quartier général du futur dictateur romain.

Cette terrible bataille entre Romains et Germains est également à l'origine de la plus ancienne légende de la naissance de Mulhouse. Elle raconte qu'un jeune guerrier, qui tentait de rejoindre le Rhin pour échapper aux Romains pourchassant et massacrant les soldats d'Arioviste, a été retrouvé blessé près d'un des moulins à eau construits sur les rivières Ill et Doller, à l'emplacement actuel de Mulhouse. Il a été recueilli par la fille du vieux meunier. La demoiselle l'a soigné et choyé. Une fois qu'il a été guéri, ils se sont mariés et ils eurent des enfants.

C'est de là que vient le nom alémanique de Mulhouse : Mülhausen, les maisons du moulin, appelé encore Milhüsa en alsacien. C'est aussi pour cela que le blason de la ville représente une roue de moulin à eau, à huit aubes et en rouge.

Le tueur avait-il lu le vieil ouvrage du journaliste et artiste Jean-Georges Samacoïtz pour relier, à travers son mystérieux crime, la date historiquement établie de la bataille de l'Ochsenfeld, et son lieu, Pfastatt, où se défièrent César et Arioviste, un endroit que seul mon cher ami et maître avait localisé ?

Aux murs de mon appartement, j'ai accroché plusieurs tableaux de Jean-Georges Samacoïtz, où se mêlent le figuratif, l'expressionnisme et le surréalisme, avec des silhouettes lascives, des images bibliques et des masques de carnaval.

Au-dessus de mes livres, il y en a un qui représente un visage-masque presque livide, avec deux yeux marron qui semblent fixer le vide.

Tout à coup, j'ai l'impression que, dans cette intrigante fixité, les yeux bougent et me suivent, comme ceux des statues de l'étrange château dans le merveilleux film fantastique de Jean Cocteau, *La belle et la bête*, avec Josette Day et Jean Marais.

Mon imagination se mettrait-elle à me jouer des tours ? Voici que, dans ce trouble, j'entends la voix, à l'accent basque chantant, venue d'outre-tombe de Jean-Georges qui dit :

– Tu vois que j'ai eu raison de mettre Jules César à Pfastatt…

Je le revois sourire de son air satisfait, lui l'épicurien en tout. Dans mon hallucination, je m'attends à ce qu'il me parle de Louis-Ferdinand Bridoux. Lui aussi a pris un joyeux plaisir à en pérenniser la fausse existence. Je me demande si ce n'est pas lui, Jean-Georges, qui le proposait aussi comme président du comité du Front de libération des nains de jardins, tendance canal historique façon Sentier lumineux péruvien ou Iparretarrak basque, selon l'humour blagueur du jour.

Au lieu de ça, il énonce :

– Intéresse-toi aussi à la carte sur laquelle il est écrit 58 avant Jésus-Christ. Ça devrait te parler, la justice.

Moi qui crois être aussi cartésien que Descartes, je pensais que les cartes divinatoires, c'était de la foutaise.

Alors je me renseigne sur ce merveilleux outil qu'est l'internet. Je googlise, étonnant néologisme emprunté au moteur de recherche américain le plus utilisé dans le monde, le mythique tarot de Marseille. Il est dit qu'il est incontestablement l'ancêtre de tous les jeux de cartes, qui fascine depuis des siècles. On lui prête des origines en Égypte ancienne, ou bien encore celtes, romaines ou chinoises.

J'apprends que le tarot de Marseille a soixante-dix-huit cartes dont vingt-deux arcanes majeurs et cinquante-six arcanes mineurs. Il est écrit que « la signification des arcanes majeurs est tournée vers la connaissance de soi » et qu'« il s'agit d'une aide concrète et personnalisée qui va parler à la personne d'elle-même et de ses possibilités d'évoluer ».

Plus loin, il est précisé que chaque arcane peut être lu de deux façons, car il comporte un sens positif et un sens négatif, et possède plusieurs significations qui constituent un ensemble cohérent, basé sur le sens des symboles de la carte.

Je lis tout ce que je trouve sur l'arcane numéro huit :

« Il représente une femme assise de face tenant une balance d'une main et un glaive de l'autre main. La balance et le glaive sont les attributs de la justice qui pèse le pour et le contre, puis tranche et prend une décision. Cet arcane symbolise la juste prise de position et l'équilibre… Il représente l'ordre établi, la loi et la morale. »

Il est aussi indiqué que cette carte est ambivalente et que dans sa face sombre elle indique un excès dans la recherche de la perfection et de l'absolu.

Tout m'apparaît résumé dans cette phrase : « Si vous tirez l'arcane de la justice, sachez que vous allez récolter ce que vous avez semé. Vous n'échapperez sans doute pas aux effets de vos actions précédentes. »

Je me dis que tout ça paraît déjà un peu tiré par les cheveux pour un mécréant comme moi qui ai déjà beaucoup de mal à me retrouver dans les paraboles bibliques et toutes les exégèses que d'innombrables esprits savants en tirent.

Je me demande seulement si le tueur se prend pour un justicier, et, alors, quel crime Louis-Ferdinand Bridoux Jr a commis pour être puni d'une façon aussi radicale.

Qu'avait-il semé pour récolter la mort ?

3
AVRIL 1193

Le soir de ce samedi de décembre au Qatar, l'équipe de France de football allait se qualifier pour la demi-finale de la Coupe du monde en sortant l'équipe d'Angleterre.

Ce n'était pas que le tueur détestait le foot, il aurait aimé suivre le match à la télé, car il pensait qu'il faut toujours soutenir l'équipe de son pays, mais sa mission criminelle passait avant tout.

Il avait lu dans Les *Dernières Nouvelles d'Alsace* que, ce même week-end, le Théâtre alsacien Saint-Nicolas de Haguenau programmait au théâtre municipal de la ville les trois représentations de son traditionnel conte de Noël. Celui-ci, cette année, était historique tout en restant féérique. Écrite par Raymond Weissenburger et mise en scène par Daniel Hoeltzel, la pièce s'intitulait *Barbarossa.*

Friedrich Barbarossa est le nom allemand de l'illustre empereur du Saint-Empire romain germanique du XIIe siècle Frédéric 1er de Hohenstaufen, plus connu sous le nom de Frédéric Barberousse, en raison de sa longue et éblouissante barbe rousse.

Quatre-vingt-douze acteurs, comédiens de la troupe alsacienne, danseuses et danseurs du groupe La danserie de la rose quintefeuille, laquelle se réfère au blason de Haguenau, membres de l'association strasbourgeoise Viking Vestrgardr pour les scènes de combat, et les enfants des écoles ABCM Zweisprachigkeit de Haguenau et Schweighouse, qui pérennisent aussi la jolie langue alsacienne, racontaient tous, en neuf tableaux et en costumes médiévaux, des scènes de la vie haguenovienne de Barberousse.

On y disait toutes les bonnes actions faites pour les habitants de Haguenau par ce preux chevalier qui reste le plus grand empereur du Moyen Âge.

Comme, depuis deux jours, il n'arrêtait pas d'entendre les furieux commentaires appelant les Bleus à bouter les Anglais hors de la Coupe de monde pour venger Jeanne d'Arc et mêmement les vaincus d'Azincourt et de Waterloo, notre tueur annaliste amateur regrettait quand même un peu de ne pas être resté chez lui pour suivre devant sa télé le match capital qui allait débuter entre la France et l'Angleterre.

Allant dans le centre de Haguenau en relevant le col de son caban, car il faisait bien froid, il s'avançait devant l'église romano-gothique Saint-Georges que Frédéric II, duc de Souabe et d'Alsace, dit Frédéric le Borgne, avait fait construire à partir de 1143.

Notre étonnant assassin, en chemin ce soir pour devenir récidiviste, s'intéressait de près à l'histoire de l'Alsace. Perfectionniste, il aurait voulu bien faire coïncider la succession de ses crimes avec la marche du temps. Il avait tout étudié, mais la chose lui apparaissait difficile et trop compliquée.

Avant de perpétrer, voilà trois semaines à Pfastatt, son premier homicide, par lequel il rappelait effectivement la capitale victoire de Jules César sur les Germains d'Arioviste, il avait beaucoup cherché comment marquer par le sceau du sang l'époque des Celtes qui avait précédé en Alsace celle des Suèves Germaniques.

Les lieux celtes mystiques et énergétiques ne manquent certes pas en Alsace. Mais comme ils se trouvent presque tous sur des hauteurs rudes en hiver, tel le Schauenberg, le Taennchel ou le mont Sainte-Odile, il avait préféré garder ces terrains-là pour le printemps.

Il mit également entre parenthèses la période des invasions barbares du IVe et Ve siècles, quand nos ancêtres les Alamans chassèrent les Romains en nous apportant leur langue qui deviendra l'alsacien, et qui, bien que battus ensuite à Tolbiac, près de Cologne, par les Francs, restèrent toutefois prédominants dans une Alsace intégrée au royaume franc appelé Austrasie.

Le plus connu des ducs d'Alsace mis en place au VIIe siècle par les Francs mérovingiens était Étichon-Adalric. Il est aussi resté dans la légende parce qu'il était le père de sainte Odile.

Contemplant dans la nuit froide la vieille église voulue par son descendant Frédéric le Borgne, le tueur se disait que si ce duc Étichon n'avait pas existé, l'histoire de l'Alsace et tout autant celle de toute l'Europe auraient été bien différentes : il est l'ancêtre des deux grandes dynasties, les Hohenstaufen puis les Habsbourg, qui ont régné pendant les siècles sur le Saint-Empire romain germanique. Celui-ci était, du Xe au XIXe siècles, une immense mosaïque chrétienne et politique, dirigée par un empereur et regroupant plus de cinq cents seigneuries, états, abbayes et villes libres d'Europe occidentale et centrale.

Il avait lu que les origines de Haguenau remontent à l'an 1030, quand un précédent descendant d'Étichon, Hugues IV, comte d'Éguisheim et du Nordgau, avait bâti un château sur une île de la Moder, et que son fils Bruno d'Éguisheim, devenu le pape Léon IX, en avait consacré la chapelle romane.

Dans cette lignée familiale, une nièce du seul pape alsacien de l'histoire était la grand-mère du duc de Souabe Frédéric le Borgne. Elle s'appelait Hildegarde d'Éguisheim, puis Hildegarde de Sélestat, où elle fit ériger l'église romane Sainte-Foy. C'est elle, par son mariage avec Frédéric de Buren, qui a donné naissance à la célèbre dynastie des Hohenstaufen.

Son petit-fils Friedrich der Einäugige, ainsi qu'on le nommait en allemand, fonda véritablement la ville de Haguenau vers 1115, en y faisant édifier son château, à l'endroit où se trouve de nos jours la maison de retraite, rue du Château.

Pour renforcer le pouvoir des Hohenstaufen en Alsace, il a ensuite ordonné, comme solide ligne de défense, la construction d'autres châteaux forts sur des pitons rocheux vosgiens : le Fleckenstein, le Wasigenstein, le Windstein, le Haut-Koenigsbourg, le château de Kintzheim qui abrite désormais la Volerie des Aigles, ou encore celui dans la ville d'Obernai. Un vieux dicton alsacien affirmait que Frédéric le Borgne traînait toujours un château à la queue de son cheval.

En l'an 1164, son fils Frédéric Ier de Hohenstaufen Barberousse, devenu empereur du Saint-Empire romain germanique, agrandit le château de Haguenau pour en faire la principale et luxueuse résidence des empereurs du Saint-Empire, lequel couvrait déjà une très grande partie de l'Europe, des Pays-Bas à l'Italie, de la Bohème à la Bourgogne, y compris Lyon, Aix et Nice.

Le château fut doté d'une chapelle palatine à trois niveaux dans laquelle étaient conservés le trésor royal, les insignes impériaux et les saintes reliques, chaque fois que Friedrich Barbarossa séjournait à Haguenau.

En son absence, des ministériaux, sorte de fonctionnaires dépendant uniquement de l'empereur, s'occupaient de la résidence impériale.

Frédéric Barberousse rédigea en 1164 la charte de Haguenau, qui octroyait de nombreux privilèges à la ville.

Depuis, l'Histoire a fait disparaître le château impérial de Haguenau : endommagé durant la guerre de Trente Ans, il a été détruit à partir de 1677 selon la volonté de Louis XIV, puis les derniers restes n'ont pas survécu à la Révolution. Dans la rue du Château, il ne reste aujourd'hui qu'une colonne de grès indiquant qu'il se trouvait là.

Notre meurtrier mémorialiste approchait du massif théâtre municipal en grès rose. À l'étage, les grandes fenêtres cintrées de la rotonde antérieure étaient illuminées de rouge. L'entrée était encore pleine de monde, des gens discutaient en petits groupes.

Il prit un billet à l'orchestre, côté pair, vers le fond. C'était plus près de la sortie et plus anonyme. Il n'aimait pas se trouver dans les balcons.

Il apprécia de suite la chaleureuse atmosphère pourprée de la salle. C'est l'un des quatre théâtres à l'italienne d'Alsace, avec ceux de Strasbourg, Colmar et Mulhouse.

Il suivait maintenant avec attention la pièce en alsacien.

Comme il était né à la moitié du siècle dernier, à l'époque où, à l'école, les maîtres, et des curés ou abbés interdisaient, souvent à coups de baguettes et de gifles, de parler le dialecte maternel, il ne comprenait pas tout. Il avait aussi du mal avec l'accent du nord de l'Alsace, car la richesse d'une langue régionale est aussi faite de ses diversités locales.

Mais la troupe avait intelligemment prévu un surtitrage pour les francophones et il en fut reconnaissant.

Il trouva que les neuf tableaux résumaient bien la vie et l'œuvre du grand empereur Barbarossa. Elle débutait par son baptême à la chapelle du château en 1122, la dépose des insignes impériaux dans le même chapelle, son mariage avec Béatrix de Bourgogne en 1156 à Wurtzbourg en Bavière, les fêtes de Noël 1174 que le couple a passées à Haguenau, les nouveaux privilèges et droits qu'il a accordés aux Haguenoviens, comme celui de couper le bois de chauffage dans la forêt et de laisser paître les troupeaux. La pièce finit par le départ de Barberousse en croisade en 1189, et sa mort, sur le chemin vers Jérusalem, dans un fleuve d'Anatolie, le 10 juin 1190.

Ce foisonnant conte historique plaisait beaucoup à notre surprenant tueur. Il y retrouvait la quintessence et la substantifique moelle du crime qu'il se préparait à commettre. Il affectionna particulièrement la peinture de grand guerrier aimant se battre que l'auteur Raymond Weissenburger et le metteur en scène Daniel Hoeltzel faisaient de leur héros, racontant qu'en 1162 en Italie, au sommet de son pouvoir, il avait dit, après avoir détruit

Milan : « Je n'aurai plus besoin d'une approbation du pape puisque je suis l'empereur Barberousse ».

Il éclata même de rire quand un acteur déclama que sa barbe rousse était si longue que le nain Hilto, assis sous la table, pouvait s'y cacher.

Cependant, un détail continuait à chiffonner notre mystérieux personnage. C'était une annonce faite au début de la pièce par la troupe :

« Grâce à ce conte historique, vous allez en connaître davantage sur Frédéric Barberousse, né il y a neuf cents ans à Haguenau… »

Comme nul ne sait aujourd'hui où était né exactement Friedrich Barbarossa en 1122, le metteur en scène avait pris la liberté de le faire naître pour l'occasion ici, ce qui est d'ailleurs très possible, même si sa mère Judith de Bavière avait tout aussi bien pu lui donner naissance dans le château de ses parents.

Dans le fond, cela ne changeait pas grand-chose, finit par penser le tueur, se disant qu'il en est de même le pape alsacien saint Léon IX, né Bruno d'Éguisheim-Dagsbourg, le 21 juin 1002. En Alsace, on affirme qu'il a vu le jour dans le château de son père à Éguisheim, et en Lorraine on prétend que c'est à Dabo, en Moselle, dans celui des parents de sa mère Heilwige.

Quand la représentation fut terminée, puis le rideau retombé sur les derniers applaudissements, il consulta d'abord son téléphone portable. Au Qatar, l'équipe de France de football venait de battre les Anglais en quart de finale. Il fut soulagé. Jeanne d'Arc et les vaincus d'Azincourt et de Waterloo étaient vengés.

Il était maintenant pressé de s'occuper d'un autre roi d'Angleterre.

En quittant la salle, il plongea la main dans la poche de son caban et caressa son arme. C'était le même pistolet Walther PPK qu'il avait utilisé à Pfastatt. Un moment, avant de pénétrer dans le théâtre, il avait craint qu'il y ait un portique de sécurité ou des détecteurs de métaux, auquel cas il serait ressorti pour le mettre dans sa voiture. Il avait été rassuré qu'il n'y en ait pas. Il éprouvait une sorte de tendresse pour cet objet léger, de petit gabarit et tout noir, devenu comme un indispensable compagnon, qui possédait un côté romanesque car James Bond l'utilisait aussi.

Il aurait aimé commettre son acte dans le foyer du théâtre, où les comédiens se retrouvaient entre amis avec des spectateurs en se désaltérant et s'échangeant des commentaires sur la pièce. Il aurait sans nul doute fait preuve d'un panache de preux chevalier, mais ç'aurait été absolument stupide : même s'il réussissait à abattre sa cible et à s'enfuir, il se serait forcément fait rattraper. Il n'était pas non plus encore fixé sur le choix de sa victime.

Il hésitait entre l'auteur de la pièce, le metteur en scène et l'acteur qui avait interprété le rôle de Barberousse. Il les avait bien mémorisés quand la troupe avait salué le public à la fin de la représentation.

Maintenant, en même temps qu'il buvait posément un demi de bière, il les dévisageait discrètement un après l'autre au milieu des groupes.

Il attendait. Le bar à côté du foyer allait fermer. Les gens commençaient à partir les uns après les autres. Il sortit avec les premiers.

Il traversa la rue pavée de grès et alla sur la place du Maire-Guntz, appelée en alsacien Theàterplàtz. Il fit le pied de grue. Il ne fumait plus depuis plusieurs années, mais il sortit d'une poche du caban un briquet et un paquet de cigarettes.

Il en alluma une et fit semblant de fumer, se mettant dans le rôle d'un accro à la nicotine qui se rattrape avec avidité de la privation forcée au théâtre. C'était une de ses manières pour se confondre dans l'anonymat.

Il attendit ainsi le temps de voir sortir deux des comédiens qu'il reconnut.

Mais il ne savait plus lequel des deux avait interprété le personnage de Barberousse, car il ne portait plus la fausse barbe longue et rousse.

Il mit ses gants de cuir noir et marcha derrière eux.

Son cœur commença à battre plus fort. Il sentait monter en lui l'exaltation criminelle. Il devait se maîtriser, et ne pas laisser grandir cette boule dans le ventre qui commençait à lui mettre des crampes.

Les deux hommes se séparèrent au coin de la rue. L'un partit dans la rue du Clabaud, l'autre tourna à droite dans la rue du Maréchal-Foch en direction de la Grand'Rue.

Il suivit celui-ci. Peu lui importait maintenant si c'était lui ou l'autre qui avait tenu le rôle de Barberousse. Ils approchaient de la place de Neubourg.

Il vit le panneau lumineux avec la patte du Chien chic. Il avait garé sa voiture sur le parking juste derrière.

Il rattrapa le comédien et lui tapa sur l'épaule. L'acteur se retourna surpris, puis se figea en voyant le pistolet pointé sur sa poitrine.

– C’est vous qui avez joué Barberousse ? demandait le tueur ?

– … Non…

– Mais vous étiez dans la pièce !

– Oui, pourquoi ?

– Pour rien. Ou alors, si vous le voyez au ciel, demandez-le au roi d’Angleterre, répondit notre assassin en lui tirant la balle dans le cœur.

Il jouit aussi fort que dans un orgasme en lisant une incompréhension terrifiée dans les yeux du mourant.

Avant de courir vers sa voiture, il le contempla un instant, puis il glissa dans la veste de sa victime l’arcane numéro quatre du tarot de Marseille, celle qui représente l’empereur.

Il était écrit au dos, avec des chiffres et des lettres découpés dans Les *Dernières Nouvelles d’Alsace:* « Avril 1193 ».

4
COMME UNE UBIQUITÉ

Le fait-diversier des *DNA* a tout de suite résolu l'énigme de l'arcane numéro quatre du tarot de Marseille retrouvée sur la victime du deuxième crime.

Dans son article, il écrit qu'elle fait à l'évidence référence à l'empereur Henri VI, qui avait succédé à son père Frédéric Barberousse, mort noyé en juin 1190 en Anatolie sur le chemin de la troisième croisade, à la tête du Saint-Empire romain germanique. Il indique aussi que la date d'avril 1193 correspond à celle du procès, au château impérial de Haguenau, du roi d'Angleterre Richard Cœur de Lion. Celui-ci avait été capturé au retour de cette même croisade et était prisonnier d'Henri VI.

Pourquoi, dans les trois quarts de page consacrés au nouveau crime, ai-je d'abord lu l'encadré rappelant ce fait historique ? C'est sans doute parce que les noms de Barberousse, Henri VI et Richard Cœur de Lion m'ont sauté aux yeux et que Barberousse comme Richard Cœur de Lion faisaient partie de mon imaginaire d'enfant, aux côtés des personnages de roman Ivanhoé et Robin des Bois.

Mais aussitôt que j'entame la lecture de la relation de l'assassinat du comédien du Théâtre alsacien Saint-Nicolas de Haguenau, samedi soir après la représentation de *Barbarossa*, j'ai soudain l'impression de basculer dans la folie. Je m'effraie et m'affole, délire et divague. Je suis tellement perturbé que je dois relire deux fois.

Dans cette panique, c'est comme si l'irréel et le réel se bousculaient aux confins de l'absurde et du rationnel.

C'est que, ce même samedi, je me trouvais aussi, moi, à Haguenau.

Je suis passé dans la rue du Maréchal-Foch, celle du crime, en m'arrêtant devant le théâtre municipal. J'étais même très tenté d'y entrer et de prendre un billet pour voir la pièce.

J'avais hésité, mais je suis rentré dare-dare chez moi à Ingersheim pour regarder le match à la télé.

Cette concomitance m'effraie d'autant plus que je suis allé à Haguenau pour un article que je dois écrire dans le prochain numéro de *Tonic Magazine*. De surcroît, ma chronique porte précisément sur l'empereur Frédéric Barberousse, son fils Henri VI et le roi d'Angleterre Richard Cœur de Lion.

Le sujet me ramenait à l'enfance où je me nourrissais de légendes médiévales. De Lancelot du Lac, la reine Guenièvre, la quête du Graal et les chevaliers de la Table ronde à Ivanhoé et Robin des Bois, déclinés en romans, en films de cinéma et en feuilletons de télévision, elles mélangeaient fiction et réalité, si bien que je ne savais plus si le roi Arthur avec son épée Excalibur avait réellement existé dans la forêt de Brocéliande, et si Robin des Bois avait véritablement vécu dans celle de Sherwood. Ayant lu le roman de Walter Scott, je crus longtemps que Richard Cœur de Lion et Barberousse étaient des personnages de fiction, comme Ivanhoé, Robin des Bois et le frère Tuck dans la forêt de Sherwood, ou encore le chevalier Perceval et la Dame du Lac.

L'idée de mon article était de montrer les liens avec Haguenau, entre Barberousse, Henri VI et Richard Cœur de Lion, en ces temps de croisades.

C'étaient les papes qui prêchaient ces gigantesques expéditions militaires appelées pèlerinages en armes, pour libérer la Terre sainte et le tombeau du Christ tombés aux mains des musulmans.

La troisième croisade avait été lancée par le pape Grégoire VIII, après que le légendaire sultan d'Égypte Saladin, qui était d'origine kurde, se fut emparé de Jérusalem en octobre 1187.

C'était la croisade des rois.

L'empereur Frédéric Barberousse, qui était aussi roi de Germanie, d'Italie et de Bourgogne, envoya en mai 1188 une lettre à Saladin dans laquelle il le provoquait en duel. Il lui fixait rendez-vous, pour ce faire, dans une plaine égyptienne.

Parti de Haguenau, Barberousse prit la croix à la cathédrale Saint-Martin de Mayence, puis quitta Ratisbonne le 11 mai 1189, à la tête d'une armée de cent mille hommes. Il traversa la Hongrie, le Bosphore et l'Asie Mineure jusqu'en Anatolie. Mais là, il mourut noyé dans le fleuve Saleph, le 10 juin 1190.

Plusieurs versions existent de ce tragique accident : l'empereur aurait été victime d'un choc thermique en prenant un bain, ou il aurait été emporté au fond par le poids de son armure, ou bien encore son cheval se serait affolé en traversant le fleuve.

Après la mort de Frédéric Barberousse ses troupes allemandes se dispersèrent. La plupart des soldats rentrèrent en Europe, d'autres continuèrent vers la Terre sainte pour aider au siège de Saint-Jean d'Acre.

De leur côté, avec leurs centaines de chevaliers, le roi de France Philippe Auguste et le roi d'Angleterre Richard Cœur de Lion étaient partis ensemble de Vézelay. Ils étaient amis depuis l'enfance mais une fois devenus tous les deux monarques, ils ont commencé à entretenir des relations conflictuelles compliquées.

Philippe Auguste prit ensuite la mer à Gênes. Richard Cœur de Lion embarqua à Marseille.

Les deux souverains se retrouvèrent en Sicile avant de repartir séparément vers la Galilée où ils reconquirent, en juillet 1191, la cité de Saint-Jean d'Acre, que les Templiers assiégeaient depuis près de deux ans.

Philippe Auguste rentra alors en France pour ne pas laisser son royaume sans roi, laissant à Richard Cœur de Lion la charge de poursuivre seul la croisade.

Au bout de batailles et massacres, le roi d'Angleterre ne parvenait toujours pas à atteindre Jérusalem. Il s'inquiétait aussi des velléités de son frère Jean sans Terre de s'emparer de son trône. Alors il conclut, le 2 septembre 1192, un accord avec Saladin. Il portait sur une trêve de trois ans pendant lesquels les pèlerins chrétiens auraient libre accès, sans taxe, à la ville sainte, ainsi que la libre circulation des marchands des deux confessions musulmane et chrétienne à l'intérieur de la cité. Le 9 octobre suivant, Richard repartit satisfait pour l'Occident. Mais, pris dans une terrible tempête dans la mer Adriatique, son bateau fit naufrage sur la côte italienne.

Voulant gagner l'Angleterre par les terres germaniques ennemies, le roi d'Angleterre voyageait incognito, avec seulement deux compagnons. Près de Vienne, il fut reconnu. Le duc Léopold d'Autriche, qu'il avait humilié en déchirant sa bannière lors du siège de Saint-Jean d'Acre, le captura.

Henri VI, le nouvel empereur du Saint-Empire romain germanique qui avait succédé à son père Barberousse, exigea alors qu'on lui remette le prisonnier.

Le duc Léopold conduisit d'abord Richard Cœur de Lion en février 1193 à Haguenau, puis le livra en grande pompe à Henri VI à Spire, dans le Palatinat où se tenait une diète impériale. Richard fut emprisonné au château de Trifels, qui appartenait à l'évêque de Strasbourg, en attendant son procès.

Celui-ci se tint en partie dans la résidence impériale de Haguenau. Le roi d'Angleterre était accusé d'avoir mené des transactions secrètes avec Saladin et également d'avoir détourné l'héritage de la Sicile, laquelle devait revenir à Henri VI.

Le 17 avril 1193, Richard Cœur de Lion fut condamné à payer la colossale amende de cent mille marcs d'argent, laquelle sera réévaluée à cent cinquante mille marcs. Cette rançon correspondait à deux ans de recettes du royaume d'Angleterre.

Pendant que sa mère, la célèbre Aliénor d'Aquitaine, qui avait été reine de France avant de devenir reine d'Angleterre, rassemblait avec beaucoup de difficultés l'énorme somme, Richard resta encore de longs mois enfermé, tantôt au château de Trifels, tantôt dans celui de Haguenau.

Dans une lettre à sa maman, il écrivit :

« Je viens d'être libéré de ma prison de Trifels et je peux désormais vivre et séjourner à la cour impériale de

Haguenau, où l'empereur et son épouse Constance me reçoivent avec les honneurs. »

Durant sa détention alsacienne, le légendaire Richard Cœur de Lion composait des poèmes, des ballades et des œuvres courtoises, car, comme Aliénor d'Aquitaine, il était mécène et protecteur des troubadours.

Il était aussi un roi d'Angleterre qui n'a séjourné que quelques mois dans son pays natal, étant également duc de Normandie et d'Aquitaine, et encore comte de Poitiers, d'Anjou et du Maine. Élevé par sa mère en Aquitaine, il parlait parfaitement le français et le latin, mais il n'avait jamais appris l'anglais.

Richard fut libéré à Haguenau le 4 février 1194.

On dit qu'ensuite Richard se rendit en pèlerinage, pour y déposer ses liens symboliques de captif, à l'église Notre-Dame de la Délivrance de Niedermunster, l'abbatiale romane au pied du mont Sainte-Odile, fondée en l'an 720 par la sainte alsacienne. Puis il retourna en Angleterre, avant de revenir aussitôt en France lorsque Philippe Auguste manœuvra pour s'emparer de la Normandie, laquelle faisait partie avec l'Aquitaine des possessions continentales des Plantagenêt.

Dans cette guerre qui durait, le roi d'Angleterre assiégea le 23 mars 1199 le château de Châlus-Chabrol, dans le Limousin.

Trois jours plus tard, il fut atteint par un carreau d'arbalète. On le lui retira, mais la gangrène s'installa. Richard Cœur de Lion en succomba le 6 avril.

Son corps est enterré en l'abbaye de Fontevraud, près de Saumur. On y a prélevé le cœur, enfermé dans un reliquaire enterré dans un tombeau surmonté d'un gisant à son effigie dans la cathédrale de Rouen, ainsi que ses entrailles déposées dans l'église du château de Châlus-Chabrol.

Si je suis allé samedi à Haguenau, pour mon article dans Tonic où je veux résumer tout ça, c'était pour visiter le musée historique. Il se trouve lui aussi dans la rue du Maréchal-Foch. C'est un étonnant édifice néo-gothique, orné de superbes ferronneries, qui mélange l'architecture médiévale, l'influence de la Renaissance et l'imposance allemande.

Il date du début du XXe siècle, à la même époque où l'empereur Guillaume II a fait restaurer le château du Haut-Koenigsbourg pour afficher la germanité de l'Alsace redevenue allemande depuis 1871.

La tour fortifiée rappelle que la ville de Haguenau est née d'un château, celui élevé par Frédéric le Borgne et que son fils Barberousse avait agrandi en résidence impériale.

Au-dessus de l'escalier d'accès, il y a une statue d'angle en grès blanc et en ronde-bosse de l'empereur Barberousse et une céramique lui rendant également hommage en tant que protecteur de la cité.

Dans le hall du musée trônent d'immenses vitraux. Ils racontent le procès de Richard Cœur de Lion.

On voit l'empereur Henri VI assis sur son trône, tenant le sceptre et le globe, sa couronne sur la tête, prêt à juger le roi d'Angleterre, reconnaissable sous la bannière aux lions. Au milieu de la scène, sous une bannière aux fleurs de lys, une délégation française envoyée par Philippe

Auguste convainc l'empereur de maintenir Richard en captivité.

La partie supérieure du vitrail représente le château impérial, la rose quintefeuille de Haguenau et un héraut sonnant la trompette pour annoncer le procès de Richard Cœur de Lion.

Mon affolement, en lisant dans le journal le récit du crime, est si fort que je dois me convaincre qu'à l'heure où il a été commis j'étais déjà de retour chez moi à Ingersheim. J'avais même éteint la télé puisque le match était terminé et que la France était en demi-finale.

Mais pourquoi, alors, ai-je vraiment l'impression d'avoir vu, mieux, d'avoir vécu, la scène meurtrière relatée dans le quotidien ?

C'est comme si je possédais le don d'ubiquité.

Et cela m'effraie et m'angoisse terriblement. Surtout que cette ubiquité-là serait tout le contraire d'un don : une épouvantable malédiction.

5
MAI 1698

Le tueur avait décidé que, pour son prochain crime, le lieu compterait beaucoup plus que la victime. Ce serait juste tant pis pour celle-ci, qui aurait seulement le tort de passer au mauvais endroit au mauvais moment.

Il se disait toutefois que si elle pouvait être de nationalité argentine, il vengerait ainsi à sa façon l'équipe de France de football, qui avait perdu l'avant-veille la finale de la Coupe du monde au Qatar. Mais il n'y croyait pas trop, car s'il y a des restaurants argentins en Alsace, comme il l'a vu dans ses recherches, les ressortissants de ce pays à l'autre bout du monde ne sont pas légion à vivre chez nous.

Cependant, parmi ses relations, deux cas l'amenaient à ces terres australes.

Il avait rencontré naguère une dame qui vivait à Buenos-Aires. Elle était née en 1936 à Metz. Dans ces années d'avant-guerre, son père, Jean-Louis Klée, natif lui de Katzenthal, était un agent du Deuxième Bureau français affecté à la surveillance de l'appareil militaire nazi. Il avait récupéré les plans secrets du nouvel obus allemand.

Après de nombreux rebondissements rocambolesques en Pologne, en Angleterre, en Belgique et en Suisse, l'espion alsacien avait mystérieusement embarqué en 1939 à Gênes, en utilisant les papiers et la soutane d'un prêtre de Katzenthal, sur un bateau à destination de Buenos-Aires, faisant ensuite venir sa famille en Bolivie.

Il était aussi revenu à notre assassin qu'il était allé voir, en juin précédent à la Cour des Chaînes à Mulhouse, une très belle exposition intitulée *Parfum initial* d'une artiste argentine vivant à Frœningen qui s'appelle Diana Hart. Sur les cimaises, c'était un éclectisme de thèmes de la vie dans des tableaux aux traits très fins. C'étaient des gravures d'eau-forte. Ce rare procédé de gravure en taille douce sur une plaque métallique, à l'aide d'un acide, est la technique privilégiée de l'artiste. Il avait appris à cette exposition que Diana Hart était diplômée d'architecture et d'urbanisme et qu'elle est très marquée par la dictature de la junte militaire dont elle a beaucoup souffert dans son pays et dont elle conserve le goût de l'insurrection féconde grâce à laquelle, répétait-elle, on bouge les montagnes.

Le profond courroux de notre tueur en série après la défaite de l'équipe de France en finale visait moins le Messi buteur que le goal argentin Emiliano Martinez. Sur l'estrade dressée au milieu du stade, au moment de recevoir le trophée de meilleur gardien de but du Mondial, ce gardien de but avait porté dans un geste d'une grande vulgarité ledit trophée sur son bas-ventre, le tenant comme un sexe en érection. Il avait trouvé cette chose indécente. Il y repensait maintenant en allant dans les rues de Colmar. Mais, même si la fréquentation du marché de Noël s'y annonçait déjà supérieure à celles des meilleures années d'avant la pandémie covidique, il doutait beaucoup qu'un quidam argentin déambulât précisément à cet instant devant ce beau bâtiment de la Grand'Rue, face à la place du Marché-aux-Fleurs, qu'il avait choisi pour son nouveau crime.

Peu importe celui ou celle que je tuerai, se dit-il, en se souvenant inopinément d'un vieil homicide qui s'était déroulé dans un bar du côté de la place de la République à Mulhouse. Assis sur un tabouret devant le comptoir, un consommateur discutait aimablement avec le barman lorsqu'était entré un jeune homme qu'aucun des deux ne connaissait. Avant que celui-là n'eût le temps de commander ce qu'il désirait, le client sur son siège dit au cafetier : « Sers une bière à l'homme qui va mourir ! » Sans nul étonnement, le tavernier ainsi apostrophé servit le demi au nouveau venu, qui remercia, prit le verre en main et but. Il n'y eut, paraît-il, pas d'autre dialogue, jusqu'à l'instant où le régalé finit de boire la bière. Alors l'autre se dirigea vers la sortie en l'enjoignant : « Repose le verre et suis-moi ! » Sans trop comprendre, l'homme le suivit. Puis, sur le trottoir, sans aucune raison énoncée, son bienfaiteur sortir un revolver 22 LR et l'abattit d'une balle dans le cœur.

Notre intrépide tueur ignorait ce qu'il était advenu de cet étonnant meurtrier. Il se rappelait seulement qu'il avait été arrêté peu après par la police, tenant des propos confus. Mais il ne savait plus si ensuite l'auteur de cet étrange crime avait été inculpé, emprisonné, jugé et condamné, ou bien s'il avait été déclaré irresponsable pénalement en raison d'un manifeste trouble mental, selon les formules consacrées, puis interné dans un centre psychiatrique.

Lui était absolument sûr qu'il n'était pas aussi fou que ce détraqué et qu'il ne se ferait pas prendre si bêtement. Il entendait poursuivre longtemps sa mission, puis se faire oublier une fois qu'il l'aurait accomplie. Avant de commettre ses exécutions, il prévoyait toujours tout jusqu'au plus infime détail, et mettait un soin particulier à ses plans de fuite.

Il avait bien répété ce qu'il allait faire. La collégiale Saint-Martin proche venait de sonner les douze coups de midi. Les gens allaient dans les restaurants. Il savait déjà comment, profitant de la grande foule qui grouillait sur le marché de Noël, il n'aurait pas besoin de partir en prenant ses jambes à son cou, avec le risque qu'une horde de témoins furieux lui courût après et le rattrapât.

Dans sa minutie, il vérifia s'il avait bien dans la poche gauche de sa parka foncée la carte du roi d'épée du tarot de Marseille. Elle ne figurait point dans les arcanes majeurs, seulement dans les mineurs. Et pourtant elle correspondait tellement bien au monarque qu'il voulait désigner. Il était écrit à son propos :

« Le Roi d'Épée est une carte très controversée du jeu de tarot. D'une part, il dénote une manifestation de volonté, de vitalité. C'est une poigne de fer, la capacité de tout garder sous contrôle. Le héros de l'arcane influence l'esprit de ses sujets, il sait diriger. Mais le même chef peut devenir un véritable barbare sur le trône. Dans le sens opposé, le Seigneur sage devient Caligula. Désormais, la cruauté et le désir d'avoir un pouvoir illimité dominent le bal. Le Roi d'Épée renversé personnifie les manifestations sombres de l'essence de l'homme, sa nature animale. De l'amour à la haine, il n'y a qu'un pas, comme du pouvoir au despotisme. »

Au dos, il avait collé l'épigraphe Mai 1698. Il l'avait composée de lettres et de chiffres découpés à la fois dans les *DNA* et dans *L'Alsace,* car c'était ici, à Colmar et dans sa région, que se trouvait le grand front de la guerre que les deux journaux s'étaient longtemps livrée avant de devenir des frères siamois au sein du même groupe de presse Ebra du Crédit Mutuel.

Il ne doutait point de la sagacité des journalistes des deux rédactions colmariennes : ils allaient évidemment découvrir très vite les liens entre la date, le roi, et le bel édifice en grès rose et briques crépissées, avec son long perron, ses grandes fenêtres en segment d'arc au rez-de-chaussée et à l'étage, et, sur son corps central, un fronton où un emblème royal est surmonté d'une allégorie de la Justice.

Cet actuel tribunal judiciaire, renommé ainsi depuis la fusion au début de l'an 2020 des tribunaux de grande instance et d'instance, avait d'abord été, de 1459 à 1698, l'hôtel de ville de Colmar. Au XVIIe siècle, plusieurs hôtes de marque y ont été logés durant leurs séjours dans la cité. L'illustre roi de France Louis XIV y a résidé notamment en 1681 et en 1683.

Le 1er mai 1698, la demeure était devenue le palais du Conseil souverain d'Alsace. C'était la plus haute juridiction de la région. À la fois parlement provincial et cour supérieure de justice, elle avait d'abord siégé à Ensisheim, dans le palais de la régence construit par les Habsbourg pour le Landgraviat de Haute-Alsace, puis à Breisach am Rhein.

Ce Conseil souverain d'Alsace avait été mis en place par Louis XIV en 1657, subséquemment au rattachement à la France d'une grande partie de l'Alsace, par les traités de Westphalie de 1648, qui avaient mis fin à la terrible guerre de Trente Ans.

En Alsace, qui en a été laissée exsangue, on l'appelle aussi la guerre des Suédois, car les troupes suédoises protestantes, alliées au roi de France, dans le conflit avec les Habsbourg du Saint-Empire, avaient cruellement participé au saccage de notre belle province.

Notre étonnant assassin était convaincu que l'Alsace serait toujours allemande si le Roi-Soleil ne s'était pas obstiné durant des décennies à la rattacher complètement à son royaume, beaucoup plus par la force que par le droit.

Au début de la guerre de Hollande, qui opposa surtout à partir de 1672 la France de Louis XIV au Saint-Empire romain germanique, Colmar tenta de renouveler ses privilèges impériaux en aidant le dit Saint-Empire dans sa guerre contre les Turcs, effort connu sous le nom de *Türkenhilfe*. Le roi de France décida de faire cesser cette résistance, comme celle des autres anciennes villes libres alsaciennes alliées dans la Décapole. En été 1673, il visita la place forte de Breisach, où se trouvait l'un des deux seuls ponts, avec celui de Strasbourg, sur le Rhin en Alsace.

Le lundi 28 août, le ministre d'État Louvois se présenta devant les murailles de Colmar. Il demanda de faire enlever les canons, pour ne point irriter le Roi-Soleil lors de son passage. Le premier magistrat de la ville sortit pour aller saluer le ministre.

Le marquis de Coulanges en profita pour pénétrer par force dans la cité, suivi de cinq cents cavaliers. Ils occupèrent au galop les carrefours, les entrepôts d'armes et les principaux édifices. Ils obligèrent ensuite quatre mille Colmariens, ainsi bernés, désarmés et humiliés, à démanteler sans délai les fortifications qui faisaient l'orgueil de la cité.

Le surlendemain, Louis XIV arriva à Colmar avec un cortège de deux cents carrosses. Il déclara, méprisant : « Messieurs les Colmariens ne sont plus si glorieux comme ils étaient ! »

De son côté l'empereur Léopold 1er, estimant que les traités étaient rompus, fit envahir l'Alsace, à l'automne 1674, par une armée de trente-cinq mille Autrichiens, qui sera renforcée par vingt-deux mille Brandebourgeois. Le prince-électeur de Brandebourg Frédéric-Guillaume 1er s'installa à Colmar avec son épouse et mille deux cents hommes.

Le 5 janvier 1675 eut lieu la mémorable bataille de Turckheim où, malgré son infériorité numérique, l'armée de Louis XIV, conduite par le maréchal Turenne, remporta une victoire éclatante contre les Impériaux. La ville étant prise entre les feux des troupes ennemies, les habitants fermèrent les trois portes, rendant impossible toute entrée et toute sortie.

Certains villageois creusèrent alors des trous dans les épaisses fortifications pour s'enfuir et trouver refuge alentour. De ces événements, les Turckheimois conservent le surnom de Lochschlupfer, c'est-à-dire Passe-muraille.

Mais Turenne, dont le vrai nom était Henri II de la Tour d'Auvergne, vicomte de Turenne, prit d'assaut les remparts avec ses soldats. L'armée française victorieuse pénétra dans la cité.

Pour punir le bourgmestre d'avoir aidé les Austro-brandebourgeois, le maréchal laissa quartier libre à ses hommes, qui aussitôt pillèrent et incendièrent tout, violant et éventrant les femmes, tuant les hommes et les enfants. Des historiens estiment que ce massacre s'est soldé par la mort de trois cents Turckheimois.

Par peur de subir les mêmes atrocités, Colmar se rendit ensuite sans résistance, et Turenne, bon prince, épargna ses habitants.

Le maréchal de Louis XIV reprit encore Breisach am Rhein et pénétra dans le pays de Bade. Le 27 juillet de cette même année 1675, il fut tué par un boulet de canon ennemi à Salzbach.

Notre criminel récidiviste se demandait encore une fois si ce jour-là Dieu n'était pas du côté des Impériaux et punissait ainsi le maréchal du Roi-Soleil pour venger les malheureux habitants de Turckheim.

Cinq ans plus tard, le Conseil souverain d'Alsace réuni à Breisach entérinera la réunion de quasiment toute l'Alsace à la France. Seuls ne le seront pas encore, d'une part Strasbourg, qui capitulera en septembre 1681, laissant ses habitants protestants marqués par la perte de leur souveraineté et de leur cathédrale, laquelle était entre les mains des réformés depuis 1527, et d'autre part la République de Mulhouse, alliée aux cantons suisses depuis 1515 et qui ne sera réunie à la France qu'en 1798.

Se tenant maintenant à l'angle de la Grand'Rue et de la rue des Augustins, notre éclairé serial killer historien jouait le touriste plongé dans l'étude de la haute plaque de grès sur la façade latérale du palais. Elle rappelle le troisième centenaire du rattachement de Colmar à la France. Puis juste après, il fit de même devant la fontaine du Manneken-Pis creusée dans le mur.

C'est la réplique du Manneken-Pis de Bruxelles. La capitale belge l'a offerte à Colmar en 1922, à l'occasion du quatrième anniversaire de la libération de la ville, qui était redevenue française en 1918, et en souvenir des souffrances communes endurées par les deux pays. Il trouva un humour belge dans la dédicace gravée dans la pierre sous la statue noire du petit homme qui pisse : elle évoque « l'inaltérable gaieté belge » et « la vaillante bonne humeur alsacienne ».

En réalité, le tueur guettait sa proie. Il mit un masque chirurgical, resserra sur la tête la capuche de sa parka, enfila ses gants de cuir noir, enfonça les mains dans les poches puis avança posément vers le carrefour pavé.

Le petit train touristique arrivait dans la Grand'Rue en klaxonnant. Des touristes filmaient et photographiaient.

Des exclamations et des onomatopées montèrent, des passants s'écartèrent prestement, en se bousculant, pour le laisser passer.

Il avisa une femme blonde en long manteau rose qui contournait la cohue pour aller dans la rue des Marchands. Elle était plutôt petite, et fixait de ses yeux grand ouverts les maisons médiévales à colombages et encorbellements. Elle pouvait être danoise, suédoise, belge, néerlandaise ou allemande. Il l'accosta à sa gauche, comme s'il la heurtait involontairement. En même temps que, de sa main gauche, il glissait la carte du roi d'épée avec au dos l'épigraphe « Mai 1698 » dans la poche droite du manteau rose, il lui tira à bout touchant une balle de son pistolet dans la poitrine, à l'endroit du cœur.

Comme il s'y attendait, la déflagration, relativement faible avec un calibre de .22 LR, se mélangea aux bruits de la foule et à la rumeur de la ville, ce qui fit que peu de gens présents réalisèrent qu'il s'agissait d'un coup de feu. Écarquillant encore davantage ses yeux pleins de questions muettes, la femme blonde s'écroula sans un cri.

Au lieu de s'enfuir en courant, notre malin assassin entra sans se presser dans la pharmacie située juste à côté. Il y acheta des masques. Lorsqu'il en ressortit, ayant enlevé sa capuche, tenant sa boîte en main, il s'approcha des témoins attroupés autour de la victime trépassée.

Dans un baragouin d'allemand un peu forcé, il joua le curieux, demandant à la cantonade ce qui s'était passé.

Puis, n'ayant obtenu de personne, ainsi qu'il le présumait, une explication détaillée, il repartit tranquillement.

6
VOISINAGE

J'apprends le crime en reprenant ma voiture dans le parking souterrain de la place Rapp. C'est France Info qui annonce dans son flash de quinze heures qu'une touriste belge de cinquante-deux ans a été tuée par balle, peu après midi, sur le marché de Noël dans le vieux Colmar, par un inconnu qui a aussitôt pris la fuite. Il est précisé que l'auteur est activement recherché depuis par la police et que le mobile de ce meurtre mystérieux n'est pas encore établi.

Sur mon téléphone portable, je vais sur le site internet de *L'Alsace.* Sous le titre en rouge et noir « Faits divers : mystérieux meurtre à Colmar », une photo montre des gens retenus par des policiers en uniforme autour de la scène de crime. Celle-ci est protégée par une rubalise jaune où se répètent en noir et en lettres capitales les mots « POLICE NATIONALE, ZONE INTERDITE ». Derrière les rubans on aperçoit des enquêteurs en combinaisons blanches. La même annonce avec la même photo est aussi en ligne sur le site des *DNA*, forcément.

J'imagine que le photographe ne devait pas être loin lorsqu'il a été alerté. Peut-être même se trouvait-il au tribunal, car d'après l'angle il a pris le cliché depuis son perron.

Je reconnais tout de suite les lieux. Je les connais bien. J'y suis passé pas plus tard que ce matin, en allant vers la rue Schongauer, pour déjeuner à L'atelier du peintre avec mes vieux amis Philomène, patentée ratschawiwla de Kientzheim dans le Haut-Rhin, et Tharcisse, gai luron de Kintzheim dans le Bas-Rhin.

Le restaurant gastronomique étoilé s'appelle ainsi car il est situé quasiment en face de la maison Zum Swan, Au cygne en français, où habitait et travaillait le génial peintre et graveur colmarien Martin Schongauer qui a réalisé en 1473, entre autres chefs-d'œuvre, *La Vierge au buisson de roses*, aujourd'hui exposée à l'église des Dominicains proche.

Les compères Philomène et Tharcisse se retrouvent de temps en temps autour d'une bonne table alsacienne pour bavarder de tout et de rien, donc forcément de l'actualité du moment, en se moquant gentiment des élus et des autres qui la font aussi, dans cette belle province incorporée dans le Grand Est où le soleil se lève encore plus tôt, ce qui implique forcément qu'il s'y couche aussi plus tôt que de l'autre côté de la ligne bleue des Vosges. Un vieux gazetier retraité quelque peu dérangé relate leurs conversations, sous la forme d'une revue de presse qui se veut décalée et humoristique, dans *Tonic Magazine*.

Le bimestriel est édité par la Scop au doux nom de CIA, non pas comme l'agence de renseignement américaine, mais pour Canard Indépendant Alsacien, dont dépendent également les excellentes Éditions du Bastberg, et qui a son siège au 2, impasse des Arquebusiers à Haguenau.

Philomène et Tharcisse m'avaient amicalement convié à manger avec eux à L'atelier du peintre. La charmante directrice de l'établissement se rappelait une scène d'un polar du Bastberg consacré à Martin Schongauer, où un avocat général, sortant heureux et repu de son restaurant pour retourner à ses rudes réquisitions à la cour d'assises voisine, avait été abattu en pleine rue Schongauer par un autre tueur en série, lequel avait ensuite disparu un peu plus loin, au milieu de la nuée de touristes photographiant la célèbre maison Pfister.

Moi, je leur ai parlé de mon admiration pour l'immense artiste colmarien. Je relatais qu'en 1471 il avait créé, pour le couvent des antonins d'Issenheim, une gravure sur cuivre intitulée *La tentation de saint Antoine* montrant l'impassibilité du moine ermite dans le désert égyptien face à la nuée de démons tentateurs, et que c'est cette estampe, qui avait circulé dans toute l'Europe, que le jeune Michel-Ange a reproduite une quinzaine d'années plus tard dans son premier tableau connu, *Le tourment de saint Antoine*. Et puis je disais encore qu'en 1475 Martin Schongauer avait livré aux mêmes antonins d'Issenheim le premier retable d'Issenheim, près de quarante ans avant celui, mondialement célèbre, du peintre bavarois Mathis Gothart Neithart Matthias, plus connu plus tard sous le nom de Matthias Grünewald.

La curieuse Philomène voulait bien sûr savoir pourquoi les antonins d'Issenheim avaient commandé aux artistes tous ces chefs-d'œuvre.

Alors je leur ai expliqué qu'une abominable maladie, aussi meurtrière que la peste, sévissait en Europe durant tout le Moyen Âge. On l'appelait le mal des ardents, le feu sacré ou le feu d'enfer. Les gens qui en étaient atteints avaient l'impression que leurs membres brûlaient, que leurs chairs tombaient en lambeaux, que leurs os se brisaient, et en même temps ils avaient froid aux extrémités.

Les muscles se raidissaient, les pieds et les mains gangrénés noircissaient, la peau se couvrait de purulentes plaies nauséabondes. En plus de tout cela, les malades avaient des hallucinations étranges laissant croire qu'ils étaient possédés par le diable ou ensorcelés, ce qui faisait qu'on les considérait punis à cause de leurs péchés. Beaucoup furent exécutés ou brûlés sur la place publique.

On ne soigna vraiment ces malades qu'à partir de la fin du XIe siècle. C'était après que deux nobles du Dauphiné eurent rapporté d'Orient les reliques de saint Antoine le Grand, l'ermite du désert égyptien. Ils les déposèrent dans une chapelle d'un village d'Isère dénommé ensuite Saint-Antoine-l'Abbaye. Quand un jeune chevalier y fut sauvé de la maladie des ardents, son père et lui attribuèrent ce miracle à saint Antoine. Ils fondèrent dans le village un hôpital qu'ils lui dédièrent. Un ordre religieux fut spécialement créé pour y recueillir et soigner les gens atteints du mal des ardents. On appela ces moines des antonins, en référence au saint.

La rumeur que les reliques possédaient des pouvoirs de guérison se propagea si vite dans tous les pays que l'endroit devint un lieu de pèlerinage très couru. Cela fit également qu'on baptisa dès lors ce mal étrange du nom de feu de saint Antoine.

Ces pèlerinages étant souvent couronnés de succès, les antonins acquirent une très grande renommée. Ils fondèrent alors dans toute l'Europe de nombreux couvents-hôpitaux, dont la commanderie d'Issenheim.

L'ordre religieux hospitalier l'a créée au XIIIe siècle dans ce village à vingt-cinq kilomètres de Colmar, car il est situé sur une ancienne voie romaine qui menait au Moyen Âge des pays germaniques à Bâle, et de là aux deux lieux de pèlerinage traditionnels de l'époque, Rome et Saint-Jacques-de-Compostelle.

Comme dans les autres couvents, les antonins d'Issenheim donnaient à boire aux pèlerins malades le saint vinage, qui était censé être une infusion des saintes reliques dans du vin. En même temps, ils les invitaient à trouver réconfort et consolation dans la contemplation de scènes religieuses, commandées, entre autres, à Martin Schongauer puis à Matthias Grünewald.

En vérité, les malades guérissaient du mal des ardents car en venant en pèlerinage dans les couvents-hôpitaux, ils s'éloignaient de l'origine du mal, qui était une grave intoxication alimentaire.

En 1596, la faculté allemande de Marbourg découvrit que ces épidémies, qui ont fait durant plus de cinq siècles des millions de morts, étaient provoquées par l'ergot de seigle, le champignon parasite dont le LSD est un dérivé, ce qui explique les hallucinations des malades. Si cette terrible maladie frappait beaucoup plus les pauvres que les riches, ce n'était point que les premiers commettaient davantage de péchés, mais parce qu'ils mangeaient du pain de seigle, qui était une céréale peu chère et répandue, alors que les riches consommaient du pain de farine de blé de meilleure qualité.

« C'est drôle d'en déduire que s'il n'y avait pas eu cette maladie, il n'y aurait jamais eu ni le retable d'Issenheim qu'on vient voir du monde entier au musée Unterlinden à Colmar, ni les grands chefs-d'œuvre de Schongauer », a commenté Philomène, bien songeuse.

J'ai répondu à Philomène que Martin Schongauer aurait quand même peint *La Vierge au buisson de roses*, qui n'était pas une commande des antonins, et également les monumentales fresques du Jugement dernier sur les trois murs du fond de l'église Saint-Étienne de Vieux-Brisach, où il est mort de la peste, le 2 février 1491, en terminant les peintures de l'enfer.

Après les huîtres de Marennes, nous en étions à déguster les filets de caille des Vosges avec de la crème de noisette, de la marmelade de cèpe et du jus de vin rouge, quand Tharcisse expliqua que c'était une bonne chose qu'on ait déplacé la statue de Martin Schongauer de l'ancienne entrée du musée Unterlinden dans une galerie du cloître.

C'est l'autre immense artiste colmarien Auguste Bartholdi, père de la statue de la Liberté dans la rade de New York, qui a sculpté dans le grès rose, au XIXe siècle, le Beau Martin, debout pour l'éternité, vêtu d'une ample houppelande médiévale, la tête couverte d'un chaperon à cornettes, détachant d'une plaque de cuivre gravée, avec beaucoup de savoir-faire, une épreuve de son estampe.

Maintenant, ce déjeuner amical dont je viens à peine de sortir me paraît tout à coup loin, comme s'il s'était déroulé dans un autre passé. Au lieu de prendre la sortie sur l'avenue de la République pour rentrer chez moi à Ingersheim, je quitte sans m'en rendre compte le parking souterrain par celle donnant sur le boulevard du Champ-de-Mars où la première place libre me fait me garer.

À quinze heures dix, France Info répète qu'une touriste belge de cinquante-deux ans a été tuée par balle, peu après midi, sur le marché de Noël dans le vieux Colmar, par un inconnu qui a aussitôt pris la fuite et qui est toujours activement recherché. J'éteins la radio, retourne sur le site de *L'Alsace* où il n'y a rien de plus. Ce qui grandit en moi est beaucoup plus que de la curiosité : un indéfinissable désir de voir davantage que de savoir. On dirait que le lieu du crime m'attire avec la force d'un aimant. Ce n'est pas loin, il suffit de prendre la rue de la Porte-Neuve et la rue des Augustins qui la continue. À peine plus de deux cents mètres. Ou alors on peut contourner à droite par la rue Berthe-Molly où se trouve la cour d'assises.

Quand j'étais fait-diversier et que je suivais les affaires criminelles du début à la fin, je passais presque toujours par là pour aller couvrir les procès.

Le carrefour de la Grand'Rue avec la rue des Augustins et celle des Marchands est encore bloqué. Une nuée de policiers en uniforme de la police nationale renforcés par des collègues de la police municipale en interdit l'accès aux curieux et aux badauds. Ils ont beau leur répéter qu'il faut circuler, il y en a toujours qui restent et de nouveaux qui arrivent. Ça s'attroupe et se presse en bousculades. Certains parfois lèvent très haut un bras pour prendre une image avec un téléphone portable ou un appareil photo et alors un agent gueule que c'est interdit.

De temps en temps, ça pousse avec des cris pour laisser passer quelqu'un. Un flic en civil ou un magistrat. Ou bien un expert, car j'imagine que depuis trois heures que le meurtre a eu lieu le médecin légiste de permanence est déjà venu faire ses premières constatations. Je ne peux pas voir si le corps de la victime se trouve encore au milieu de la scène de crime. À tout hasard, je regarde si parmi les gens qui sont là il y a encore l'un ou l'autre journaliste que je connais. Mais ça commence à faire un sacré bail que j'ai pris ma retraite, et les anciens sont vite oubliés dans les rédactions mêmement que partout ailleurs.

Je suis resté un peu en retrait en contemplant ce cirque. Soudain je réalise que je me retrouve aussi morbidement malséant que tous les curieux qui sont là, en me rappelant du temps où avec les gendarmes et les agents de police on traitait de cons les curieux qui s'arrêtaient n'importe comment au bord de la route autour d'un accident en provoquant des suraccidents.

Alors je me traite aussi de con et m'en vais, me disant que je saurai tout ce qui s'est passé plus tard à la radio ou à la télé, et en tout cas dans mon journal préféré.

7
AGATHA CHRISTIE À PÉTRA

Dans les temps qui suivirent, il ne se passa rien de décisif, à part bien entendu les fêtes de Noël et de fin d'année qui ne m'emballaient guère.

Je préférais ma solitude un peu mélancolique aux festivités commandées par le calendrier et notre société de consommation, avec en prime leurs lourdes et sisyphéennes condamnations à rester assis à table durant des éternités.

L'assassinat de la touriste belge au marché de Noël de Colmar se dilua vite dans l'actualité des réjouissances, surtout que, de tout ce qui était porté à la connaissance du public, chacun pouvait en déduire que les enquêteurs ne disposaient que de peu d'éléments pour identifier le tueur.

Les images de la vidéosurveillance, rebaptisée plus civilement vidéoprojection, ne permirent point de le repérer dans les scènes de foule ; les appels à témoins demeuraient désespérément stériles.

On en restait à ce qui avait été réuni dans les jours d'après-crime. Beaucoup de personnes avaient entendu le coup de feu, mais il ne se trouvait personne qui avait vu distinctement le tireur au milieu de la foule, ni ensuite s'enfuir.

Ce paradoxe faisait émettre à certains l'idée que le tueur pouvait aussi bien être une tueuse.

La carte du roi d'épée, avec au dos l'épigraphe Mai 1698, retrouvée dans la poche droite du manteau de la victime fit poser l'axiome que l'assassin ou la meurtrière était le ou la même qu'à Pfastatt et à Haguenau.

Il apparaissait évident qu'il ou elle désignait cette fois, par cet arcane mineur du tarot de Marseille, le Roi-Soleil. Après avoir conquis par la force et la destruction l'Alsace, dont il avait dit que c'est un beau jardin, Louis XIV avait fait de ce palais colmarien, le 1er mai 1698, le siège du Conseil souverain d'Alsace.

Magistrats, policiers, journalistes et autres exégètes surenchérirent d'hypothèses. En ces temps, on débattait à nouveau plus fortement de la sortie de l'Alsace de la région Grand Est.

Le président alsacien d'icelle, qui avait en premier lieu, comme maire de Mulhouse, férocement rugi « Arrêtons de subir ! Nous, Alsaciens, nous devons prendre notre destin en main ! » en lançant une mémorable pétition contre elle avant d'en prendre fermement les rênes, venait de démissionner sans gloire en surprenant tout le monde. Alors d'aucuns se demandèrent si le tueur ou la tueuse en série ne se prenait point pour une Jeanne d'Arc autonomiste.

En ce froid mois de janvier, l'envie me prend d'aller poser mes pas dans ceux d'autres grands personnages de l'Histoire. Une dizaine de jours en Terre sainte et en Jordanie me feraient grand bien dans ma tête un peu dérangée, a conseillé ma camarade Mina qui elle-même avait enduré l'enfer d'un injuste emprisonnement à Munich sous la fausse accusation d'y avoir abattu deux organistes.

Sur ses recommandations, je réserve par internet un billet d'avion aller-retour pour Tel-Aviv, et une chambre à l'Hospice autrichien, via Dolorosa dans la vieille Jérusalem. C'est là, m'apprit-elle, qu'avait séjourné l'empereur François-Joseph 1er d'Autriche, l'époux d'Elisabeth de Bavière dite Sissi, que Romy Schneider a incarnée au cinéma.

Je reste quatre jours dans la ville sainte des juifs, des musulmans et des chrétiens, marchant dans les souks colorés en croisant des jeunes policiers et soldats en armes, visitant, sur le mont Herzl, Yad Vashem, construit en mémoire des victimes de la Shoah perpétrée par les nazis, m'étonnant qu'un pouvoir politique, bien à droite et s'y référant, puisse aujourd'hui traiter les Palestiniens de manière inéquitable.

Dans les ruelles aux pierres polies par des piétinements millénaires, entre les échoppes, je regarde les flots des foules mêlant des juifs, des musulmans, des chrétiens et d'autres gens de partout. J'admire les synagogues, le mur des Lamentations, les mosquées, les églises. Je vais à l'église du Saint-Sépulcre, que les croisades du Moyen Âge voulaient libérer, parce que c'est là que selon la tradition le corps du Christ a été déposé le soir de sa mort sur la croix, et j'y découvre qu'on a situé le Golgotha de la crucifixion à l'étage de la vieille basilique.

La via Dolorosa est le chemin de la souffrance du Christ. Elle part de l'endroit de son procès et va au Golgotha. Un peu avant, il y a la basilique Sainte-Anne, construite par les croisés à l'endroit où la Vierge Marie serait née dans la maison de ses parents Anne et Joachim. Juste derrière subsistent les ruines du vaste réservoir d'eau creusé au temps du roi Hérode, où Jésus a dit au paralytique : « Lève-toi, prends ton grabat et marche ».

Le dimanche matin, quand les transports publics reprennent en Israël après le Shabbat, je prends un autocar qui longe pendant des heures la mer Morte et traverse le désert du Néguev pour arriver à la pointe méridionale du pays, dans la ville-port d'Eilat sur la mer Rouge. Juste après au sud, c'est le Sinaï égyptien. Du milieu du golfe part la frontière avec la Jordanie. Mitoyenne d'Eilat, Aqaba est l'unique port et station balnéaire du royaume hachémite. De ce côté-là de la mer Rouge, il y a ensuite l'Arabie Saoudite.

C'est là, dans cette ville, tout au bas de la Jordanie, qu'en juillet 1917 a eu lieu la bataille d'Aqaba. Elle a été gagnée par les tribus arabes coalisées et co-dirigées par le mythique agent secret britannique Lawrence d'Arabie, révoltées contre les Ottomans qui dominaient presque tout le Proche-Orient. Il y a aussi les ruines d'un vieux fort, qui était au départ un caravansérail pour les pèlerins égyptiens se rendant à La Mecque, transformée au XIIe siècle en forteresse par les croisés, devenu un château mamelouk au XVIe siècle, avant d'être partiellement détruit par les bombardements anglais durant la Première Guerre mondiale.

Puis à nouveau le désert, vers le nord où la montagne s'élève, entre la mer Rouge et la mer Morte. Et alors c'est la découverte extraordinaire de Pétra, immense ville antique sculptée dans la pierre de grès multicolore aux énormes falaises, avec ses temples et ses habitations troglodytes, ses aqueducs creusés dans les parois rocheuses, fabuleuse cité perdue retrouvée et révélée au monde entier en 1812 par un explorateur suisse nommé Jean-Louis Burckhardt, qui s'était déguisé en arabe pour convaincre son guide bédouin de l'y emmener.

On y entre par le Siq, grand canyon, qui d'un coup s'ouvre sur la porte du Trésor, la Khazneh, la façade la plus célèbre de Pétra, haute de quarante mètres, ornée de colonnes, de chapiteaux, mise en valeur par Steven Spielberg et son Indiana Jones interprété par Harrison Ford, et aussi par Hergé et son *Coke en stock* des aventures de Tintin.

Après, sur des kilomètres dans les montagnes, ce sont partout des monuments tout aussi impressionnants, avec le théâtre, les tombeaux royaux, le grand temple... On ignore quand la ville a été construite au cœur de ces montagnes, mais on sait qu'elle était depuis le premier siècle avant Jésus-Christ la capitale des Nabatéens, un peuple arabe devenu prospère grâce au commerce de l'encens, de la myrrhe et des épices, puisqu'il se trouvait sur la route commerciale reliant l'ancienne Mésopotamie à l'Égypte.

Avançant dans ce paysage unique, j'essaie d'imaginer comment était la cité antique, forcément encore plus somptueuse, avant qu'elle ne soit à moitié détruite, en l'an 363, par un tremblement de terre qui a provoqué son abandon puis son oubli, sauf pour les bédouins de la région. Par moments, le vent soulève des nuages de sable.

Je ne sais pas pourquoi il vient me rappeler que l'immense écrivaine anglaise Agatha Christie avait situé dans ce décor le meurtre d'une vieille et méchante américaine, Madame Boynton, qui se faisait obéir au doigt et l'œil de toute sa famille et prenait plaisir à faire souffrir tout le monde.

Dans ce roman policier intitulé *Rendez-vous avec la mort,* c'est évidemment son personnage récurrent, le fameux détective belge Hercule Poirot, qui va élucider ce crime par empoisonnement.

Comme tous les visiteurs de Pétra, Agatha Christie en fut très impressionnée, quand elle y était venue avec son second mari, l'archéologue britannique Max Mallowan.

L'évocation du polar de la romancière anglaise me ramène par ricochet à notre tueur en série, ou peut-être tueuse en série, qui sévit en Alsace depuis novembre dernier.

Avant de partir pour le Moyen-Orient, je m'étais dit qu'il ou elle pourrait bien récidiver pendant que je serai en voyage. Alors j'ai installé sur mon téléphone portable Google Alertes, ce merveilleux outil qui vous envoie un courriel à chaque fois qu'une nouvelle page web correspondant aux mots-clés que vous avez choisis apparaît dans les résultats Google. Comme mots-clés, j'ai mis Tueur, Alsace, Nouveau crime. Les premiers jours, je consultais le site internet de *L'Alsace* matin, midi et soir, et une dernière fois en me couchant. Depuis les premiers jours de mon périple, je m'étonne qu'il ne se passe rien. J'en éprouve même presque de la déception. Alors je me traite de malade à souhaiter que ce taré ou cette tarée tue un ou une innocente.

Je reviens le jeudi de la semaine d'après, avec plein d'images inoubliables en tête.

8
VERS 720

Notre mystérieux tueur avait longtemps hésité sur la carte à prendre. Aucun des vingt-deux arcanes majeurs du tarot de Marseille, ni aucun des cinquante-six arcanes mineurs, ne correspondait vraiment au personnage qu'il voulait symboliser. La chose le frustrait.

Pour son quatrième crime, il avait choisi le 11 février car, ce samedi-là on fêtait Notre-Dame de Lourdes, en référence au 11 février 1858, le jour où la Vierge Marie est apparue pour la première fois à Bernadette Soubirous dans une grotte appelée Massabielle. Il voyait dans cette date une sorte de cousinage de miracles entre les hauts-lieux de pèlerinage pyrénéen et alsacien.

Par défaut, il prit le deuxième arcane des majeurs, la papesse : elle est considérée comme le reflet des quêtes intérieures. Le livre grand ouvert qu'elle tient entre les mains renvoie à la spiritualité et à l'amour. Cela sied mieux, se dit-il, à une icône religieuse que, dans les arcanes mineurs, la reine de coupe, la reine d'épée, la reine de bâton et encore moins à la reine de denier qui symbolisent toutes des aspects plus matériels.

Il avait cherché dans les nombreux articles trouvés sur internet des dates plus ou moins précises des miracles attribués à la plus grande sainte alsacienne de l'Histoire. Mais plus on remonte dans le temps, moins on est certain des moments où les événements se sont produits, ni d'ailleurs de la façon dont ils ont eu lieu, surtout que les hagiographies sont faites pour glorifier les saints davantage que pour reconstituer leurs biographies. On sait cependant que notre sainte Odile Alsacienne, canonisée en 1049 par le pape alsacien Léon IX, lequel était aussi un descendant de son père, et proclamée sainte patronne de l'Alsace en 1946 par le pape Pie XII, est née en l'an 660 à Obernai et est morte, selon la plupart des écrits le 13 décembre 720, dans le couvent de Hohenbourg dont elle était l'abbesse. Cette abbaye, sur la montagne des Vosges alsaciennes que les Celtes appelaient Altitona ou Altodunum, était auparavant le château paternel. Elle est aujourd'hui le pèlerinage du Mont Sainte-Odile.

Comme presque tous les Alsaciens et bien d'autres qui ne le sont pas, notre mystique assassin connaissait la légendaire histoire de sainte Odile. Elle était la fille du duc d'Alsace Étichon-Adalric, nommé à ce poste en l'an 662 par le roi des Francs d'Austrasie Childéric II, et qui, avant de devenir duc, était un riche propriétaire installé à Obernai.

En l'an 655, Étichon-Adalric avait épousé Berswinde d'Austrasie, nièce de saint Léger, l'évêque d'Autun d'origine rhénane, et sœur d'une reine des Francs. Quand Berswinde accoucha de leur premier enfant, le duc fut très déçu et fâché que ce fût une fille, de surcroît aveugle et chétive. Il ordonna qu'on la tue.

Son épouse parvint à l'en dissuader. Elle réussit à éloigner son bébé, grâce à une servante qui l'éleva d'abord à Scherwiller, puis le confia au monastère de Palma, à Baume-les-Dames, dans le Doubs, dont l'abbesse était sa tante.

Douze ou quinze ans plus tard, selon les différents écrits, l'évangélisateur irlandais Erhard, alors évêque de Ratisbonne en Bavière, eut une vision dans laquelle Dieu lui ordonna de se rendre à Baume-les-Dames, ce qu'il fit. À l'instant où Erhard baptisa l'enfant aveugle, celle-ci recouvra miraculeusement la vue. Alors, on l'appela Odile, du vieil alémanique Ottilie, qui signifie lumière de Dieu.

Plus tard, Hugues, un de ses frères puînés, aida Odile à revenir dans sa famille. Mais Étichon-Adalric, très en colère devant la manœuvre de son fils, tua celui-ci d'un coup de sceptre sur la tête.

Après le meurtre de son fils, le duc fut pris de remords et toléra Odile au château du Hohenbourg. Il projeta de lui faire épouser un jeune prince de son choix. Mais par amour pour Dieu, Odile refusa ce mariage et s'enfuit en Forêt-Noire, où il la poursuivit.

C'est là, près de Fribourg, que, selon la légende, un rocher s'est ouvert, permettant à Odile de s'y réfugier.

Devant ce miracle, son père alors comprit le destin de sa fille. Il l'accueillit à nouveau à Hohenbourg. Puis, pressé aussi par l'évêque d'Autun Léger, il fit don du château à sa pieuse fille, qui le transforma en monastère.

Ses parents continuèrent à résider auprès d'elle dans une dépendance du domaine. Entre 680 et 690, année où tous deux moururent en février à neuf jours d'intervalle, le duc finança et dirigea parfois lui-même la construction de l'hospice et des nouveaux bâtiments. Pendant plus de trente ans, Odile resta à la tête de cette communauté de plus de cent trente religieuses issues pour beaucoup de la noblesse rhénane, menant une vie de prière et de charité.

Après la mort de ses parents, Odile de Hohenbourg fonda un autre monastère à Saint-Nabor, au pied de la montagne, qu'elle nomma Niedermunster, le monastère d'en bas, pour accueillir les pauvres et infirmes qui n'avaient plus assez de force pour gravir la montagne, et y fit construire une église consacrée à saint Martin.

Debout devant le grand bâtiment aux quatre rangées superposées de fenêtres, transpercé par le porche par où l'on entre dans le monastère, notre assassin jouant au pèlerin regardait la petite statue de la sainte au-dessus du passage voûté et l'inscription latine qui l'entoure :

HIC SANCTA FLORUIT ET SEMPER REGNAT ODILIA PRAESUL ALSATIAE MATER

(Ici brilla avec éclat et règne toujours sainte Odile, mère de l'Alsace).

Il pénétra dans le sanctuaire en traversant la grande cour par l'allée longée de tilleuls, jeta un œil sur le beau panorama de la plaine d'Alsace. Puis il alla visiter la succession de chapelles aux murs ornés de fresques, de dorures et de mosaïques, et la basilique baroque.

Dans la chapelle de la Croix, il regarda le sarcophage d'Étichon-Adalric. Dans la suivante, des femmes et des hommes priaient dans une grande ferveur devant le massif tombeau de sainte Odile. Il pensa à tous les grands personnages de l'histoire qui, outre les papes, s'y étaient recueillis comme eux : Charlemagne, son fils Louis le Pieux, Frédéric Barberousse et bien d'autres.

Notre tueur peu dévot se rappelait une enquête qu'il avait lue à l'été précédent dans les *DNA* et *L'Alsace*. Le journaliste Denis Tricard y révélait un intrigant projet d'eurodéputés d'extrême-droite qui projetaient de mettre en réseau les sites abritant en Europe des reliques de sainte Odile, notamment en Alsace et en Vénétie.

L'article était illustré par des photos prises le 6 juillet précédent au mont Sainte-Odile et à la mairie d'Ottrott montant des élus nationalistes français et italiens arborant leurs écharpes. Le journaliste expliquait qu'au fil des siècles des reliques de la sainte alsacienne avaient été dispersées aux quatre coins de l'Europe et du monde.

Le sanctuaire était devenu au VIIIe siècle un haut-lieu de pèlerinage dès le décès d'Odile. En 1354, le roi de Bohème Charles IV, qui allait devenir un an plus tard empereur du Saint-Empire romain germanique, avait, de passage en Alsace, fait ouvrir le cercueil pour y prendre un avant-bras de sainte Odile et déposer cette relique dans la cathédrale Saint-Guy de Prague.

D'autres fragments d'os de la sainte patronne de l'Alsace se trouvent toujours de nos jours à l'évêché et à la cathédrale de Strasbourg, au Brésil, au Togo ou encore en Roumanie. Il apparaît aussi hautement probable que son crâne soit conservé et vénéré dans l'église de Tovena en Vénétie, d'où viennent justement les élus de la Lega italienne d'extrême-droite. Un inventaire mené en 1935 dans le sarcophage au Mont Sainte-Odile avait déjà confirmé que le crâne ne s'y trouvait plus, ce qui crédibilise la relique italienne.

Notre éclairé tueur annaliste poursuivait sa déambulation vers la chapelle des larmes où, selon les écrits, Odile a longtemps pleuré la mort de son père et prié pour le salut de son âme. Il y pensa aux miracles que l'hagiographie lui prête, comme le baiser curatif à un lépreux, et surtout celui de la fameuse source qui porte son nom. La légende dit qu'un jour où Odile se rendait à pied de l'abbaye du haut au monastère d'en bas, elle rencontra un aveugle assoiffé qui la supplia de l'aider. Elle frappa alors la roche de son bâton pastoral et une source jaillit, abreuvant et guérissant le moribond.

Depuis, durant tous les siècles qui ont suivi, cette source continue de couler de la falaise de grès. En contrebas de l'abbaye, elle reste aujourd'hui un lieu de pèlerinage important. Tous les jours, des visiteurs y viennent pour prier et se laver les yeux avec l'eau d'Odile ou la boire. Beaucoup en emportent dans des gourdes, des bouteilles ou des flacons, tant elle est réputée pour guérir les maladies des yeux.

Au bout du sanctuaire, près de la chapelle des Anges, il jeta un long regard sur la plaine d'Alsace, puis contempla la grande statue en grès de sainte Odile, en robe de bénédictine, posée sur une haute tourelle bâtie sur l'éperon rocheux. Dans son bras gauche, elle tient un livre et une crosse. De la main droite, elle bénit cette plaine d'Alsace où, par beau temps, on aperçoit la flèche de la cathédrale de Strasbourg. La statue, créée par le sculpteur colmarien Alfred Clem, date de 1924, à l'époque où ont été menés les grands travaux de restauration et d'agrandissement du monastère.

C'était comme si cette contemplation lui avait donné une assurance supplémentaire.

Notre assassin était maintenant pressé de commettre son nouveau crime. Il releva la capuche de sa parka et sortit du monastère. À sa gauche, il prit le chemin qui descend entre les falaises et les arbres. Il y avait des gros blocs de pierre recouverts de mousse. Ils annonçaient le fameux mur païen, vieille et mystérieuse enceinte cyclopéenne de près de onze kilomètres faisant le tour du plateau de la montagne. Le nom de mur païen lui a été donné par le pape alsacien Léon IX. Il ne marcha qu'un peu plus de dix minutes. Après un séculaire escalier de pierres, le site de la source miraculeuse lui apparut avec ses vieux murs, ses auges, sa porte à la grille peinte en bleu portant les armoiries du couvent, et son filet d'eau qui depuis des siècles n'arrête pas de couler.

Il avait lu quelque part que chaque lundi de Pâques des gens d'un laboratoire de produits homéopathiques allemand venaient ici prélever plusieurs litres de ce précieux liquide pour en faire un médicament, car ce jour-là son pouvoir serait décuplé, ce que des mesures radiographiques auraient confirmé, selon les dires du laboratoire en question.

Le mystère de cette source vient aussi du fait que les géologues ne s'expliquent pas sa présence à cet endroit, puisque les failles et les strates sédimentaires sont inclinées dans un sens qui ne devrait pas permettre son écoulement sur ce flanc de la montagne.

Ayant enfilé ses gants de cuir noir, notre tueur s'assit sur un muret et attendit dans le silence de la nature, écoutant le doux clapotis de l'eau qui tombe dans l'auge circulaire taillée dans la pierre.

Il était seul. En hiver, les pèlerins s'aventuraient moins par ici. Tout était si tranquille que tout à coup il eut envie de fumer, alors que depuis des années il s'était débarrassé de ce vice.

Il entendit des roulements de pierres dans le chemin et des bruits de pas. L'homme qui descendait prudemment sur le sentier les marches érodées était âgé. Il s'aidait d'une canne en bois qu'il tenait dans la main droite. Il portait un chapeau noir et un gros anorak couleur sable.

Le tueur le fixa sans rien dire, en restant assis. Il y avait de la noblesse dans le geste de ce septuagénaire ou octogénaire quand il le salua en inclinant la tête et soulevant son chapeau de la main gauche, avant d'aller résolument vers la source miraculeuse. Se tenant devant elle, il prit sa canne dans la main gauche, se courba, plongea la main droite dans l'auge ronde remplie par le filet d'eau, se redressa et se signa. Une prière muette se devinait sur ses lèvres.

C'est à ce moment que notre assassin silencieux prit tranquillement dans la poche de sa parka son pistolet Walther PPK. Sans rien dire, il visa le vieux pèlerin à trois mètres, et lui tira une balle à l'endroit du cœur.

Passant de la béatitude à l'effroi, la victime tomba au sol en disant seulement :

– Warum ?

– Juste parce que tu es arrivé au mauvais moment au mauvais endroit, répondit l'assassin, en glissant dans une poche de l'anorak l'arcane numéro 2 du tarot de Marseille, celle qui représente la papesse.

Au dos, avec des lettres découpées dans les *DNA* et *L'Alsace*, il avait collé : « Vers 720 ».

Il était certain que les gendarmes, les magistrats, les journalistes et tous les exégètes allaient en déduire qu'il faisait bien référence à sainte Odile, patronne de l'Alsace, et à ses miracles avant sa mort, en l'an 720.

9
ENCORE UN AFFOLANT HASARD

Quand, ce même samedi, sortant de Sélestat, j'entends sur France Info qu'un nouvel assassinat attribuable à l'évidence au serial killer aux arcanes du tarot de Marseille, a eu lieu cette fois au mont Sainte-Odile, je m'exclame : « C'est quand même pas Dieu possible ! »

La radio d'information en continu annonce qu'un homme a été tué d'une balle dans le thorax, au mont Sainte-Odile qui, précise le journaliste, est un haut-lieu de pèlerinage en Alsace.

Aussitôt je chavire et divague, tout habité par une impression absolument terrible de basculer dans l'irréel ou dans la folie. Il y a comme un voile noir devant moi. D'autres automobilistes me ramènent un instant à la réalité en klaxonnant hystériquement.

Est-ce que je viens de percuter une voiture, un cycliste ou un piéton ? Je tremble et panique. Mon cœur s'emballe. Tout s'embrouille et s'entrechoque dans ma tête. Je me gare n'importe comment. Je sors et regarde, hagard et effaré.

Je ne vois rien. Personne n'est étendu sur le sol ou blessé, pas de véhicule accidenté en travers de la chaussée non plus. Il y a seulement un quidam avec une trottinette électrique qui déambule un peu plus loin et qui continue à crier les mots de connard et de chauffard. Je ne sais pas si c'est après moi qu'il en a.

Sur la route de Colmar, le soleil couchant éclaire étrangement la zone d'activité sud de Sélestat en plein renouveau. Derrière, le château du Haut-Koenigsbourg trône sur sa montagne. J'ai du mal à comprendre ce qui s'est passé. Est-ce que j'ai failli provoquer un accident, renverser ce furieux sur sa trottinette ? Heureusement que je ne roulais pas vite. Si ç'avait été grave, des gens seraient bien sûr restés sur place. Ça me rassure et me calme.

L'annonce de France Info revient en écho dans ma tête comme pour me dire que je ne l'ai pas rêvée et qu'elle est bien vraie. Dans six minutes maintenant, il y aura un nouveau flash.

On dirait qu'il y a dans mon crâne un battant de cloche qui frappe d'un côté avec le mot « nouvel assassinat » et de l'autre qui répond « mont Sainte-Odile », et qu'à chaque fois ça résonne plus fort.

« C'est quand même pas Dieu possible », que je me répète. Je me gare sur le parking d'un magasin.

Je me dis que je dois réfléchir pour ne pas me laisser entraîner dans cette folie.

Soudain, il me vient une idée atroce : cet assassin ne me suivrait-il pas pour tuer des innocents là où je vais ?

Je ne vois que cette explication. Comment se fait-il qu'à chaque fois que ce taré commet un crime quelque part, je suis passé à cet endroit peu avant ? Cette idée-là me panique. Elle me serre la gorge, me coupe la respiration et fait s'emballer mon cœur.

Ça devient une affolante histoire de fou.

Calme-toi et respire, essaie de raisonner, voilà ce que je me dis et redis.

Quand j'étais journaliste, on disait que j'avais un esprit plutôt cartésien. Alors fais comme si tu te retrouvais devant un de tes vieux faits divers.

Analyse les choses, pèse-les et médite. Résume et va à l'essentiel.

S'il me suit c'est forcément qu'il me connaît. Et donc, logiquement, moi je devrais aussi le connaître. Encore que, avec le peu d'éléments que tu as, tu ne peux pas en tirer une conclusion définitive.

Il doit y avoir d'autres explications. On peut en imaginer plein, et même des complètement tarabiscotées et des très tordues.

Dans l'hypothèse où effectivement le tueur me suit quand il lui prend l'envie d'aller occire quelqu'un, d'abord pourquoi me suit-il moi, ou comment fait-il pour savoir où je vais ?

C'est compliqué de réfléchir comme ça, dans la panique on s'accroche aux idées qui vous arrivent en se bousculant et celles qui vous paraissent les plus plausibles reviennent.

Qui, de tous ceux que je connais, serait capable de me coller au train pour tuer des pauvres gens ?

Dans tous mes cercles de relation, comme ça de suite, je ne vois personne qui serait assez débile et encore moins pervers pour commettre de telles choses.

D'ailleurs mes amis et mes fréquentations, tels que je présume, ne sont pas du genre à posséder un pistolet, ni aucun objet de quincaillerie létale, et à abattre des victimes prises au hasard.

Encore qu'on ne sache jamais, on ne connaît jamais tout de la vie des gens.

Mais c'est vrai aussi que dans ma longue carrière de journaliste j'ai rencontré des détraqués. Depuis le temps, il y en a qui ont dû sortir de prison.

Il y avait bien ce taré qui avait, sur un carreau minier du Bassin potassique, violé une jeune fille après avoir enfermé son copain dans le coffre de l'auto en tirant dessus, puis l'y avait enfermée à son tour, avant d'y mettre le feu qui heureusement n'a pas complètement incendié le véhicule. Il avait aussi tué de trois balles de pistolet un pompiste à Mulhouse, blessé avec la même arme un commerçant puis tiré sur une autre personne également à Mulhouse. Le premier commerçant qui a eu une chance énorme, c'était Bernard Dumel, qui était encore à l'époque le patron du Super U de Pfastatt, que son fils Olivier a repris depuis. Ce soir-là, Bernard Dumel allait mettre la recette du magasin dans le dépôt de nuit de sa banque à Mulhouse quand le malfaiteur cagoulé l'a braqué avec son pistolet en exigeant qu'il lui remette l'argent. Monsieur Dumel avait tenté de s'enfuir. Le braqueur avait tiré. La victime avait ressenti une immense douleur derrière l'oreille. La blessure n'était heureusement pas grave, mais l'agresseur était parti avec le butin. Plus tard, j'ai appris que ce tueur s'était évadé de l'hôpital psychiatrique où il était interné.

Et bien sûr il y en avait d'autres du même genre, des bien capables, ayant recouvré la liberté, de se lancer dans la croisade criminelle du tueur aux arcanes du tarot de Marseille. Les images de quelques-uns me reviennent fugacement. Comment s'appelaient-ils ?

Avec l'âge, j'ai la mémoire qui flanche. En tout cas, ç'aurait été facile pour n'importe lequel d'entre eux de me retrouver.

Mais je peux aussi me fourvoyer. Il se peut très bien que personne ne me suive. Il ne faut pas que je devienne paranoïaque. Peut-être qu'après tout ça reste quand même des hasards, bien que, statistiquement, avec quatre assassinats, ça commence à en faire trop. C'est toujours une erreur que de conclure trop vite, ce qui est évident n'est pas toujours vrai.

Puis l'autre angoisse revient terriblement : et si je possédais une épouvantable malédiction d'une sorte d'ubiquité ?

France Info ouvre son journal de dix-huit heures par un reportage de son correspondant en Alsace sur le nouvel assassinat perpétré par le mystérieux tueur en série. Il est cette fois précisé que la victime est un ressortissant allemand de soixante-dix-huit ans, qui a été tué d'une balle dans le thorax, devant la source miraculeuse du mont Sainte-Odile, en contrebas de l'abbaye, et que ce sont deux autres visiteurs de ce lieu sacré qui ont découvert en fin de matinée la victime gisant au sol.

Pourquoi je me demande alors si je suis descendu ou pas à la source miraculeuse ce matin ? Parce que l'angoisse de l'effrayante ubiquité m'est revenue ?

En rentrant en début de semaine du Proche-Orient, où après la fabuleuse découverte de Pétra j'étais repassé par Jérusalem et ses lieux saints, j'avais éprouvé une forte envie de retrouver nos trésors patrimoniaux à nous dans notre belle Alsace.

Mercredi je suis allé revoir la cathédrale de Strasbourg. Vendredi j'étais au musée Unterlinden à Colmar pour admirer le retable d'Issenheim qui, entièrement restauré, a retrouvé son éclat et sa splendeur d'antan. Et, forcément, j'ai recontemplé les œuvres de Martin Schongauer en regrettant derechef de n'y trouver aucune estampe de sa fameuse gravure sur cuivre *La tentation de saint Antoine*, qu'il avait faite pour les antonins d'Issenheim.

Là, je viens de faire mon pèlerinage à Sélestat. J'aime revenir régulièrement dans ce berceau de l'humanisme rhénan qu'est Sélestat depuis un demi-millénaire. Ça me manque quand il se passe trop de temps sans que j'y sois passé. Je suis d'abord allé dans la dépouillée église romane Sainte-Foy. Elle a été fondée, avec son prieuré, à la fin du XIe siècle par Hildegarde d'Éguisheim, devenue Hildegarde de Sélestat, veuve de Buren. Cette dame pieuse était l'arrière-grand-mère du grand empereur Frédéric Barberousse. Puis je suis entré dans l'église Saint-Georges, que les corporations de métiers et les commerçants de la ville ont fait construire à partir de 1220 dans le magnifique style gothique flamboyant, comme un défi à l'autorité bénédictine du prieuré Sainte-Foy voisin. D'aucuns la voient comme la victoire de la bourgeoisie sur la sainte noblesse.

Ensuite je suis revenu dans le formidable temple de la connaissance qu'est la Bibliothèque humaniste de Sélestat. Passant dans la vieille rue du Sel, j'ai imaginé l'immense Érasme, le prince de l'humanisme à l'esprit européen avant l'heure, auteur de *L'éloge de la folie*, arriver de Bâle et entrer ici dans la maison de son alter ego Beatus Rhenanus. C'est ce dernier, grand érudit de la Renaissance, qui a légué, à sa mort en 1547, à sa ville natale de Sélestat son inestimable bibliothèque de centaines de manuscrits médiévaux, incunables et livres reliés en cuir. Ce sont ces trésors qui constituent le fonds principal de la Bibliothèque humaniste.

Mais ce matin, quand je suis remonté au mont Sainte-Odile, qu'ai-je fait dans l'ordre ? Je me rappelle bien que je suis d'abord retourné comme toujours dans l'abbaye. Je me souviens que j'y ai croisé des gendarmes en armes.

Après, ça devient confus dans ma tête. Je ne suis plus tout à fait certain de m'être arrêté ce matin devant la source miraculeuse. Dans mon esprit chahuté, j'essaie de refaire mon itinéraire.

Sortant du monastère, j'ai descendu à gauche les escaliers érodés courant le long de la falaise. Je me rappelle que j'y ai regardé les grandes céramiques bleues du monumental chemin de croix. Je me suis arrêté devant des panneaux qui indiquent avec un rectangle rouge et un chevalet jaune les sentiers pour aller à la source miraculeuse, au mur païen et à tous les autres lieux. Une inscription précise que Compostelle se trouve à 2291 kilomètres et Barr à deux heures et demie de marche.

Après j'ai suivi le mur païen jusqu'au Maennelstein.

Donc je suis forcément passé devant la source miraculeuse. Mais j'avais surtout envie de retrouver, comme endormie dans la forêt de la montagne, cette immobile et grandiose muraille.

Le mur païen, dont les chercheurs ont récemment daté la construction au VIIe siècle alors qu'on a longtemps pensé qu'il remontait à plusieurs siècles avant Jésus-Christ, possède quelque chose de tout à fait magique, sacré et énigmatique. Marcher quelques centaines de mètres le long de ces blocs de pierre couverts de mousse m'a aéré la tête.

Arrivé au Maennelstein, je ne me suis pas lassé de la vue extraordinaire sur la plaine d'Alsace, et au-delà sur la Forêt-Noire. Les Celtes auraient dédié cet éperon rocheux à deux de leurs dieux, la lune qu'ils appelaient Men et le soleil qu'ils baptisaient El.

Il y a une table d'orientation, des cupules et des croix creusées dans la pierre, et aussi un vieux et mystérieux anneau en métal indéfini fixé dans la roche au sommet de la falaise.

Celle-ci se dresse avec un à-pic de plus de quinze mètres. Une vieille légende veut que des navires aient accosté ici à une très lointaine époque où existait un lac ou une mer entre les Vosges et la Forêt Noire. Un dessin du début du XVIIe siècle prétend que Noé a amarré ici son arche à ce vieil anneau.

Le soir, je zappe sur les chaînes de télévision. Des images du couvent et de la source miraculeuse se succèdent avec les mêmes informations qui se répètent.

Ça m'apaise et chasse mes tourments.

Le lendemain, toutes les gazettes annoncent que le mystérieux assassin a glissé dans une poche de l'anorak de sa victime l'arcane numéro 2 du tarot de Marseille, celle qui représente la papesse, où il est collé au dos, avec des lettres découpées dans les *DNA* et *L'Alsace,* « Vers 720 ». Elles écrivent toutes que c'est l'année de la mort de sainte Odile à qui l'on attribue plusieurs miracles, dont celui d'avoir fait jaillir la source qui a abreuvé et guéri l'aveugle moribond.

10
17 MARS 1324

Notre assassin historien amateur se demandait s'il allait commettre le crime suivant à Ferrette ou à Thann. Il savait que la dynastie des Hohenstaufen, qui a régné sur le Saint-Empire romain germanique et dont l'ancêtre était le duc d'Alsace Étichon, le père de sainte Odile, s'était éteinte au XIIIe siècle. Son dernier empereur, Frédéric II, petit-fils de l'illustre Barberousse, était en querelle permanente avec le pape Grégoire IX, qui l'excommunia en le désignant comme l'Antéchrist.

Ce souverain pontife, créateur de la terrible Inquisition, était aussi en conflit avec les rois de France et d'Angleterre, ainsi qu'avec la population de Rome. Conrad IV de Hohenstaufen, le fils de Frédéric II, mort en 1254 quatre ans après son père, fut le dernier roi de Germanie de la dynastie. Le trône du Saint-Empire romain germanique resta vacant jusqu'à 1273, quand les princes-électeurs élurent roi des Romains Rodolphe de Habsbourg, qui était un seigneur influent du sud de l'Allemagne. C'est ainsi que les Habsbourg ont été amenés à diriger le Saint-Empire jusqu'à sa fin, en 1806, provoquée par les victoires de Napoléon.

Notre éclairé assassin partageait la certitude des Habsbourg qu'ils descendaient eux aussi d'Étichon, le père de sainte Odile, par Radbot de Habsbourg et son frère le comte d'Alsace Rodolphe d'Altenbourg.

L'ancêtre de ces deux personnages est Eberhard d'Éguisheim, comte du Sundgau, qui lui-même était un petit-fils d'Étichon et donc neveu de sainte Odile. C'est cet Eberhard qui a fondé en 727 l'abbaye de Murbach, laquelle était au Moyen Âge une des plus puissantes de la région.

Radbot a fondé en 1027, dans le canton d'Argovie en Suisse alémanique, l'abbaye bénédictine de Muri et le château de Habsbourg, qui a donné son nom à la célèbre dynastie. Peu après, de 1030 à 1040, son frère Rodolphe a fait ériger l'église octogonale Saint-Pierre-et-Saint-Paul d'Ottmarsheim, sur le modèle de la chapelle palatine de Charlemagne à Aix-la-Chapelle et du Saint-Sépulcre à Jérusalem.

Un autre argument en faveur de cette filiation perdurant depuis sainte Odile réside dans le fait que c'est Léon IX, le pape alsacien membre de la famille, qui a consacré en 1049 l'église d'Ottmarsheim, et aussi l'abbaye de l'Oelenberg à Reiningue, que sa mère Heilwige de Dabo, comtesse d'Éguisheim, avait fondée en 1046.

En tout cas, après Radbot de Habsbourg, la dynastie, depuis l'Alsace et la Rhénanie historiques, a étendu son influence vers l'est jusqu'à l'Autriche, puis, par les mariages bien davantage que par les guerres, à pratiquement toute l'Europe.

Notre annaliste tueur retenait surtout qu'au XIVe siècle, la maison des Habsbourg, qui risquait alors de disparaître par manque d'héritiers mâles permettant la transmission dynastique, fut sauvée par une Alsacienne : Jeanne de Ferrette.

Elle était la fille aînée du comte de Ferrette Ulrich III. Celui-ci, descendant alsacien de Charlemagne, n'avait pas non plus d'héritier mâle. Au début de l'an 1324, se sentant mourir et ne voulant pas que ses terres aillent à l'évêché de Bâle, il avait obtenu du pape l'autorisation de transmettre son comté à Jeanne. En même temps, il scella une alliance avec les Habsbourg. Le duc Léopold 1er d'Autriche envoya son frère cadet Albert II à Ferrette pour qu'il épouse Jeanne et assure la pérennité de la dynastie. Jusque-là, le futur duc Albert était prince-évêque de Passau.

Ulrich III de Ferrette mourut le 10 mars 1324 à Bâle et fut enterré dans l'église des Franciscains à Thann en présence de Jeanne et Albert de Habsbourg. Le couple se maria le 17 mars, également à Thann, et l'époux devint ainsi comte de Ferrette, et du coup le plus puissant seigneur d'Alsace, car les Habsbourg possédaient déjà les seigneuries d'Ensisheim et de Landser. Les mariés vécurent pendant sept ans à Ensisheim avant de s'établir à Vienne. Jeanne n'était point étrangère au fait que son mari devint un prince de la paix. Lorsqu'en 1338, une invasion de sauterelles provoqua d'énormes dégâts dans l'empire et qu'on en accusa les juifs qui furent persécutés, le duc interdit avec force ces pogromes.

Mais peu après le mariage, Albert II d'Autriche fut atteint d'une paralysie et crut le couple stérile. Ce ne fut qu'après un pèlerinage marial, en 1337 à Cologne et à Aix-la-Chapelle, que naquit, deux ans plus tard, « l'enfant du miracle », le futur duc d'Autriche Rodolphe IV, puis d'autres, faisant de Jeanne de Ferrette l'ancêtre des empereurs et rois habsbourgeois suivants.

La noble dame alsacienne mourut à l'âge de cinquante et un ans, en donnant naissance à son sixième enfant. Elle fut enterrée dans la chartreuse de Gaming, en Autriche, fondée par son mari.

Il ne savait toujours pas s'il allait tuer quelqu'un à Ferrette ou à Thann. Toutefois, il avait choisi la carte du tarot de Marseille, et déjà collé au dos avec des lettres et des chiffres découpés dans *L'Alsace* et les *DNA* la date du 17 mars 1324 : l'arcane numéro onze, celle de la force.

Elle représente une femme de profil tenant la gueule d'un chien. La femme symbolise la volonté humaine douce et le chien figure les instincts. Il trouvait que Jeanne de Ferrette se retrouvait bien dans cette carte qui évoque l'énergie, le courage, la détermination à aller jusqu'au bout des objectifs, et surtout les alliances et le mariage dans une union réussie et harmonieuse.

Il repassa en revue les arguments pour chaque endroit. Dans ceux pour Thann, il y avait le lieu du mariage. Notre perspicace tueur avait d'ailleurs appris, sous la plume de l'éminent historien de la ville André Walgenwitz, que le contrat fut signé ce fameux 17 mars 1324 au château de l'Engelbourg, au-dessus de Thann.

C'était une résidence du comte de Ferrette, qui permettait de surveiller le passage dans la vallée de la Thur. Lorsque plus tard, en 1673, Louis XIV, qui conquérait l'Alsace, a vu ce château au sommet de la colline, il en a ordonné la démolition. En s'écroulant, une partie du donjon circulaire est restée coincée sur le côté. Comme elle évoque un œil surveillant la ville, on l'appelle depuis l'œil de la sorcière.

Il y avait aussi la magnifique collégiale Saint-Thiébaut de Thann, joyau de l'art gothique rhénan, dont Jeanne avait poursuivi le projet de construction initié par son père. Sa construction fut achevée en 1516 sous le règne de l'empereur Maximilien 1er, un descendant de Jeanne, qui en a fait un monument majeur du patrimoine autrichien. Les Thannois disent en parlant du clocher : « Strasbourg a le plus haut, Fribourg le plus gros, Thann le plus beau. » Sur la façade occidentale, il y a un grand portail unique en France, avec un tympan sur chacune des deux portes rouges, et le tout surmonté d'un autre tympan encore plus impressionnant. Cette composition en dentelle de pierre où sont sculptés cinq cents personnages raconte cent cinquante scènes évoquant la vie de la Vierge Marie, la Nativité avec les rois mages et la Crucifixion.

Notre tueur amateur d'histoire connaissait évidemment la légende de saint Thiébaut, fondateur malgré lui de Thann. Ubaldo Baldassini était au XIIe siècle évêque de Gubbio, en Italie. Avant de mourir en 1160, il ordonna à son serviteur de prendre sur sa main droite son anneau d'or en récompense de ses fidèles services, et de l'emporter dans sa contrée natale, en Lorraine ou aux Pays-Bas selon les sources. En enlevant l'anneau, le serviteur vit le doigt de l'évêque se détacher avec. Il cacha alors la précieuse relique dans la pomme de son bourdon de pèlerin et se mit en route, traversant les Alpes pour arriver dans le Sundgau. Arrivé à l'entrée de la vallée de la Thur, il se reposa au pied d'un gros sapin. On était le 30 juin 1161. Quand il voulut reprendre son bâton, celui-ci resta attaché au sol ou aux racines du sapin. Trois grandes lumières scintillantes apparurent alors, ce dont fut témoin le comte Engelhart de Ferrette, un aïeul de Jeanne. Celui-ci fit le vœu de faire élever sur ce lieu une chapelle. Alors, comme un second miracle, le bourdon se détacha du sapin. Le doigt de saint Thiébaut, nommé Ubaldo en Italie, fut conservé comme relique dans cette chapelle, qui devint un lieu de pèlerinage si important qu'il fallut bâtir un sanctuaire plus grand : ce sera cette belle collégiale Saint-Thiébaut initiée par le père de Jeanne de Ferrette. Aujourd'hui encore, tous les 30 juin, Thann commémore la légende de sa création par la crémation des trois sapins.

Cependant, après une ultime hésitation, il décida de commettre son cinquième crime à Ferrette, car dans l'histoire de l'Alsace le nom de Jeanne est avant tout attaché au château de Ferrette.

Il choisit de le faire le mardi 7 mars, non pas parce que c'était le jour où partout en France on manifestait contre la réforme des retraites, mais parce que c'était un jour de pleine lune et que les astrologues en parlaient comme l'ultime lunaison chaotique de l'hiver avant le retour à la lumière. Il se dit que ça embrouillerait les choses pour les exégètes de ses prouesses, qui en plus de parler de lui comme le tueur aux arcanes du tarot de Marseille diraient qu'il est aussi un assassin de la pleine lune.

De loin, il vit le château sur son piton rocheux, surplombant entre les arbres le village niché dans les premiers contreforts du Jura. C'est l'un des plus anciens d'Alsace. Il existerait depuis l'an 1040. Ce qui est sûr, c'est que, dans ce joli Sundgau, le comté de Ferrette était au Moyen Âge une des plus puissantes seigneuries de Haute-Alsace.

Notre cultivé tueur savait aussi que l'actuel comte de Ferrette est le prince Albert II de Monaco.

Cette étrangeté vient du fait qu'après les traités de Westphalie qui ont rendu l'Alsace française, Louis XIV a fait don en 1659 à son principal ministre d'État, le cardinal de Mazarin, de toutes les possessions des Habsbourg en Haute-Alsace, et que les Grimaldi, qui règnent sur Monaco depuis le XVIIe siècle, sont les descendants et héritiers du cardinal. Albert II de Monaco est à ce titre mêmement comte de Thann et de Belfort et baron d'Altkirch et d'Issenheim.

Les mains dans les poches de sa parka sombre, il remontait les rues étroites de Ferrette, puis gravit lentement la pente. Au bout du chemin, la porte des remparts du vieux château lui apparut grande. Derrière, au bout d'une haute muraille, se dressait une tour ronde. Du lierre grimpait sur les pierres. Il se dit que la guerre de Trente Ans, où les paysans sundgauviens s'étaient révoltés contre les occupants suédois de ces lieux, puis la Révolution française, où la population rebelle les avait aussi saccagés en 1789, ont beaucoup mis en ruine cette forteresse.

Mais il en reste toujours les deux parties qui la composaient, le château inférieur avec sa chapelle, ses tours et ses courtines équipées de bouches à feu pour repousser les assaillants selon la tradition militaire du XVe siècle, et le château supérieur, plus ancien, avec son donjon d'habitation sur plusieurs niveaux. Une terrasse est collée à cette tour. On y jouit d'une magnifique vue sur le Jura suisse, sur les Vosges et la Forêt-Noire.

Il alla au milieu de ces ruines, faisant semblant d'y flâner. Il avait lu que l'office de tourisme du Sundgau et l'association des Amis du château de Ferrette incitent beaucoup à le visiter librement, proposant des guides. Cela fait qu'il y a toute l'année des visiteurs dans ces lieux médiévaux.

Mais cette après-midi, il n'y rencontra personne. Il pensa que c'était parce que partout en France des gens manifestaient contre la réforme des retraites et que les syndicats voulaient mettre le pays à l'arrêt.

Lui se moquait de ces combats sociétaux. Il n'avait jamais eu l'âme revendicative et encore moins militante. Il n'était ni riche ni pauvre. Il se contentait de sa retraite et n'avait plus envie de s'extasier sur les grandes idées et les bouleversements du monde. La vie des autres et la politique ne l'intéressaient plus. Il était devenu un solitaire blasé de tout. C'était un peu pour ça qu'il s'était lancé dans sa croisade criminelle. Dans le silence des vieilles pierres, il avançait vers le donjon du château du haut. Un caillou tomba, rebondit et roula presque jusqu'à lui. Il pensa d'abord qu'il s'était détaché d'un mur. Puis il entendit des bruits. Ils venaient de la terrasse.

Une femme en ciré jaune y fixait les collines du Jura suisse. Elle se tenait debout. Comme si elle voulait mieux distinguer les choses, elle avait mis ses mains en visière contre son front.

Elle se retourna en l'entendant arriver. Elle lui sourit. Son visage était parsemé de taches de rousseur, cette constellation correspondait joliment à ses cheveux roux frisés.

– C'est beau, dit-elle.

Il acquiesça.

Sa frimousse enjouée le troubla. Elle devait avoir la quarantaine. Elle se montra avenante, racontant qu'elle habitait à Saint-Louis et que ses collègues de travail étaient allées à la manifestation contre la réforme des retraites à Mulhouse. Comme ça ne l'emballait pas beaucoup et que la foule lui faisait peur, elle en a profité pour venir découvrir ce vieux château de Ferrette qu'elle n'avait jamais vu.

Il l'étudiait en même temps que ses doigts caressaient son pistolet dans la poche de sa parka.

– Vous connaissez la grotte des nains ? demande-t-elle soudain.

La question le surprit.

– Oui, pourquoi ? répondit-il

– Je vais y aller tout à l'heure.

– C'est tout près, en bas dans la forêt, dans la gorge au milieu de immenses roches. Il y a un chemin balisé qui y mène.

Il connaissait la légende de cet endroit mystérieux que les Sundgauviens appellent Erdwibalaschlucht, le défilé des petites femmes de la terre. Elle raconte qu'un peuple de nains vivait ici. Ils étaient éternellement jeunes et se faisaient un sacerdoce d'aider tous les gens des villages. Pendant très longtemps, ils participèrent aux travaux des champs, à la fenaison, aux vendanges. Ils soignaient les malades, consolaient les infirmes, s'occupaient des enfants et des bêtes.

Ils n'acceptaient jamais la moindre rétribution pour leur besogne, au contraire ils offraient aux humains de magnifiques présents.

La chose qui intriguait tout le monde était que ces nains portaient toujours de longues robes qui cachaient leurs pieds. Une nuit, des jouvencelles trop curieuses allèrent étendre devant l'entrée de la grotte une couche de sable fin ou, selon une autre version, une couche de cendre.

Elles se cachèrent et, au petit matin, quand les nains eurent quitté la caverne, elles allèrent voir le résultat de leur piège. Le sol était couvert de traces de pattes palmées, comme celles des oies ou des canards. Une variante de la légende prétend que c'étaient des traces de pieds de chèvres et de boucs. Quoi qu'il en soit, les jeunes filles rirent si fort que les nains les entendirent.

Ils comprirent qu'elles se moquaient d'eux. Alors ils retournèrent tristement dans leur monde souterrain et depuis, plus jamais on ne les a vu ressortir.

Elle lui sourit encore en le remerciant.

– Je suis désolé pour vous, mais vous ne verrez pas la grotte des nains, dit-il, la gorge un peu nouée, car il pensait aussi que c'était dommage de tuer une aussi jolie femme.

Il lut l'incompréhension sur son visage. Ses yeux bleus s'écarquillaient en voyant le pistolet noir qu'il tenait dans sa main gantée de noir. Son cri resta dans sa gorge.

Elle vacilla sur ses jambes puis tomba au sol après que la balle l'eut touchée au cœur.

Tranquillement il rangea son arme et sortit de l'autre poche la carte du tarot de Marseille numéro onze, l'arcane de la force, avec collée au dos la date du 17 mars 1324.

Sans se presser, il glissa la carte dans la grande poche du ciré de sa victime, puis s'en alla.

11
AUX TROIS BONHEURS

Depuis le crime du serial killer au mont Sainte-Odile, je reste presque tout le temps chez moi à Ingersheim. Je me cloitre dans mon appartement.

Je lis beaucoup, frénétiquement, comme si plonger dans ces univers fictifs et historiques me faisait évader de l'incompréhensible et irrésoluble sentiment pesant que malgré moi j'ai quelque chose à voir dans l'itinéraire criminel de cet assassin fou. Par moments, ce malaise me donne maux de tête et vertige. Je comprends mieux les moines et les bonnes sœurs reclus dans leurs couvents et ignorant les malheurs et les angoisses du monde.

Je ne sors plus que pour chercher le pain le matin à la boulangerie Haeberlé, à moins de deux cents mètres de mon immeuble, dans la rue de la République, et pour les courses chez Leclerc à Logelbach-Wintzenheim une fois par semaine. Parfois, pour me dégourdir les jambes, je vais me promener le long de la Fecht, ou bien sur les pentes du Letzenberg et du Florimont. Je ne m'éloigne d'Ingersheim que lorsque j'y suis obligé.

Je me retourne souvent quand je marche quelque part. Il m'arrive d'être certain que le tueur est vraiment en train de me suivre. C'en est au point que je me demande si je ne deviens pas complètement paranoïaque. Dès que j'allume la radio ou la télévision, je m'attends à ce qu'on m'annonce que le tueur en série a commis un nouveau crime. Au début, je m'en trouvais très soulagé, mais plus le temps a passé, plus j'ai commencé à ressentir un indéfinissable sentiment mêlant de la déception, de l'étonnement et du manque.

Je commençais à croire que l'invisible attache me reliant à l'assassin s'effilait.

Alors j'ai décidé de ne plus regarder la télévision qu'après les informations du journal de 20 heures.

Ces derniers jours, j'ai repris l'habitude d'aller boire un café au café-salon de thé Aux trois bonheurs, que Tania Fleith et son compagnon Arsène, qui sont la gentillesse même, ont ouvert à l'automne.

C'est un joli endroit qui manquait depuis longtemps à Ingersheim.

Il y a certes dans le village trois très bons restaurants, la gastronomique Taverne alsacienne et le sympathique Sot l'y laisse dans la rue principale et Aux berges de la Fecht, à la sortie du côté des étangs, mais on ne peut qu'y manger et pas simplement boire un verre.

Aux trois bonheurs se trouve dans le vieux village, au début de la rue du Maréchal-Foch, que les gens d'ici appellent la Hintergass, quasiment en face de l'Ancienne mairie, qui est l'une des plus vieilles maisons communes conservées en Alsace.

On dirait que maintenant les trois têtes moustachues statufiées sous le campanile gothique de ce magnifique bâtiment Renaissance veillent sur ce chaleureux et accueillant café-salon de thé. Quand j'étais petit, il y avait à la place une boulangerie.

J'aime cet endroit qui fait revivre la petite place et qui apporte à ma cité une sociabilité nouvelle. Il y a toujours du monde. On y rencontre ceux qu'on a connus dans l'enfance et l'adolescence, et d'autres dont on fait connaissance autour d'un thé, d'un café, d'un jus de fruits, d'un chocolat chaud, d'une bière, d'un verre de vin, d'une viennoiserie, d'une pâtisserie ou d'autres bonnes choses. J'aime aussi le décor avec ses murs de bois, ses tentures, ses vieux tableaux, ses statuettes et ses chandeliers, ses vieux bancs, ses chaises et ses tables hétéroclites posés sur des tapis, et aussi avec son jardin d'été.

Dans ce doux café, j'arrive à oublier mes démons. Les gens y parlent de la vie, autant de celle qui était que de celle qui est. C'est bon de les écouter. L'autre jour, j'ai entendu quelqu'un parler du Haxaturm, la tour des sorcières en français, qui se trouve juste un peu plus loin, derrière la rue au pied de la colline du Florimont. C'est un vieux donjon carré, en pierres calcaires où s'accroche du lierre. Les annales, rédigées en 1279 par un prêtre dominicain de Colmar, ne parlent pas de sorcières, mais d'un chevalier du nom de Curto, ou Kurtz, qui avait fait bâtir ici, vers 1220, son château avec les pierres de la toute proche chapelle Saint-Léger dont il avait ordonné la destruction. Le document précise que ce chevalier est mort fou la même année. Peut-être était-ce une punition divine, car la chapelle appartenait à la puissante abbaye de Murbach.

Un autre a rebondi en disant que dans la rue d'en face, la rue Jeanne-d'Arc qui mène à l'église, habitait au XVIIe siècle le chanoine Pierre Dulys, qui était un descendant d'un frère puîné de Jeanne d'Arc. Ce saint homme était alors curé à la fois de Labaroche et de Breisach, au temps où la ville sur la rive allemande du Rhin était française. C'est le chanoine Dulys qui a fondé en 1651 le prieuré des Trois-Épis, là où sur la montagne la Vierge Marie était apparue le 3 mai 1491 à un forgeron d'Orbey nommé Thierry Schoeré.

Il a habité ensuite pendant plus de vingt ans à Katzenthal, où il possédait une maison et des vignes. C'est là qu'il mourut le 14 novembre 1688, à l'âge de quatre-vingt-huit ans, en ayant légué à l'église du village son calice, son autel portatif et ses ornements religieux.

Il fut enterré au sanctuaire des Trois-Épis, dans le chœur de la chapelle de l'Apparition, « sans pompes ni cérémonie quelconque, seulement accompagné de Monsieur le Curé d'Ingersheim, son pasteur, pour être enterré et inhumé devant l'hostel de la conception de la Sacrée Vierge Marie, les pieds tournés droits audit l'autel ».

J'arrive à oublier un peu plus souvent mon tueur-pisteur. J'espère de plus en plus qu'il va me laisser en paix pour toujours. Dans cette rémission, je me replonge dans mes souvenirs de Jérusalem et de Pétra. Ils me procurent une sérénité. Mais avec le temps qui passe, ça me paraît déjà loin. Pourtant, cette réminiscence fait du bien à l'âme.

Et voilà que, ce mardi matin, je reçois un appel de mon vieil ami Tony Hartmann. Ça faisait une éternité que je n'avais pas de ses nouvelles.

On s'est rencontrés il y a un demi-siècle, à Wittenheim, dans le Bassin potassique. Il faisait partie des Vicomtes, un des nombreux groupes de musique qui animaient à l'époque les bals populaires et les kilbes. Tony a toujours été musicien, chanteur et compositeur, mais aussi restaurateur, glacier, pâtissier, collectionneur, chineur, antiquaire, joyeux luron, écrivain, découvreur de toutes les originalités. Il est un des personnages truculents du Sundgau.

Il a inventé le sorbet à la choucroute, au foin ou au lard fumé, la glace à la carpe frite, puis la glace au gland, s'étant rappelé que pendant la guerre les grands-mères faisaient du café avec des glands récupérés au pied des chênes. Son inventivité lui a valu la visite en 2020 d'Antoine de Caunes pour son émission *La Gaule d'Antoine* sur Canal+.

Tony a maintenant fermé son restaurant-salon de thé L'Oltinguette à Oltingue. À quatre-vingt ans, le plus givré des glaciers, selon sa propre définition, a fait de sa taverne-musée remplie de vieilleries son lieu de répétition, car il s'est remis à la chanson, pour animer avec les classiques de la variété française et ses compositions personnelles les soirées, fêtes et autres événements.

Justement, il y répète ce mardi. « Si ça va, je passe te voir », que je lui dis. C'est quand même quelque chose la nostalgie, ça vous remonte à la tête de très loin, comme une vague qui vient du fond de la mer.

En même temps que ces retrouvailles avec Tony, il me revient l'autre rencontre marquante que j'avais faite à la même époque à Oltingue. C'était avec l'abbé Étienne

Bilger, qui présidait la Société d'histoire du Sundgau et curé du village. Le prêtre passionné par l'histoire de sa Haute-Alsace avait créé dans une maison à colombage du XVIe siècle le Musée paysan d'Oltingue, qui retrace la vie de cette population rurale, avec ses métiers, ses coutumes et ses croyances.

C'était un de mes premiers reportages dans l'attachant Sundgau, auquel m'avait attaché encore plus mon ami et mon maître en droit pénal, jusqu'à ses déclinaisons sundgauviennes, le juge d'instruction Germain Sengelin. Maintenant, avec les années qui ont passé, je ne pourrais plus le jurer, mais je crois quand même que c'est l'abbé Bilger qui m'a parlé des *spànnischawànda*, ce qui se traduit en français par des murs espagnols. Ça fait très longtemps que ce curé historien est mort et tous les autres spécialistes de l'histoire locale que j'ai interrogés m'ont répondu qu'ils n'ont jamais entendu ce nom de *spànnischawànda*. Pourtant je ne l'ai pas inventé.

Dans mon souvenir peut-être flanchant, le curé Bilger me racontait qu'au XVIe siècle l'empereur Charles Quint avait cantonné dans le Sundgau ses mercenaires espagnols, lesquels avaient construit des doubles murs autour des maisons qu'ils occupaient pour cacher dans les espaces toutes les choses volées à la population.

J'ai toujours éprouvé une curiosité particulière pour Charles Quint. Il descendait lui aussi de Jeanne de Ferrette, puisqu'il était le petit-fils de l'empereur Maximilien 1er, et le fils de Philippe de Habsbourg, dit Philippe le Beau, et de Jeanne de Castille.

Né en l'an 1500 à Gand dans les Flandres, il fut le souverain le plus puissant de la chrétienté, régnant sur des royaumes allant des Pays-Bas à l'Espagne, de l'Autriche et de l'Allemagne à l'Italie, et aux nouveaux territoires conquis en Amérique et en Afrique, ce qui en faisait un empire sur lequel « le soleil ne se couchait jamais ».

Charles Quint disait qu'il avait appris l'espagnol pour parler à sa mère et à Dieu, l'italien pour parler au pape et aux femmes, l'anglais pour parler à sa tante, l'allemand pour parler à ses amis et à son cheval, et le français pour parler à soi-même et aux hommes. Durant son règne, il a lutté contre François 1er et le royaume de France lors des guerres d'Italie en s'alliant fréquemment avec le roi d'Angleterre Henri VIII, contre l'Empire ottoman qui a assiégé Vienne en 1529, et contre le protestantisme qui émergeait en Allemagne.

Je l'ai appris du grand poète et universitaire en langue alsacienne Raymond Matzen qui disait que l'alsacien est la mère de toutes les langues : Sébastien Brant, l'auteur strasbourgeois du chef-d'œuvre satirico-moralisant *Das Narrenschiff* (La Nef des fous) illustré par Albrecht Dürer, avait prononcé à Strasbourg, en 1520, l'éloge de Charles Quint. Venant d'être élu à la tête du Saint-Empire et couronné en la cathédrale d'Aix-la-Chapelle, la capitale de Charlemagne, le nouvel empereur avait renouvelé les privilèges de la ville de Strasbourg.

Cet illustre souverain est aussi celui qui a anobli en 1523 le grand savant humaniste sélestadien Beatus Rhenanus, de son vrai nom Beat Bild. La magnifique lettre d'anoblissement signée par Charles Quint est conservée à la Bibliothèque humaniste de Sélestat. Les armoiries de Rhenanus symbolisent en azur le Rhin, fleuve européen vecteur d'hommes, des marchandises et de la culture, dominé par une muse germanique.

Plus tard, je me demanderai encore pourquoi je n'ai pas appelé Tony sur son portable.

C'est peut-être parce qu'il m'avait appelé depuis son téléphone fixe chez lui à Carspach. En tout cas, quand j'arrive devant l'Oltinguette, elle est fermée. Le Musée paysan aussi, mais c'est normal, il n'ouvre que les dimanches de début mars à la mi-novembre et que quatre jours par semaine de la mi-juin à la fin septembre.

Alors, je me dis que puisque déjà je suis là dans le Sundgau vallonné, c'est l'occasion ou jamais d'aller découvrir le village de Liebsdorf, où s'est bien terminée, grâce à des Sundgauviens et des Thannois, une des évasions les plus rocambolesques de la Seconde Guerre mondiale, celle du général Henri Giraud.

Le quatre-vingtième anniversaire de cet événement a été commémoré le 1er mai de l'année dernière dans la commune. Je suis d'une génération dont les parents ont beaucoup souffert du nazisme. Il importe de perpétuer la mémoire de ces drames et de ces héroïsmes.

Henri Giraud, né à Paris dans une modeste famille d'origine alsacienne, et déjà héros évadé durant la Première Guerre mondiale, avait été fait prisonnier en mai 1940 au cours de l'attaque allemande par les Ardennes. Il fut détenu dans la forteresse de Königstein-an-der-Elbe, près de Dresde. Le 17 avril 1942, il réussit à s'en échapper en lançant dans le vide une corde de près de quarante mètres. Le plan était préparé depuis des mois. Cette évasion a mis en rage Adolf Hitler.

Après un long périple en train accompagné de son guide lorrain Roger Guerlach, muni de faux papiers, coiffé d'un chapeau tyrolien et ayant sacrifié sa célèbre moustache, le général débarqua en gare de Mulhouse le lundi 20 avril. Il y fut pris en charge par un membre du réseau Martial, René Ortlieb, qui tenait l'hôtel du Parc à Thann.

Ce groupe de la Résistance alsacienne avait été fondé dès août 1940, sous le nom de Septième colonne d'Alsace, par l'industriel du textile thannois Paul Dungler, alias commandant Martial. C'était un Camelot du roi, ancien dirigeant de l'Action française en Alsace rallié à la Cagoule. Recherché par la Gestapo, Dungler était parti poursuivre la lutte clandestine en zone libre, laissant le commandement du réseau dans l'Alsace occupée à l'industriel mulhousien Paul Winter. Sous le pseudonyme de commandant Daniel, ce dernier devint ensuite le chef des Forces françaises de l'intérieur dans le Haut-Rhin.

Dans son cabriolet Matford, René Ortlieb convoya le général Giraud à Liebsdorf, petite commune du Jura alsacien près de Ferrette. Le fuyard y fut hébergé dans le presbytère par le curé du village, le père Joseph Stamm, originaire de Thann. Le surlendemain, au petit matin, un ami du prêtre, le garde forestier Kupfer, conduisit le général à travers la forêt d'Oberlarg vers la ferme des Ebourbettes, tout près de la frontière suisse. Il s'y cacha le temps que les patrouilles allemandes s'éloignent, puis passa en Suisse pendant que des membres des familles de fermiers Latscha et Richard faisaient le guet.

Le général Giraud rejoignit plus tard Alger. Il y prit le commandement de l'Armée française d'Afrique du Nord, composée en majorité d'indigènes des colonies.

Mais comme il s'entendait très mal avec le général de Gaulle, qui se méfiait des relations de Giraud avec Vichy, celui-ci l'évinça et le remplaça par le général Jean de Lattre de Tassigny. Après le débarquement en Provence en août 1944, cette armée d'Afrique devint, en intégrant les groupes de résistants des Forces françaises de l'intérieur et des Francs-Tireurs et Partisans, la Première armée française.

La Gestapo mit longtemps à découvrir la filière utilisée par le général Giraud pour sa fuite en Suisse. D'involontaires indiscrétions du curé de la paroisse du Sacré-Cœur de Mulhouse la mirent sur la piste du réseau Martial. L'hôtelier thannois René Ortlieb et le père Joseph Stamm furent arrêtés le 21 septembre 1943, le premier à Thann, le second à Durlinsdorf. Ils n'avouèrent rien sous les tortures. On les incarcéra en Alsace avant de les déporter à la prison de Wolfach, en Forêt-Noire.

Le 17 avril 1945, trois ans jour pour jour après l'évasion du général Giraud, sur ordre personnel du Reichsführer-SS et ministre de l'Intérieur Heinrich Himmler, les deux résistants natifs de Thann furent sortis de prison avec quatorze autres détenus. Des soldats les emmenèrent dans une forêt voisine où ils les abattirent l'un après l'autre, d'une balle dans la tête. Himmler a toujours traqué tous ceux qui avaient aidé à la fuite de Giraud : en septembre 1944, il a fait exécuter cent six membres du réseau internés au camp de concentration du Struthof.

Je trouve bien que la rue principale de Liebsdorf s'appelle rue du Général-Giraud et qu'une des rues qui la croise près de l'église soit la rue du Père-Stamm. Pas loin, il y a la vieille maison jaune à colombage, avec ses volets peints en vert. C'était à l'époque le presbytère où le général était caché.

Puis je roule sur les sinueuses routes de ce Sundgau où le nom d'André Malraux a été donné à des rues de beaucoup de villages. C'est parce que l'auteur de *La condition humaine* et de *L'espoir,* engagé dans les brigades internationales de la guerre d'Espagne, avait libéré cette partie sud de l'Alsace à la tête de la Brigade Alsace-Lorraine. Cette unité de maquisards alsaciens et lorrains, mal équipés, avait libéré Ballersdorf le 26 novembre 1944 et Dannemarie le lendemain, disloquant le verrou défensif stratégique allemand du Sundgau.

Forcément, Patrice Hovald, un autre de mes maîtres et amis du journal, m'est alors revenu en force car il avait été l'ami de Malraux, et aussi un de ces nombreux jeunes Alsaciens engagés volontaires dans la Première armée française. Un matin d'hiver, bien avant l'aube, le flamboyant Patrice a été photographié en train de se recueillir devant le monument aux morts de Ballersdorf. Il pleurait sur les victimes du massacre de ce village.

Le soir du 12 février 1943, un groupe de jeunes gens, douze Ballersdorfois, les six autres d'Elbach, Retzwiller, Dannemarie et Aspach, fuyant l'incorporation de force dans la Wehrmacht, avait tenté de passer en Suisse.

Entre Bisel et Seppois-le-Bas, en plein nuit, ils étaient tombés sur une patrouille allemande. Dans la fusillade, trois des réfractaires et un garde-frontière avaient été tués. Un seul fugitif était parvenu à rejoindre la Suisse.

Le lendemain, les quatorze autres membres du groupe furent arrêtés chez eux, puis jugés sommairement. Treize ont été fusillés le 17 février au Struthof, et le dernier une semaine plus tard.

Les familles de tous les membres du groupe de réfractaires ont été déportées.

Alors, après Dannemarie, je m'arrête devant le monument aux morts de Ballersdorf, en pensant à Patrice Hovald. Puis je rentre à Ingersheim.

Ce soir, chez moi, je me dis qu'au moins, en ce premier jour où je suis ressorti un peu plus loin, le tueur en série ne m'a pas suivi pour assassiner quelqu'un là où je vais.

Le bienfaisant répit ne dure pas longtemps. Tout me revient comme un boomerang, plus violent que jamais.

Le mercredi en fin d'après-midi, toutes les radios, tous les journaux et tous les autres médias sur leurs sites internet annoncent que le corps d'une femme a été découvert peu après midi par des visiteurs dans les ruines du château de Ferrette. Les premières précisions indiquent que la femme âgée de quarante-trois ans domiciliée à Saint-Louis a été abattue d'une balle dans le cœur et que la mort remonte sans doute à la veille dans l'après-midi.

On apprend aussi très vite que l'assassin a laissé dans une poche du ciré jaune de sa victime la carte du tarot de Marseille numéro onze, l'arcane de la force, avec collée au dos la date du 17 mars 1324, laquelle, pour les enquêteurs, correspond à celle du mariage de Jeanne de Ferrette et d'Albert II de Habsbourg.

Dans mon indescriptible affolement, je me dis : en allant d'Oltingue à Liebsdorf, je suis forcément passé par Ferrette. Mais serais-je monté au château ?

12
20 MAI 1525

Notre assassin hésitait cette fois encore sur le choix de la carte du tarot de Marseille. Il n'y en avait aucune parmi les vingt-deux arcanes majeurs, ni parmi les cinquante-six mineurs, qui correspondait suffisamment au massacreur des paysans alsaciens en 1525.

Par défaut, et parce que, après tout, cela importait peu, il se rabattit sur la douzième lame de la suite d'épées, celle du cavalier d'épée.

Cette carte des arcanes mineurs représente un jeune chevalier cramponné à son cheval, donnant la charge et se lançant dans la bataille, sa lame à la main. Elle symbolise son pouvoir, sa grande capacité d'action et sa détermination à atteindre son objectif quels que soient les moyens à mettre en œuvre. Dans ses aspects négatifs, figurent l'impulsivité furieuse, les conflits et les grands bouleversements, sans le souci des conséquences de ses actions.

Le personnage historique qu'il désignait par cette carte était le très catholique Antoine de Lorraine, dit le Bon, duc de Lorraine et de Bar-le-Duc. Ce seigneur avait la rare particularité d'être à la fois prince du Saint-Empire romain germanique et vassal du roi de France, car les baillages de langue allemande de son duché dépendaient du premier et ceux de langue française, à l'ouest de la Meuse, du second.

Antoine de Lorraine, né en 1489 à Bar-le-Duc, avait été élevé à la cour du roi de France, où il s'était lié d'amitié avec son cousin le duc François d'Angoulême. Il était présent dans la cathédrale de Reims quand celui-ci y fut sacré roi, sous le nom de François 1er, le 25 janvier 1515.

Il accompagna vaillamment son cousin royal dans ses guerres en Italie, participant en septembre de la même année à la fameuse bataille de Marignan. Par contre, le duc lorrain ne participa point aux expéditions de 1525, où François 1er perdit en février, contre Charles Quint, la bataille de Pavie en Lombardie, et fut prisonnier de l'empereur pendant près d'un an en Espagne.

C'est que les idées de la Réforme, pour un retour à l'Évangile, propagées en Saxe depuis 1517 par le moine augustin Martin Luther, commençaient alors à pénétrer à Metz, qui était une ville impériale libre.

Fidèle à l'Église catholique, le duc Antoine de Lorraine publia le 26 décembre 1523 un édit prohibant les propos luthériens et ordonnant la saisie des écrits protestants.

C'était peu avant que la guerre des Paysans couvant dans le Saint-Empire romain germanique ne s'embrase. Ce *Bauernkrieg*, qu'on appelle aussi la guerre des Rustauds, était à la fois une révolte politique, religieuse et sociale. Les princes du Saint-Empire, surtout ceux d'Allemagne, revendiquaient plus d'indépendance face au pouvoir de Charles Quint, alors que dans le même temps des rivalités et des protectionnismes commerciaux opposaient les multitudes de seigneuries féodales.

Les paysans composant la grande majorité de la population étaient écrasés par les corvées les obligeant à travailler gratuitement pour le seigneur, la dîme qu'ils devaient verser à l'Église, les autres taxes, les dettes, la vie chère, les mauvaises récoltes et les maladies.

Alors, se nourrissant des discours de la Réforme protestante, à laquelle adhéraient nombre de princes d'Allemagne du nord, ils réclamèrent des améliorations de leurs conditions de vie, des droits comme ceux de chasser le gibier, de pêcher ou de ramasser du bois en forêt, et surtout de l'équité dans leurs relations avec les seigneurs et l'Église.

Il y eut des révoltes paysannes en Souabe, en Bade, au Palatinat, en Thuringe, au Tyrol, à Salzbourg, en Carinthie, dans les cantons suisses de Bâle, Berne, Lucerne et des Grisons, dans le Trentin et le Haut-Adige. Et aussi en Alsace, en Lorraine et en Franche-Comté. On appela ces mouvements *Erhebung des demeinen Mannes*, le soulèvement de l'homme ordinaire, ou la révolte des Rustauds.

En Alsace, les paysans se regroupèrent sous la bannière du *Bundschuh*, du nom de précédentes insurrections paysannes en mars 1493 à Sélestat, qui réclamaient l'abolition des impôts injustes, et qui furent aussitôt réprimées par les autorités.

Le *Bundschuh*, improprement traduit par chaussures à lacets, représentait sur les fanions des révoltés, les chaussures des paysans en opposition à la botte à éperons seigneuriale. Il incarnait aussi une interprétation politique de la Réforme réclamant autant l'abaissement des impôts que l'abolition du servage. Sur les drapeaux s'écrivait le mot *Frÿheit !* Liberté !

Quand, au printemps 1525, le duc de Lorraine apprit que des paysans protestants, qui avaient attaqué des châteaux et des abbayes en Alsace, tentaient de rallier à leur cause les paysans lorrains, il réunit très vite, le 4 mai à Nancy, une armée de quinze mille hommes.

Elle était composée de soldats et mercenaires lorrains, de lansquenets allemands, flamands et néerlandais, de fantassins espagnols et de cavaliers albanais, grecs et d'autres régions du Saint-Empire.

Le duc Antoine partit pour une campagne rapide et sanglante contre les paysans alsaciens révoltés, qu'il qualifiait de « séduits et abusés luthériens ». À la tête de son armée, accompagné de son frère le cardinal Jean de Lorraine, et l'évêque de Toul, il pénétra en Alsace.

Le 14 mai, ses cavaliers occupèrent le château du Haut-Barr au-dessus de Saverne. Le gros de l'armée, parti durant la nuit suivante de Sarrebourg, s'installa devant les remparts de la ville de Saverne occupée par des milliers de paysans insurgés.

Le 16, les soldats du duc de Lorraine massacrèrent à Lupstein trois à quatre mille personnes : des rustauds qui avaient quitté Saverne et trouvé refuge dans le village, et aussi toute sa population. Ils incendièrent également tout le bourg.

Le 17, ils reprirent Saverne. Alors que les rebelles qui y étaient restés avaient ouvert les portes de la ville et déposé les armes, un incident déclencha un nouveau massacre. Partout les soldats tuaient et mettaient à sac les habitations, l'hôtel de ville, l'église. Le meneur des paysans, Érasme Gerbert de Molsheim, fut capturé et pendu. Près de là, à Neuwiller, il y eut d'autres exactions, et encore le saccage des demeures des chanoines. On estime à vingt mille le nombre de paysans tués à Lupstein, Saverne et Neuwiller.

Le lendemain, 18 mai, l'armée du duc de Lorraine, poursuivant sa croisade sanglante, partit de Saverne pour Marmoutier, puis elle se dirigea vers l'Alsace centrale où des paysans insurgés voulaient venger leurs morts et continuer à défendre leur cause.

La troupe paysanne d'Ebersmunster, commandée par Wolf Wagner, rejointe par d'autres groupes de rustauds, se mit place près de Scherwiller. On était dans l'après-midi du 20 mai 1525. Sur les prés du Krefzen, dans la partie sud-ouest de Scherwiller, ils étaient quinze mille paysans, renforcés par près de cinq mille mercenaires suisses, cette après-midi du 20 mai 1525. Placés en ligne entre le pied du massif de l'Ortenbourg avec son château et les vignes de Châtenois, ils barraient l'entrée du val de Villé. Ils disposaient de quelques pièces d'artillerie et de chariots formant une ligne de défense.

Quand l'armée du duc de Lorraine arriva, elle tira sur Scherwiller avec des canons et des mousquets. Puis elle entra dans le village et l'incendia entièrement. On dit que les flammes illuminèrent tous les alentours.

Entre l'Aubach, la rivière qui traverse Scherwiller, et le Giessen, au sud vers Châtenois, la bataille fut terrible et sanglante entre les deux armées. L'armée lorraine tua près de six mille paysans. Les survivants réussirent à se disperser dans le val de Villé. Dans le camp des Lorrains, il n'y eut « que » cinq cents morts. Après ce massacre, les rustauds alsaciens révoltés furent définitivement vaincus. Les derniers furent encore traqués dans le sud de la province et autour de Wissembourg.

Rien qu'en Alsace, la révolte paysanne a coûté la vie, en quelques jours, à près de trente mille hommes, c'est-à-dire environ dix pour cent de la population alsacienne de l'époque, alors que dans tout le Saint-Empire romain germanique le Bauernkrieg a fait entre cent mille et cent trente mille victimes. Le 24 mai, après être passé par le val de Villé, le duc de Lorraine rentra à Nancy à la tête de son armée. Il y fut accueilli en héros. Il promulgua encore d'autres édits contre les protestants.

Cette même année 1525, Martin Luther, le père de la Réforme, condamna très sévèrement les paysans révoltés. Dans un violent pamphlet intitulé *Wider die mördischen und räubischen Rotten der Bauern* (Contre le hordes criminelles et pillardes des paysans), il écrivait :

«(…) tous ceux qui le peuvent doivent assommer, égorger et passer au fil de l'épée, secrètement ou en public, en sachant qu'il n'est rien de plus venimeux, de plus nuisible, de plus diabolique qu'un rebelle (…). Ici, c'est le temps du glaive et de la colère, et non le temps de la clémence. Aussi l'autorité doit-elle foncer hardiment et frapper en toute bonne conscience, frapper aussi longtemps que la révolte aura un souffle de vie. (…) C'est pourquoi, chers seigneurs, (…) poignardez, pourfendez, égorgez à qui mieux mieux. »

Notre assassin cultivé se rappelait que l'humaniste Beatus Rhenanus de Sélestat, qui était un grand bourgeois, avait lui aussi blâmé les révoltes paysannes, en les attribuant directement aux harangues du moine Martin Luther. Rhenanus soulignait que c'était son ami Érasme de Rotterdam, le prince des humanistes, qui avait dénoncé en premier, dans son livre *L'éloge de la folie* paru en 1511, les outrances très peu catholiques du pape Jules II, surtout le commerce des indulgences dont la contestation menée par Luther, soutenu par des seigneurs allemands, avait amené la Réforme protestante. Cette vente des indulgences, qui était une pratique du Vatican au Moyen Âge, a permis en se généralisant de financer entre autres la construction de la basilique Saint-Pierre de Rome. Cela consistait, en échange d'argent ou d'autres dons à l'Église, à obtenir la réduction ou l'annulation du temps de Purgatoire que doit faire l'âme d'un croyant, dont les péchés ont été pardonnés par Dieu, avant l'entrée au Paradis.

Le tueur se disait qu'en conséquence le prince électeur Frédéric de Saxe et tous les autres seigneurs allemands qui soutenaient Luther dans sa Réforme économisaient par la même occasion beaucoup d'argent. Il trouvait aussi que ce Luther était dans le fond assez intolérant envers son inspirateur Erasmus qui avait refusé de le suivre dans son schisme : il s'était vengé de façon fort peu chrétienne en surnommant dès lors *errans mus,* qui veut dire en latin le rat errant ou la souris errante, et en lui reprochant méchamment de ne pas être très pieux.

Il se souvenait encore que le moine Luther n'avait pas non plus une attitude très charitable envers les juifs, formulant que « le judaïsme est un crime à éradiquer » et prônant encore, trois ans avant sa mort, dans son pamphlet *Des juifs et leurs mensonges,* qu'il faut « brûler les synagogues, abattre les maisons des juifs, détruire leurs écrits, confisquer leur argent et tuer les rabbins qui enseignent le judaïsme ».

Comme, depuis un demi-millénaire, les vignes et les autres cultures ont repris leurs droits sur le champ de la bataille de Scherwiller, en buvant tout le sang répandu, notre assassin très mémorialiste choisit un autre lieu allusif pour commettre son crime évocatoire de la mise à mort de la révolte des paysans alsaciens.

À moins de douze kilomètres, au nord de Scherwiller, en contrebas du joli village d'Epfig, au pied de la colline, près des vignes, se trouve la chapelle Sainte-Marguerite.

Elle est une des plus anciennes églises romanes d'Alsace. Son histoire nous dit qu'à cet endroit se trouvait un couvent qu'avait fait construire, à la fin du IXe siècle, l'abbesse Rotrude d'Erstein. Celle-ci était la fille de l'empereur Lothaire, dont le père était Louis le Pieux, l'un des trois fils de Charlemagne. Merveille de l'art roman, la chapelle Sainte-Marguerite est en quelque sorte une survivance rebâtie presque deux siècles plus tard, de l'église de ce cloître disparu.

On était dans l'après-midi du mardi 21 mars et le temps était printanier.

Il contempla le vieil édifice. L'originale galerie-porche en équerre, construite en grès jaune, avec des fenêtres géminées, l'intrigua. Elle date du XIIe siècle. Il a lu quelque part que, selon une légende, les femmes attendant un enfant venaient y prier sainte Marguerite en s'appuyant contre le muret qui supporte les arcades.

Derrière cette galerie-porche, la tour carrée posée sur le transept est pareillement ajourée de baies géminées.

Il entra dans la chapelle. L'intérieur est un mélange de roman et de gothique. Sous la voûte en berceau, le vitrail du chœur représente sainte Marguerite, patronne des femmes enceintes, écrasant le dragon, et sainte Barbe que l'on prie pour une mort sereine. Il regarda aussi les peintures murales de la fin du Moyen Âge, comme la fresque montrant le Christ en majesté.

Ensuite il sortit. Adossé au mur nord de l'édifice, un étonnant ossuaire contient des centaines de crânes et d'ossements soigneusement empilés les uns sur les autres.

On les voit dans leur blancheur derrière les grillages rouillés des deux grandes fenêtres. L'ossuaire date d'il y a environ deux cents ans. Il abriterait les restes issus du cimetière d'un village disparu qui s'appelait Kollwiller. Mais des analyses menées en 1977 sur environ deux-cent-cinquante crânes ont montré que beaucoup étaient ceux d'hommes jeunes, avec des lésions provoquées par des coups de masses ou d'épées. Cela confirme que la plupart de ces crânes sont ceux de paysans massacrés en 1525 à Scherwiller par les soldats du duc de Lorraine.

Il resta pensif devant cet ossuaire. Puis il se retourna et considéra le petit jardin médiéval où se mélangeaient les plantes aromatiques, médicinales, potagères et des fleurs réparties dans des carrés et triangles entourés de plessis et de buis. De l'eau jaillissait doucement d'une pierre en grès rose. L'endroit invitait à la méditation. Il retourna dans la magnifique galerie-porche. En ressortant par l'autre entrée, il observa, en face, le cimetière avec ses vieux ifs et ses tombes.

Devant l'une d'elle, un homme se signait après avoir déposé une coupe de primevères rouges. Il remit sa casquette anglaise qu'il tenait dans l'autre main et alla vers la chapelle.

Il portait un blouson beige et un pantalon en velours foncé. Il était grand, mince, voûté et devait avoir la soixantaine.

Le voyant arriver vers lui, notre tueur se dit que c'était comme si le ciel lui envoyait cette victime. Il plongea la main dans la poche de sa parka en plaçant l'index sur la détente, et le regarda approcher.

L'homme le salua dans un mélange d'alsacien et de français. Il disait qu'il faisait un vrai temps de printemps.

– Malheureusement vous n'en verrez pas le troisième jour, répondit notre incompréhensible assassin, en lui tirant une balle dans le cœur.

Il se dépêcha de mettre sa capuche et de glisser dans la poche de sa victime la carte du cavalier d'épée, avec au dos, composée de lettres et chiffres découpées dans les *Dernières Nouvelles d'Alsace*, la date du 20 mai 1525.

Craignant d'être vu par un témoin, il s'en alla comme un voleur pour rejoindre sa voiture en vitesse.

13
AU SOUVENIR DE BRUMBT ET DE EHNI

Depuis deux semaines, je ne cesse de me demander si je ne souffrirais point d'une affolante maladie mentale. C'est vrai que je vois un psychiatre tous les trois mois.

Il me prescrit un tranquillisant qui calme mes anxiétés et je sens que ça me fait du bien.

Avant, il m'arrivait de passer des nuits entières à me tourner dans mon pieu sans pouvoir dormir. Il dit que ce médicament n'est pas très fort, qu'il ne me rend pas dépendant. Il pense aussi que mon esprit est à peu près normal, en tout cas pas dérangé au sens psychiatrique.

Je l'ai vu la dernière fois il y a un mois. J'ai beaucoup hésité à lui parler de ce que j'appelle à présent mes concomitances avec les crimes du tueur en série. Au lieu de ça, je lui ai raconté mon beau voyage en Israël et en Jordanie.

Maintenant je me redemande ce qu'il m'aurait répondu si je lui avais expliqué qu'à la mi-novembre dernier j'avais l'impression d'avoir été à Pfastatt quand l'assassin a tué sa première victime, l'écrivain Louis-Ferdinand Bridoux Jr, que j'étais, là j'en suis tout à fait sûr, à Haguenau le soir où il a abattu un comédien du Théâtre alsacien Saint-Nicolas qui venait de jouer la pièce *Barbarossa* au théâtre municipal de la ville, tout comme je me trouvais aussi dans la vieille ville de Colmar, le dernier mardi de l'Avent, quand il a homicidé une touriste belge.

Je dois le revoir dans moins de deux mois. Alors je lui en parlerai. C'est décidé. J'espère qu'il me fournira une explication. Je lui dirai aussi que j'étais au mont Sainte-Odile le 11 février, quand le serial killer a occis devant la source miraculeuse un pèlerin allemand, et encore que je suis passé à Ferrette le 7 mars, le jour où la dame de Saint-Louis a été assassinée au château.

Peut-être me regardera-t-il alors avec son air de penser autre chose que ce qu'il dit, et qu'il pourrait bien se dire sans le formuler : « Toi mon vieux, tu vas bientôt avoir de gros ennuis avec la justice… »

N'importe quel esprit cartésien arrive forcément à cette logique conclusion. D'ailleurs, est-ce que je ne devrais pas aller parler directement de tout ça à la police, ou à la gendarmerie, ou bien à un des juges d'instruction saisis de ces crimes ?

J'ai lu dans le journal que des informations judiciaires sont ouvertes à Mulhouse, à Strasbourg et à Colmar. Si je fais cette démarche de moi-même, ils verront que je suis de bonne foi. Je le sais bien moi que je n'ai tué personne. Je n'ai jamais eu de pistolet, ni rien de ce genre de quincaillerie létale. Ils pourront fouiller partout chez moi, ils n'en trouveront pas.

Mais comme j'ai compris, à travers tous les articles que j'ai lus, que les enquêteurs pédalent dans la choucroute pour identifier ce tueur en série, ce serait quand même me jeter dans la gueule du loup.

Je crois qu'ils ne me croiraient pas.

Forcément, je me retrouverais vite inculpé pour tous ces crimes, ou plutôt mis en examen comme on dit maintenant plus hypocritement, et ensuite je serais sûrement embastillé, car on ne remet pas comme ça dans la nature quelqu'un qu'on soupçonne de tuer des gens.

Je vois déjà le juge des libertés et de la détention m'annoncer, même s'il n'y a ni aveu ni preuve formelle, qu'il me place en détention provisoire pour garantir ma représentation en justice et aussi pour me protéger moi-même, puis encore pour conserver les preuves et indices nécessaires à la manifestation de la vérité, empêcher toute pression sur les témoins et les victimes, ainsi que la concertation frauduleuse entre co-auteurs, mettre fin à l'infraction et prévenir une récidive, et également pour mettre fin au trouble à l'ordre public dû à la gravité des faits. Si j'étais magistrat, je ferais sans doute pareil. Et à part répéter que je n'ai tué personne, même si j'étais à chaque fois dans la cité du crime lorsqu'il a eu lieu, je n'aurais pas grand-chose d'autre pour le prouver.

Quand on est innocent, on ne sait pas comment se défendre. Il n'y a que le coupable qui sache ce qu'il a fait et de quelle manière. Et peut-être que l'innocent se pose beaucoup plus de questions que le coupable, et toujours sans avoir de réponse. Je n'ose pas encore vraiment imaginer ce qui me paraît impossible, mais qui apparaîtra probable et même certain aux flics, gendarmes, juges et ensuite à tout le monde.

Je me tue à essayer de trouver ce qui fait qu'à nouveau, pour la cinquième fois, il y a deux semaines, ce tueur a abattu quelqu'un dans un endroit et aux heures où j'étais aussi.

Comment pouvait-il savoir que je passerais par Ferrette alors que je ne voulais aller qu'à Oltingue et que l'idée de poursuivre ma route jusqu'à Liebsdorf m'est venue uniquement parce que l'Oltinguette de Tony Hartmann était fermée? C'est comme si cet assassin était capable de tirer sur les fils de mes pensées.

Il doit forcément me suivre, et s'il me suit, c'est qu'il me connaît. Il faut que je vérifie s'il n'a pas placé un traceur sous ma voiture.

Une fois de plus, je recommence à zéro en refaisant mentalement mes trajets de ce premier mardi de mars.

J'ai beau revoir tout ça dans ma tête cent et mille fois, ça ne vient pas. Je bute toujours sur le raisonnement sans réponse: je sais qu'en roulant d'Oltingue à Liebsdorf, je suis forcément passé par Ferrette, pour autant ça ne montre pas que je serais monté au château. Il aurait fallu que je me gare. On ne peut qu'y aller à pied…

Je ne crois pas que je me sois arrêté à Ferrette.

Je me revois à Liebsdorf, imaginant le général Giraud caché dans le presbytère du père Stamm, puis, sur le chemin du retour, à Ballersdorf devant le monument aux morts où Patrice Hovald avait pleuré sur les réfractaires fusillés. Mais je n'ai d'autres images du château de Ferrette que celles de mes visites précédentes.

À force de peser et repeser toutes ces choses, elles s'embrouillent. Les idées tournent dans mon crâne et se bousculent. Elles se percutent et se télescopent comme dans un kaléidoscope. Le vertige m'emporte et me fait douter de tout ce dont je suis sûr.

Je me rappelle bien que ce mardi-là, ce premier jour où j'étais allé un peu plus loin, je me suis dit, en rentrant au crépuscule chez moi du Sundgau, que cette fois le tueur ne m'avait pas suivi pour assassiner quelqu'un là où je vais. J'ai alors ressenti ce grand soulagement comme une guérison de tout ce qui m'angoisse. Mais la victime n'a été retrouvée que le lendemain dans le château de Ferrette…

Le temps a quelque chose de lénifiant. Il apaise les effrois vifs en les transformant en inquiétudes et fait qu'on s'habitue à vivre avec.

Et puis voilà qu'en ce matin du mardi 21 mars, je reçois dans ma boîte mail le programme actualisé des très nombreuses manifestations qu'organise encore cette année l'amie Béatrice Schirlé pour faire connaître l'œuvre de son grand-père, le compositeur, pianiste et organiste alsacien, Auguste Schirlé. Son histoire est représentative de l'Alsace.

Il était né à Epfig en 1895, quand la province était allemande. Cela fait que, comme beaucoup d'Alsaciens, il avait dû demander en 1921 sa réintégration dans la nationalité française. Entre autres œuvres, il a créé un magnifique poème symphonique sur le massif du Taennchel, qui est l'un des lieux les plus magiques d'Alsace. Béatrice Schirlé a obtenu le concours de l'orchestre Les Musiciens d'Europe, dirigé par le grand chef suisse Jean-Marie Curti, qui sera en avril en résidence à Châtenois.

Dans la longue liste des concerts, conférences, sorties au Taennchel et actions pédagogiques dans les écoles, je m'arrête sur l'annonce d'une visite guidée et en musique de la chapelle Sainte-Marguerite et son jardin médiéval à Epfig, le samedi 15 avril à 14 h 30. Il est précisé que cet interlude de musique médiévale interprété par Jean-Marie Curti est offert par l'association des amis de la chapelle Sainte-Marguerite.

Je n'ai jamais visité la chapelle Sainte-Marguerite d'Epfig, je sais tout de même que c'est un des plus anciens édifices romans d'Alsace et que ce qui le rend le lieu unique, c'est sa galerie-porche à colonne construite au XIIe siècle sur deux côtés de la petite église en croix latine.

Mais surtout, j'ai appris qu'il y a un ossuaire où, c'est maintenant démontré, il y a des centaines de crânes et d'ossements des paysans alsaciens massacrés le 20 mai 1525 à Scherwiller par l'armée du duc de Lorraine.

Alors les ricochets de ma mémoire me ramènent aux 7 et 8 juin 1975, au premier grand festival de la nouvelle chanson alsacienne qui se déroulait à Elbach, mignon petit village près de Dannemarie dans le beau Sundgau. Cette grande kilbe mêlant la culture, le folklore, l'histoire, la protection de la nature, était organisée par Armand Jaegy, le maire du village, et Francis Bueb, le militant culturel mulhousien qui créa ensuite le Centre André-Malraux à Sarajevo.

Il y avait entre autres à cet événement fondateur, où on célébrait le quatre-cent-cinquantième anniversaire de la guerre des Paysans, Roger Siffer, François Brumbt, Jean Dentinger, Géranium, Les Scheligemer, D'Luschtiga Malker, le Breton Gilles Servat, l'Occitan Claude Marti, le Badois Walter Mossmann. L'insoumise militante écolo et pacifiste Solange Fernex était là. Et aussi René Ehni, le flamboyant et baroque écrivain dramaturge haut-rhinois revenu de sa gloire parisienne à Eschentzwiller, avant d'aller vivre en Crète, qui n'était pas encore René-Nicolas Ehni mystiquement converti avec son compère

Louis Schittly à l'orthodoxie après un passage par le mont Athos. Je me souviens toujours de mon émotion, au milieu de cinq mille personnes, en regardant et entendant François Brumbt chanter son fameux *1525*, magnifique hommage aux rustauds alsaciens révoltés massacrés par le duc de Lorraine. Les paroles sont :

An'e 1525 im Land
Isch zàllmols do ebs gschah vo allerhand
Vielicht hesch's vergàsse oder noch nie nix ghöert
I d'r Schuel hesch sicher die Gschicht aü nit gelehrt

An'e 1525 im Maï
Han d'Büre gsäjt vo hytt ab sin m'r frey
S'het lang gedüürt awer jetz geht's üewer's Mas
Wànn nit verrecke m'r hytt noch uff"m Gras

D'r Bundschuh isch schon lang verisse gse
Verhungert sin d'Büre derzue aü alles Vee
Uff d'Jacht nimm därfe sogar aü nimm fische jetz langt's
Numme noch Schtyre das nimmt ball üewerhand

Mit Sànse, Gawle, Sichle an d'r Hand
Sin d'Büre kumme zue rànne vom ganze Land
D'r Gàrwer, d'r Gundram un zwanzig döujsig Mann
D'r lothringer Herzog het sie awer erwart

D'Soldate mit'm Herzog han nit gezuckt
By Zawre han sie d'Büre in e Kirich dedruckt
Han s'Dach angezunde mit samde Mensche drüenter
Un s'ganze Follik isch gfalle mit de Schinder

E Paar Dààj druff i Scherwiller isch d'Armee kumme
I döujsige Büre het sie s'Làwe genumme

Het s'ganze Land gedeckt mit Gliet un Bluet
Un gschtohle bis de Lytt ihr letschte Muet

Die Zytt isch erum s'het aü ke Wàrt zuem hülle
Un d'Knoche wo blywe thuen langsam wiederschfülle
Scherwiller het neyi Bàlikyser geböjje
Un zitter han d'Lytt aü wieder büre dröjje

An'e 1525 gib Acht
Het e Zytt angfange wo immer wiedersch kaat
Arwaiter un Büre geh'noch Bàrrig naa
Am e schöene Daeuj fangt alles wieder aa

En 1525 au pays
A eu lieu un événement atroce
Peut-être l'as-tu oublié
Ou n'en as-tu jamais entendu parler
À l'école, on ne t'a sûrement pas raconté cette histoire

En 1525 au mois de mai
Les paysans à bout de patience se soulevèrent
Prêts à se battre pour leur liberté
Ou à mourir

Le Bundschuh avait échoué
Les paysans souffraient de la faim, le bétail dépérissait
La pêche et la chasse étaient interdites
Et les impôts plus lourds que jamais

Armés de faux, de fourches et de serpes
Les paysans accoururent de partout
Autour de Gerber et de Gundram vingt mille hommes se regroupèrent…

Déjà le duc de Lorraine les attendait
Les soldats et le duc n'hésitèrent pas
Près de Saverne ils repoussèrent les paysans dans une église
Y mirent le feu
Puis massacrèrent le restant de la population

Quelques jours plus tard l'armée marcha sur Scherwiller
Tua des milliers de paysans
Mit tout le pays à feu et à sang
Ne laissant plus aucun espoir

Le temps a passé, rien de sert de pleurer
Et les ossements continuent de se décomposer
À Scherwiller on a reconstruit des maisons à colombages
Et les gens cultivent à nouveau le terre

L'année 1525, prends garde
A marqué un début :
Travailleurs et paysans ne sont pas près d'abdiquer
Un beau jour tout va recommencer.

François Brumbt interpréta son *1525* souvent, avec d'autres de ses chansons, tous les vendredis soirs en direct, échappant aux gendarmes à la recherche de l'émetteur, sur la radio pirate Radio Verte Fessenheim, bientôt rebaptisée Radio Dreyeckland, qu'animaient Serge Bischoff et Elisabeth Schulthess et des complices alsaciens et badois. Le nom de Dreyeckland, le pays des trois frontières, vient d'une chanson éponyme de Brumbt que se termine ainsi : *Mer kejje mol d'granze éver e Hüffe on dànze drum arum.* (Nous jetterons les frontières en un tas et danserons tout autour.)

C'était une année magique, 1975. Le 8 mai, jour de la commémoration de la fin de la Seconde Guerre mondiale et de la victoire des Alliés sur l'Allemagne nazie, Martin Graff, le touche-à-tout contrebandier d'idées de la vallée de Munster, avait créé un événement magistral et pareillement fondateur en filmant une descente du Rhin entre Mayence et Coblence, où des jeunes Français et Allemands célébraient sur le bateau l'amitié retrouvée. Son film, *Printemps sur le Rhin/ Frühling am Rhein,* était diffusé en direct ce 8 mai, sur Antenne 2 et la ZDF, précédant Arte de dix-sept ans.

Et en août de cette année 1975, Louis Schittly, le médecin-paysan-écrivain de Bernwiller, co-fondateur de Médecins sans frontières en ayant vu les horreurs de la guerre au Biafra, réalisait avec Daniel Schlosser son film en alsacien *D'Goda* sur la vie paysanne dans le Sundgau. Quarante-sept ans plus tard, ce magnifique film restauré par Vincent Froehly est à nouveau projeté dans toute l'Alsace, remportant un succès encore plus grand.

C'est terrible la nostalgie. René Ehni est mort le 18 juin 2022. J'étais à ses obsèques, le 23 juin, à Eschentzwiller, avec plein d'autres qui l'avaient connu, alors que peu de gens de nos jours le connaissaient encore, ignorant qu'il avait écrit *Le gloire du vaurien, Que ferez-vous en novembre ? Pintades, Babylone vous y étiez, nue parmi les bananiers,* et beaucoup d'autres choses.

J'ai retrouvé un texte qu'il m'avait écrit avec son stylo à l'encre bleue en 1975 pour évoquer à sa façon la guerre des paysans de 1525.

Il y a encore sur ces lignes bleues montantes, signe d'ardeur et d'optimisme, les traces des gouttes du schnaps que nous avons bu dans la stub de sa ferme d'Eschentzwiller, où il fallait passer le barrage des oies pour entrer. Il est écrit ceci de sa main sur la feuille maintenant jaunie :

Ils étaient luthériens nos paysans. Mais des luthériens étranges. L'image de Marie, la Reine de la terre, l'image d'Arda (La Terre, en alsacien) les accompagnait.

Disons que nos paysans croyaient en un protestantisme marial.

Révolte originelle : le paradis maintenant !

« Freyheit ».

La parousie tout de suite !

Pas dans un au-delà hypothétique. Luther (la raison) plus Marie (l'irrationnel) !

Nous trouvons ce cri chez ESSENINE, poète russe de la révolution à l'époque où Staline massacre la paysannerie pour construire la société qui nous promet le paradis pour DEMAIN... APRÈS-DEMAIN... À la Saint-Glinglin.

René EHNI

Il me fascinait Ehni, lui qui avait fréquenté Simone de Beauvoir, Alberto Moravia, Pier Paolo Pasolini, Laura Betti, Elsa Morante, Maurice Béjart... Ce jour-là, il m'apprit la définition du mot parousie : un concept de la théologie chrétienne désignant originellement à la fois la présence du Christ dans le monde depuis la Création et son retour sur la Terre à la fin des temps, autrement dit le second avènement du Christ. Ça me paraissait un peu abscons.

Je repense à ces moments où j'emmenais René à des concerts. Un soir sur la route de Strasbourg, où nous allions voir Chuck Berry, il a empli ma voiture de fumées de cannabis. Quand j'ai ouvert la fenêtre, il m'a dit : « Ferme, il fait froid… ».

Une autre fois, je l'avais emmené au stade de l'Ill à Mulhouse à un match du FCM, qui jouait à cette époque dans l'élite en première division. Il disait que les footballeurs étaient des anges qui couraient après un ballon.

Je les revois encore, les amis René Ehni et Louis Schittly visitant en même temps que moi mon oncle Charles dans son presbytère de Magstatt-le-Haut dans le Sundgau, où jusqu'à sa mort, il était curé après avoir été missionnaire en Afrique, près de Brazzaville.

Dans *D'Goda*, le film visionnaire de Louis, qui reste sans doute le seul long métrage de fiction entièrement en alsacien, Ehni joue le curé, Jeanne, sa maman, tient le rôle principal, celui de la marraine, Erika, l'épouse de Louis, y fait sa compagne et Roger Siffer y pousse la chansonnette.

Derechef, dans ces nostalgiques méandres mémoriaux, réveillés par l'approche dans deux ans du cinq-centième anniversaire de la guerre des Paysans, je me remémore François Brumbt chanter *1525* devant cinq mille personnes à Elbach. Je ne sais plus si René Ehni était avec moi.

J'ai appelé Louis Schittly qui m'a répondu qu'il n'avait fait que passer dans ce premier grand festival de la chanson alsacienne. Il devait trop penser à son film qu'il allait tourner en août chez lui à Bernwiller.

Avec les années qui ont passé, il est difficile de retrouver l'album vinyle 33 tours de François Brumbt *Poschtkart Uss'm Elsass* sorti en 1976, qui contient *1525*. Alors j'ai appelé Franz. Il m'a envoyé le lien du podcast d'une émission *Lieder un Gedichtle* d'Antoine Jacob qu'il avait faite en 2020 sur Fréquence Verte, à laquelle participait aussi l'ami Albert Weber. Il y a *1525* au début de l'émission. En l'écoutant, je me suis dit que c'est toujours un monument et qu'il faudra qu'elle soit la chanson phare de tous les événements qui marqueront en 2025 le cinq-centième anniversaire de la guerre des Paysans et du massacre de près de trente mille paysans alsaciens en mai 1525 par le duc de Lorraine.

Repensant à cette foisonnante époque des années soixante-dix, il m'est venu une schnaps idée, comme on dit chez nous en Alsace : puisque, dans le vaste programme des événements en avril pour perpétuer la mémoire du compositeur Auguste Schirlé et son poème symphonique sur le Taennchel, figure, à la date du samedi 15, un interlude de musique médiévale proposé par le chef d'orchestre des Musiciens d'Europe Jean-Marie Curti à la chapelle Sainte-Marguerite et dans son jardin médiéval, pourquoi n'y organiserait-on pas, en mai 2025, un grand concert de la chanson alsacienne, devant cet ossuaire qui contient des centaines de crânes des paysans massacrés ? Ce serait une belle façon de leur rendre hommage.

Dans le rêve que je fais, François Brumbt débuterait cette célébration avec 1525, et tous les chanteurs alsaciens réunis la termineraient par ce magnifique hymne à la liberté, *Die Gedanken sind frei,* immense symbole de la résistance à l'oppression et à la terreur, que le collectif Pour ne pas oublier Charlie, constitué de cent cinquante artistes et techniciens alsaciens, avait chanté à Strasbourg en plein de langues, après l'attentat terroriste islamiste contre *Charlie Hebdo* en janvier 2015.

Alors, poussé par cette étrange idée, je prends ma voiture et m'en vais voir la chapelle Sainte-Marguerite d'Epfig et son fameux ossuaire.

Quand j'y arrive, il n'y a pas âme qui vive.

Les feuilles commencent à sortir sur les arbres autour.

Elles forment un brouillard vert. À côté, il y a l'allée des ifs qui sont comme des sentinelles.

Les centaines de vieux crânes soigneusement entassés dans l'ossuaire n'ont plus rien de morbide. Mais ils portent le souvenir des milliers de paysans massacrés en Alsace il y a un demi-millénaire.

J'ai l'impression qu'on est en train de réaménager le jardin médiéval.

C'est beau, apaisant et pur. Un joyau de haute tenue, dit un poème.

À travers ses ouvertures, le printemps met une douce lumière dans la magnifique galerie-porche à colonnes. Dans le silence d'église où le temps semble arrêté, j'admire les vieilles fresques murales, les vitraux, les plafonds voûtés de cette chapelle qui mêle le roman et le gothique.

J'imagine François Brumbt entonner ici son *1525*.

Puis, apaisé par tant de beauté, regardant le soleil descendant doucement derrière les Vosges, je reprends ma voiture pour rentrer à Ingersheim.

Je me suis endormi devant la télévision. Ça m'arrive de plus en plus souvent.

Comme souvent, avant d'aller me coucher, je vais sur le site de *L'Alsace.*

Et je vois :

« Dernière heure. Epfig : un sexagénaire assassiné à la chapelle Sainte-Marguerite. Il s'agit sans doute d'un nouveau crime du tueur en série aux arcanes du tarot de Marseille. »

Alors, je replonge dans l'effroyable cauchemar qui m'emporte aux confins de la folie.

14
AVRIL 1792

Pour le personnage historique qu'il voulait évoquer dans son prochain crime, notre lettré tueur en série s'était décidé pour le cavalier de bâton du tarot de Marseille, car il était écrit que cette carte invite à la fougue et à la créativité passionnée.

Pensant à ce grand homme, il allait faire des repérages à Strasbourg, du côté de la place Broglie et de la rue de la Mésange. Il voulait s'intéresser maintenant à l'histoire de l'Alsace sous la Révolution française, mais chaque fois qu'il venait ici dans la belle capitale, il replongeait toujours dans cet étrange et fécond mélange des temps et des architectures, de guerre et de paix, d'humanisme et d'élitisme, de catholicisme et de protestantisme, de germanité et de francité qui donne à Strasbourg une alsacianité particulière.

Il avait conscience que l'Alsace a été germanique beaucoup plus longtemps qu'elle n'est française, et que Clovis, Charlemagne et les Francs ne parlaient pas français mais le francique, qui est un idiome germanique.

Il savait aussi que l'intégration de la province alsacienne dans le royaume de France de Louis XIV est une conséquence de la terrible guerre de Trente Ans qui est née des oppositions religieuses et politiques entre catholiques et protestants de toute l'Europe.

L'Alsace est devenue française pour la première fois en 1648, par les traités de Westphalie qui ont mis fin à la longue guerre et remodelé la carte de l'Europe. Mais cette intégration s'est faite bien plus par la force et la destruction des places fortes, des enceintes des villes et des châteaux que dans la douceur et la tolérance.

Pour repeupler l'Alsace laissée exsangue, dépeuplée et miséreuse après ce conflit qu'on appelle ici la guerre des Suédois, on y avait fait venir des immigrants suisses, tyroliens, badois, bavarois, thuringeois, néerlandais, savoyards, bourguignons.

On tolérait le protestantisme installé et se développant, en l'imposant souvent dans les lieux de culte catholiques devenus des *simultaneum*. La paix et l'essor économique revenaient au fil du temps.

La population alsacienne avait triplé en cent-cinquante ans. À la veille de la Révolution, elle approchait les sept-cents mille habitants dont moins de quatre sur cent parlaient le français.

La situation n'était pas bien différente dans les autres régions du royaume. La France comptait en 1789 vingt-six millions de personnes, mais seulement trois millions savaient la langue française.

Comme presque toujours quand il venait à Strasbourg, notre assassin cultivé rendit visite à la cathédrale. Il aimait ce chef-d'œuvre de l'art gothique et il aimait la merveilleuse description qu'en avait faite Victor Hugo : « Prodige du gigantesque et du délicat ».

À chaque fois, il restait sur le parvis à contempler son riche et extraordinaire frontispice avec les tympans de ses trois portails, sa fabuleuse rosace d'Erwin von

Steinbach. Puis son regard montait en suivant la tour jusqu'au sommet de la flèche qui, avec ses cent-quarante-deux mètres, avait fait de l'édifice pendant des siècles le plus élevé de la chrétienté.

Une fois sur deux, il entrait. Il y retrouvait la sérénité entre la chaire de Geiler von Kaysersberg, le grand orgue en nid d'hirondelle accroché à la nef, l'horloge astronomique avec ses douze apôtres en automates dont on disait qu'elle était à la Renaissance l'une des sept merveilles de l'Alsace.

Il repensa à la guerre des Rustauds et au massacre par le duc de Lorraine, en mai 1525, de trente mille paysans alsaciens révoltés, parce qu'ils étaient des « séduits et abusés luthériens ».

Pour lui, c'était évident : si la Réforme protestante était arrivée très vite en Alsace, où dès la fin de 1518 et le début de 1519 les thèses de Martin Luther avaient été affichées aux portes de la cathédrale de Strasbourg, c'est surtout parce que c'est dans la capitale alsacienne, vers 1440, que Johannes Gensfleisch, dit Gutenberg, venu de Mayence, avait inventé la typographie.

Cette technique de fondre des caractères mobiles métalliques, en alliage de plomb, d'antimoine et d'étain, et de les assembler pour créer des mots et des phrases puis de les imprimer sur du papier avec une presse, avait permis l'avènement du livre imprimé, amenant la grande révolution culturelle européenne à la Renaissance.

Dans la deuxième moitié du XVe siècle, il s'était alors développé dans le centre de Strasbourg une importante activité des imprimeurs. Ceux-ci constituaient une caste lettrée, lisant le latin et le grec, disposant de privilèges comme le port de l'épée. Ils attiraient de nombreux intellectuels, des sculpteurs, orfèvres, horlogers, peintres et autres artistes, ainsi qu'une riche bourgeoisie.

Notre tueur cultivé mesurait combien dans ces temps de Renaissance, Strasbourg s'affirmait déjà comme une capitale culturelle. Les imprimeurs strasbourgeois étaient le plus souvent favorables à la diffusion d'idées nouvelles par l'édition des textes de Martin Luther et de pamphlets comme *La nef des fous* du Strasbourgeois Sebastian Brant ou *l'Éloge de la folie* d'Érasme.

Le courant humaniste de cette société faisait également qu'à Strasbourg la Réforme adoptait une position plutôt modérée, basée sur une culture biblique.

L'influence du réformateur humaniste strasbourgeois Martin Bucer, né à Sélestat, qui prêchait pour que la Bible devienne accessible à tous et que la relation à Dieu se fasse sans intermédiaire, fit rayonner un protestantisme éclairé qui dépassait largement les limites de l'Alsace.

Des églises strasbourgeoises telles Saint-Thomas, Saint-Guillaume, Saint-Pierre-le-Jeune et encore Sainte-Aurélie, où officiait Bucer, devinrent d'importants centres de pratique pour les protestants. Mulhouse, Colmar, Riquewihr, Haguenau, Obernai, Sélestat, Wissembourg, Munster et d'autres cités passèrent à leur tour à la Réforme, même si une grande partie de l'Alsace restait catholique.

Avançant dans la haute et large nef centrale gothique, avec ses sept travées, ses grandes verrières médiévales, sous le vaste plafond voûté sur les croisées d'ogives, notre érudit assassin se rappela que cette magnifique cathédrale fut un temple protestant de 1527 à 1550 puis de 1561 à 1681. Entre 1550 et 1560, on y avait rétabli le culte catholique sur une décision de l'empereur Charles Quint.

Celui-ci, allié au pape, avait remporté en 1547 une victoire militaire contre l'armée des princes allemands protestants. Les luthériens avaient repris possession de la cathédrale après que, délaissée pendant quelques mois de cette année 1561, elle eut servi de refuge aux indigents.

Mais dès 1525, les protestants avaient enlevé des statues comme celle de la Madone dans la chapelle de la Vierge, tout comme les nombreux retables et autels. En 1529, la messe des catholiques fut abolie. On avait peint les murs en couleur de pierre. Deux ans plus tard, on avait retiré les pierres tombales à l'intérieur de la cathédrale.

C'est Louis XIV qui imposa en 1681 de rendre la cathédrale au culte catholique.

Notre tueur imaginait comment cette immensité gothique devait quand même être triste dans l'austérité protestante : il aimait terriblement la flamboyance florissante, colorée et magnifique, du plus bel édifice alsacien.

Il en ressortit presque apaisé. Sur la place de la Cathédrale, il longea l'édifice puis emprunta à gauche la rue du Dôme vers la place Broglie. Il lui revint que cette rue du Dôme était la rue principale à l'époque romaine, quand Strasbourg s'appelait Argentoratum, et que plus tard elle se nommait en alémanique Münstergasse pour devenir à la Révolution, puis à nouveau en 1945, rue du Dôme, francisation du mot allemand *Dom*, un synonyme de *Münster*, qui veut dire cathédrale.

Au bout de l'artère aux riches immeubles, la toute longue place Broglie le ramena à l'événement historique qui l'occupait pour son nouveau crime. Il traversa les voies du tramway et s'arrêta devant le long bâtiment en grès rose, aux hautes fenêtres protégées par des grilles, de la Banque de France. Entre deux fenêtres, deux plaques roses rectangulaires et une ronde presque noire se superposent.

Sur celle du bas, il est gravé dans la pierre en lettres rouges : « Ici s'élevait la maison où est né le 15 septembre 1858 Charles de Foucauld, ancien officier de cavalerie, explorateur du Maroc, missionnaire, assassiné par les senoussistes le 1er décembre 1916 ».

Sur celle au-dessus, il est écrit : « Ici s'élevait l'hôtel où retentit pour la première fois la Marseillaise, chantée par Rouget de Lisle chez le maire Dietrich le 26 avril 1792 ». La plaque ronde encore au-dessus représente le profil de Rouget de Lisle avec son nom, son année de naissance et celle de sa mort : 1760-1836.

Ce n'était point Charles de Foucauld qui intéressait notre tueur mémorialiste, mais Rouget de Lisle. L'hôtel où vivait le maire de Strasbourg Philippe-Frédéric de Dietrich, au numéro 4 de la place Broglie, avait été démoli en 1924 pour construire l'actuel bâtiment de la Banque de France.

Il connaissait l'histoire de la naissance de la *Marseillaise* ici à Strasbourg, en pleine Révolution française, alors que la patrie était très en danger. Elle était menacée par des monarchies européennes coalisées du Saint-Empire romain germanique dont l'empereur était alors l'Autrichien François II, de la maison de Habsbourg-Lorraine.

Le soir du 25 avril 1792, le baron de Dietrich, grand savant, homme politique, protestant, franc-maçon, maire de Strasbourg depuis mars 1790, reçoit à dîner dans son hôtel de la place Broglie plusieurs militaires de haut-rang, dont le maréchal Luckner, commandant l'armée du Rhin, Kléber, Desaix, et le capitaine du génie Claude Joseph Rouget de Lisle. Le baron-maire regrette qu'on n'ait pas de chant guerrier pour motiver le moral des troupes, d'autant plus que la France révolutionnaire vient de déclarer la guerre à l'empereur d'Autriche.

Le jeune officier-poète-musicien Rouget de Lisle, natif de Lons-le-Saulnier, exalté et un peu aviné, s'échappe furtivement du dîner. Il rentre en vitesse dans son petit appartement qui se trouve non loin de là, rue de la Mésange. Il prend son violon et crée durant la nuit son chant de guerre qui allait devenir célèbre. Il dira qu'il était agité d'une forte fièvre créative et que l'air et les paroles lui venaient ensemble. Au matin, il se précipite chez le baron-maire, place Broglie.

Dans le salon de l'hôtel, il entonne l'œuvre qu'il a composée et appelée le *Chant de guerre pour l'armée du Rhin*, dédié au maréchal Luckner.

Philippe-Frédéric de Dietrich est enchanté. Le soir de ce 26 avril, il réunit à nouveau son monde et interprète lui-même le chant, alors que son épouse Louise joue la musique au clavecin.

C'est un moment d'immense émotion. La scène sera immortalisée en 1849 par une peinture d'Isidore Pils intitulée *Rouget de Lisle chantant la Marseillaise pour la première fois à Strasbourg chez le maire de Dietrich.*

Trois jours plus tard, le chant de guerre révolutionnaire est interprété pour la première fois en public par la Garde nationale sur l'actuelle place Kléber, appelée alors place d'Armes.

Lors de la prise des Tuileries le 10 août suivant, les fédérés de Marseille entonnent ce chant patriotique. C'est cela qui fait qu'on commence à le nommer la *Marseillaise* car son titre *Chant de guerre pour l'armée du Rhin* est trop long.

Le 20 septembre de cette même année 1792, a lieu la fameuse bataille de Valmy, où l'armée révolutionnaire de la Moselle, commandée par le général strasbourgeois François-Christophe Kellermann, et celle du Nord du général Charles-François Dumouriez, battent l'armée prussienne renforcée par des soldats d'Autriche, de la Hesse et des émigrés marchant sur Paris au secours de Louis XVI. Le lendemain, 21 septembre, la Convention nationale proclame l'abolition de la royauté et fonde la Première République.

Le ministre de la Guerre Joseph Marie Servan de Gerbey recommande alors de faire entonner le chant de Rouget de Lisle dans les armées, mais en y supprimant le huitième couplet, le jugeant trop religieux à cause de la référence à Dieu. Le 14 juillet 1795, 26 messidor an III, à l'initiative du Comité de salut public, la Convention nationale décrète que la *Marseillaise* est l'hymne national de la République française.

Repensant à tout cela, notre chevronné tueur historien amateur se répétait en boucle dans sa tête les deux premiers vers du premier couplet de la *Marseillaise* :

Allons ! Enfants de la Patrie !
Le jour de gloire est arrivé !

Tout aussi mentalement, il répondait à cela que son jour de gloire à lui était arrivé, puisque le nouveau crime qu'il s'apprêtait à commettre allait avoir lieu dans la grande capitale alsacienne et que tout ce qui s'y déroulait avait forcément plus de résonance qu'ailleurs en Alsace.

Ses six précédents assassinats avaient certes marqué l'opinion publique, faisant grandir, à mesure qu'il les commettait, une peur dans la population.

Il avait toutefois noté que les médias commençaient à y porter moins d'intérêt, réduisant peu à peu la longueur des comptes-rendus. Il était totalement convaincu que ce qu'il allait exécuter en ce lieu de cette ville allait avoir un écho à travers tout le pays, car cette fois il touchait à la fibre patriotique nationale.

Le temps était triste ce matin du dernier lundi d'avril. Il regardait de l'autre côté de la place Broglie, derrière les rangées de platanes qui faisaient repousser leurs feuilles, l'imposante façade de l'hôtel de ville, qu'on appelle aussi l'hôtel de Hanau et qui avait été édifié dans la première partie du XVIIe siècle par l'architecte de l'évêché Joseph Massol. Il se dit une nouvelle fois que perpétrer son crime au pied de ce bâtiment historique, lieu de prestige au cœur de Strasbourg, aurait beaucoup de panache.

Ç'avait été son idée quand il avait commencé à mûrir ce crime. Mais perfectionniste comme il était, il l'avait écartée en voyant que cet édifice n'était devenu hôtel de ville de Strasbourg qu'en 1806, quatorze ans après la création de la *Marseillaise.*

Bien sûr, se dit-il, rien qu'avec la date «Avril 1792» composée de lettres et de chiffres découpés des *Dernières Nouvelles d'Alsace* et collée au dos de la carte du cavalier de bâton du tarot de Marseille, les enquêteurs et les journalistes auront vite fait de comprendre que ce personnage qui invite à la fougue et à la créativité passionnée représente Rouget de Lisle.

Il repesa tout une dernière fois dans sa tête.

Il avança jusqu'au bout de la place Broglie. À droite commence la rue de la Nuée-Bleue. Le siège des *Dernières Nouvelles d'Alsace* s'y trouve, tout près du carrefour. Avant, il y avait juste après le commissariat central de police.

Ce fut la loi du mort-kilomètre qui emporta sa décision finale. Il connaissait cette règle journalistique qui veut que plus un événement est proche plus il éveille l'intérêt et l'émotion, lesquels, comme tout, ne durent qu'un temps car une actualité chasse toujours la précédente.

Ce débouché de la rue de la Nuée-Bleue entre la place Broglie et la rue de la Mésange lui apparaissait comme le mariage parfait entre le cadre historique où la Marseillaise avait été créée, puis entonnée pour la première fois, et cette fameuse loi du mort-kilomètre.

Il était sûr que les journalistes des *DNA* seraient même sur place avant la police.

Alors, il traversa la rue et s'arrêta devant la poubelle cerclée de vert à l'angle des rues de la Nuée-Bleue et de la Mésange.

Il était autour de dix heures et demie.

Les trottoirs étaient presque déserts, comme souvent les lundis matins. C'est pour ça qu'il avait choisi ce jour-là et le temps l'arrangeait bien. Il se recouvrit la tête avec la capuche de sa parka foncée et sa main droite alla dans la poche caresser du cuir de son gant son pistolet noir.

Il chemina lentement sur une vingtaine de mètres dans la rue de la Mésange.

Une dame âgée toute menue, vêtue de noir, arrivait vers lui en frôlant les façades. Elle se déplaçait lentement.

Sur les voies passait un tram venant de la place de L'Homme-de-Fer.

Notre intrépide tueur se retourna, doubla la femme et se posta devant la poubelle au cercle vert. Il regarda tout autour de lui. Il n'y avait personne d'autre. Le tram s'arrêtait déjà à la station Broglie.

Il n'y eut pas un seul mot.

Il tira à bout touchant la balle dans le cœur de la vieille dame, en même temps que de la main gauche il glissait dans la poche de son manteau la carte du cavalier de bâton du tarot de Marseille avec au dos « Avril 1792 ».

La victime s'écroula sans un cri.

Il avait prévu la suite. Il avait répété que ce qu'il allait faire pour ne pas être vu et trop vite repéré par les caméras de la vidéosurveillance.

Au lieu de partir dans un sens ou dans l'autre, il entra tout de suite au coin de la rue de la Nuée-Bleue dans l'agence de voyages.

Il demanda jovialement le nouveau catalogue. Il le feuilleta puis énonça qu'il était très tenté par un séjour à Zanzibar, car la douceur du printemps tardait vraiment à s'installer en Alsace.

Il repartit tranquillement avec la brochure, en disant qu'il allait revenir après s'être concerté avec son épouse.

15
POURQUOI SUIS-JE REVENU À STRASBOURG ?

Avec toutes mes angoisses et tous les chamboulements qui bouleversent ma vie, j'ai raté la revue satirique au théâtre de la Choucrouterie, rue de Saint-Louis à Strasbourg. C'était la vingt-huitième, que Roger Siffer et sa joyeuse bande ont appelée vingt-vite-yème.

J'aime beaucoup ce cabaret, et même si l'alsacien que je baragouine est haut-rhinois je vais toujours dans la grande salle où le spectacle se joue en alsacien forcément bas-rhinois. Le titre de la revue 2022-2023 était *Achtung Bicyclette, Ils ont un vélo dans la tête.* Elle riait de tout et de tout le monde, passant à la moulinette les politiques alsaciens, se moquant comme toujours des Lorrains, égratignant le Racing Strasbourg, l'écologie et les autres phénomènes de société.

Quand j'ai vu que, devant son succès, il y a eu des prolongations jusqu'au 8 avril, je me suis dit que ça m'arrangeait vraiment et que je trouverai bien un soir pour y aller. Et puis il y a eu Pâques, qui a passé très vite, et j'ai réalisé que j'avais aussi raté les prolongations de la revue sifferienne.

Faut dire que depuis ce troisième mardi de mars, qui était aussi mardi gras et le deuxième jour du printemps, ce terrible mardi où la sixième victime a été abattue à Epfig, je suis resté cloitré dans mon appartement à Ingersheim, habité par les poussées de frayeurs, les divagations et les plongées vers de démentes aliénations.

Pendant deux semaines, je ne suis pas du tout sorti de chez moi, délibérément claustré pour qu'il ne se passe rien, tellement j'avais peur que si j'allais quelque part ça ne fasse une nouvelle victime innocente.

Je ne mangeais plus, me soûlais de l'alcool qui me restait puis de l'eau du robinet. Mes nuits blanches débordaient de noirceurs abominables et les jours me mettaient à la géhenne des morts-vivants.

Au début de la troisième semaine, un voisin a sonné à ma porte. Il s'inquiétait, les journaux et le courrier bourraient ma boîte à lettres. Il m'a trouvé une gueule de déterré. J'ai menti. J'ai répondu que je n'avais besoin de rien, que je traînais seulement une méchante bronchite et que je prenais des médicaments pour guérir.

Je suis allé vider la boîte à lettres, et j'ai compulsé les journaux. C'est comme ça que j'ai su que la victime d'Epfig est un malheureux veuf venu fleurir la tombe de son épouse, au cimetière à côté de la chapelle Sainte-Marguerite.

J'étais malade à vomir, au point de me déclarer moi-même coupable de tout ce dont je me savais innocent. Dans mes affres, je cherchais à comprendre pourquoi, dans cette saga meurtrière, je me retrouve à chaque fois là où un crime est commis, alors que je sais que ce n'est pas moi qui le commets.

J'en arrivais à me demander si j'avais des raisons de tuer des gens que je ne connais pas, comment je les aurais choisis au hasard, essayant encore et toujours de trouver un début d'explication à cette inexplicable corrélation, à l'impossible adéquation aux crimes.

Dans l'effroyable cauchemar qui m'emporte à nouveau aux confins de la folie, je ne parviens pas à imaginer comment j'aurais pu tuer le malheureux veuf.

J'ai plusieurs fois tenté de l'imaginer. Les journaux ont écrit qu'il était mince et grand, qu'il avait soixante-sept ans et qu'à Epfig il était apprécié de tout le monde.

Mais si c'était moi qui l'ai tué, j'aurais gardé son image.

Comment marchait-il ? Était-il voûté ou se tenait-il bien droit ? Son visage était-il rond ou mince ? Quelle était son expression au moment de mourir ? Et comment j'aurais pu me servir d'un pistolet ? Je n'en ai jamais eu.

Je virevolte dans les délires et les vertiges. Je me voyais tomber dans des abîmes sans fin, des gouffres-entonnoirs où les parois se rétrécissaient, prêt à brûler dans les flammes au fond du cratère, l'espérant même pour que cesse enfin la chute et que tout finisse une fois pour toutes.

Quatre jours plus tard, je suis redescendu pour vider la boîte à lettres. J'ai compulsé les dernières éditions de *L'Alsace*. En réalisant qu'il n'y a pas eu de nouveau crime, je fus troublé, comme si ce non-événement renforçait en moi la possibilité de ma culpabilité.

J'ai remis la radio et la télévision. Inconsciemment j'attends une annonce qui viendrait contredire ce pénible sentiment.

Les nouvelles du monde extérieur me rassérènent petit à petit. Je ressors de mon immeuble, prudemment.

Les balades le long de la Fecht ont un côté lénifiant. À chaque fois que je sors de chez moi, je mets mes mains dans mes poches pour m'assurer qu'il n'y a pas l'arme que je n'ai pas. Alors je me traite d'idiot.

En marchant, je repense à ce que je vais raconter à mon psychiatre quand je le reverrai le mois prochain. Il faut que je lui parle. Je ne vois personne d'autre que lui à qui je peux tout dire. Ça me rassure de penser qu'il est lié au secret médical.

J'ai regardé sur internet. Il est dit dans la loi que toute personne doit avoir la certitude qu'elle peut se fier à la discrétion du médecin et que ses secrets seront gardés même après sa mort, car ce secret professionnel est la pierre angulaire de la morale médicale. Il est même précisé qu'il n'est pas limité au strict domaine médical, mais à toutes les informations concernant la personne venues à la connaissance du professionnel.

Je sais aussi que les lois sont toujours compliquées et que ce que dit l'une ne correspond pas toujours à ce qu'énonce une autre. J'ai lu que le code pénal punit par trois ans de prison et quarante-cinq mille euros d'amende quiconque a connaissance d'un crime dont il est encore possible de prévenir ou de limiter les effets et qui n'en prévient pas les autorités judiciaires ou administratives, et que, cependant, la loi n'oblige pas un professionnel soumis au secret à révéler un crime dont il a eu connaissance dans le cadre de son travail. Mais il est aussi dit que pour autant la révélation d'un crime n'est pas interdite par la loi et que c'est au professionnel d'évaluer ce qu'il convient de faire.

Je me dis que j'ai encore le temps de réfléchir, et que de toute manière tout ce qui je dirai à mon psychiatre ne prouvera pas non plus que c'est moi qui commets les crimes.

Puisque je suis sûr que je n'ai jamais tué qui que ce soit.

Peut-être qu'il m'aidera, tout seul je m'enfonce dans la folie…

Je retourne dans les vignes du Florimont. Elles sont réveillées, la sève circule à nouveau depuis les ceps. La taille est finie, les sarments sont attachés aux fils et le débourrement avance. Les bourgeons et les petites feuilles grandissent. Au milieu de ce réveil à la vie, je me sens mieux sur les hauteurs à contempler mon village, avec derrière Colmar et tout au fond la Forêt-Noire. Je prends de plus en plus souvent le chemin qui monte le plus haut et qui longe la forêt qui coiffe le sommet de la colline.

Du côté nord, on voit bien Katzenthal, avec son château du Wineck au-dessus, et plus haut le Christ en pierre qui, depuis la cime du Galtz, bénit la plaine d'Alsace. Plus à droite, c'est Ammerschwihr, Kientzheim et Sigolsheim, avec sur son Blutberg, la montagne de sang, la nécropole nationale où reposent mille-six-cent-un soldats tombés dans les combats de la libération de l'Alsace durant l'hiver 1944-1945. Et plus loin dans le massif vosgien, les trois châteaux de Ribeauvillé, le Taennchel et derrière encore le château du Haut-Koenigsbourg.

Sur cette face du Florimont, je me demande où se trouvait l'ermitage du futur saint Déodat ou saint Dié, Deodatus en latin ou Dieudonné en vieux français. Il avait été un de ces moines errants qui avec d'autres, irlandais ou écossais, évangélisaient au VIe et VIIe siècles le royaume franc. Une hagiographie le présente comme évêque de Nevers d'origine irlandaise, une autre comme natif de la région de Trèves, une autre encore comme moine à Luxeuil. En tout cas, ce serait bien lui qui a fondé en l'an 667 le monastère d'Ebermunster, puis environ deux ans plus tard celui de Saint-Dié, y créant la ville qui porte son prénom, où il est mort le 19 juin 679.

Deodatus avait installé son ermitage sur le Florimont à Ingersheim avec le soutien du seigneur chrétien de Hunawihr, Hunus ou Hunon, et de sa dame Hune ou Huna, de la famille du duc d'Alsace Étichon-Adalric, le père de sainte Odile.

Il a été écrit que les gens d'Ammerschwihr avaient très mal reçu Déodat quand il voulut leur porter la parole chrétienne, et qu'il fut chassé à coups de bâtons. C'est ainsi qu'il partit de l'autre côté des Vosges, donnant naissance en chemin au village du Bonhomme, dénommé ainsi comme le col au-dessus car on disait de ce moine qu'il était un homme bon.

Ça me prend d'un coup le lendemain. Pour la première fois depuis ma claustration, je reprends ma voiture et m'éloigne d'Ingersheim. Je roule pressé vers Hunawihr, parce qu'ensuite je me suis rappelé la légende de sainte Hune qui est aussi à l'origine du nom du village. C'était la rencontre de la noble dame et son mari avec l'ermite d'Ingersheim Déodat qui avait changé leur vie. Le couple vivait sur le site d'une ancienne villa gallo-romaine, sur la butte où se trouve l'église et le cimetière fortifié de Hunawihr. Ils firent baptiser leur fils en lui donnant le prénom du moine.

Appliquant les préceptes de Déodat, Hune, ayant demandé à son mari de construire une chapelle à côté de chez eux, se mit au service des pauvres. Elle les logeait, les soignait, les nourrissait. Elle lavait elle-même leurs vêtements, ce qui fit que dans toute la région on l'appela la sainte lavandière. Il a encore été prétendu qu'une année de mauvaises vendanges, elle changea en vin l'eau de la fontaine.

À sa mort, en 679, de nombreuses personnes vinrent se recueillir sur sa tombe.

Quatre siècles plus tard, on construisit une petite église sur cette colline de Hunawihr entourée de vignes. Dans la crypte, on conserva le cercueil de Hune.

Celle-ci fut canonisée en 1520 par le pape Léon X à la demande du duc Ulrich VI de Wurtemberg, comte de Montbéliard, qui était né à Riquewihr. Le dimanche 15 avril de cette année 1520, plus de vingt mille personnes, selon les chroniqueurs de l'époque et le seigneur voisin Ulrich de Ribeaupierre, assistaient dans la ferveur à l'exposition solennelle des reliques de la bienheureuse à Hunawihr. Pour l'occasion, le pape accorda une plénière indulgence à tous les assistants qui faisaient des dons pour la restauration de la chapelle.

La cérémonie a duré trois jours.

Les dons d'argent recueillis furent si nombreux que l'on put commencer la construction d'une grande église de pèlerinage en accolant au clocher massif du XIVe siècle un très beau chœur avec des voûtes à très fines nervures.

Celui-ci fut achevé en 1524, et la sacristie au début de 1525. C'est cette même année qu'eut lieu la guerre des Rustauds et le massacre de ceux en Alsace par le duc de Lorraine. Peu avant cette croisade sanglante, la construction de la nouvelle église de Hunawihr avait été stoppée le 8 mai, car les paysans révoltés du village se sont joints à ceux de Beblenheim et de Mittelwihr. Ils furent parmi ceux tués à Scherwiller. Ces tueries commises au nom de la défense de l'Église catholique et la terrible répression des paysans survivants vaincus eurent pour effet de faire gagner au protestantisme beaucoup de nouveaux adeptes. Le curé de Hunawihr, Nicolas Koenig, devint le premier pasteur prédicateur de la seigneurie.

En 1534, le duc Georges de Wurtemberg, consolidant le Réforme déjà introduite dans le comté par son demi-frère Ulrich, l'installa officiellement sur ses terres alsaciennes, en adhérant aux thèses du Suisse Ulrich Zwingli. Cinq ans plus tard, il fit construire le nouveau château de Riquewihr dans le style Renaissance.

Les protestants reprirent la construction de l'église de Hunawihr, avec une architecture plus sobre et une belle chaire. Mais, en 1540, ils dispersèrent les reliques de sainte Hune, mettant un terme au pèlerinage qui s'était développé.

Une épidémie de peste décima en 1610 une bonne partie de la population du village, qui fut ensuite presqu'entièrement ravagé par la guerre de Trente Ans.

Les traités de Westphalie, mettant fin à celle-ci en 1648 et faisant devenir française la grande partie de l'Alsace, garantissaient aux Alsaciens la liberté religieuse.

Cela fit que grâce à Louis XIV, les catholiques purent reprendre en 1687 la possession de l'église, en partage avec les protestants, dans un système de *simultaneum* qui fonctionne toujours dans une cinquantaine d'églises alsaciennes.

J'ai toute cette histoire en tête en grimpant vers l'église fortifiée Saint-Jacques-le-Majeur, du nom de l'apôtre de

Christ. L'enceinte octogonale m'impressionne toujours avec ses bastions demi-circulaires à chaque angle.

Dans chaque coin de ces remparts, hauts de quatre à sept mètres, il y a des meurtrières pour arbalètes et des archères évasées en trous circulaires adaptés à des canons du XVe siècle. Plus qu'à un fort militaire, cela ressemble plutôt à un abri offrant un refuge à la population. Il y a aussi des meurtrières sur le clocher-donjon au grand cadran d'horloge à une seule aiguille.

Derrière, le cimetière s'enroule autour de l'église.

Comme à chaque fois, je me laisse pénétrer par l'ambiance unique de cette nef qui est plus intime que celle des cathédrales. Elle est composée des trois travées voûtées.

Dans l'épaisseur d'un pilier un escalier mène à la vieille chaire en grès rose. Sur les clés de voûte figurent l'aigle bicéphale du Saint-Empire romain germanique, le blason des possessions espagnoles des Habsbourg, les armes du duché de Wurtemberg-Montbéliard et le blason de Hunawihr.

Au fond il y a un orgue reconstruit par François Callinet et restauré par Claude Kern. Les beaux vitraux du chœur représentent Saint-Jacques, sainte Hune et saint Déodat en évoquant leurs miracles. Sous le clocher de l'église, des fresques médiévales montrent saint Nicolas, le protecteur des enfants qui était évêque de Myre, en Turquie, au IVe siècle. Au milieu, sur le sol, est posée une cloche qui date de l'an 1700.

Il n'y a personne d'autre que moi en ces lieux sacrés.

Dans le silence, je me dis tout à coup que le tueur en série est peut-être là.

Je ne peux pas m'expliquer comment il a pu savoir que je suis venu ici, mais plus j'y pense, plus je crois qu'il va apparaître.

Dans la vacuité de la nef, je guette le moindre souffle, le moindre craquement, la moindre résonance. Je sens une angoisse monter en moi. Je suis sûr que quelqu'un va être tué.

Forcément, comme si c'était écrit dans un grand livre.

Maintenant je suis prêt à l'attendre. Je vais oser lui faire face. Dans ma tête je le provoque. Je sais que tu es là. Amène-toi, je veux voir qui tu es.

Il y a un grincement. La porte de l'église qui s'ouvre apporte de la printanière lumière extérieure. Une femme entre en essayant de faire le moins de bruit possible.

Elle porte un pantalon foncé, un coupe-vent rouge. Ses cheveux blonds sont ramassés en chignon. Elle se signe de la main droite.

Un homme la suit. Grand et mince, le visage émacié, cheveux gris court, il est en jean et blouson de cuir noir.

Il se tient derrière la femme. Étend son bras droit.

Je vois aussitôt le crime. Je le vois sortir son pistolet… Je m'attends à la détonation…

Il pose seulement la main sur l'épaule de la femme, qui lui sourit.

Ils avancent dans la nef. La femme a une démarche ailée.

Ils se tiennent devant le chœur et regardent les trois vitraux, où sont représentés saint Jacques, sainte Hune et saint Déodat. La femme prend la main de l'homme.

Je me sens de trop et m'en vais en vitesse.

Je regarde encore si le tueur ne se trouve pas entre les tombes.

Je rentre à Ingersheim. C'est comme si le soulagement commençait à me faire revivre avec moins de peur. Je repars apaiser mon âme dans une longue promenade.

Je vais le long de ma rivière jusqu'au restaurant au Pont de la Fecht où au bout de la forêt, dans son cadre champêtre, il y a des ânes, des poneys, des jeux d'enfants et une terrasse.

En revenant, je consulte plusieurs fois sur mon téléphone le site de *L'Alsace*.

Chez moi, je guette encore les nouvelles. On dirait que le tueur m'a laissé en paix.

Plus les jours passent, plus je crois que la malédiction est passée. Ça fait un mois maintenant que le tueur a commis son dernier crime à Epfig et il ne s'est rien passé depuis.

C'est ce même avant-dernier vendredi d'avril que Pat, la directrice de *Tonic Magazine*, me téléphone.

– Bonjour mon petit. Tu veux bien nous écrire un article sur une page de l'histoire de l'Alsace, comme tu sais les faire ? qu'elle me demande.

Elle m'appelle toujours « mon petit », même si je suis plus grand et beaucoup plus vieux qu'elle.

– Sur quelle période ?

– Comme tu veux… Tiens, pourquoi pas l'Alsace sous la Révolution française…

J'ai eu peur qu'elle me parle de la guerre des paysans, vu que dans deux ans on célèbrera le demi-millénaire de cet événement majeur de l'histoire de l'Alsace. Je sais que beaucoup de choses sont déjà en train de se mettre en place, mais on n'est pas encore en 2025. Comme à personne d'autre, je ne lui ai pas raconté l'horrible tourment que je vis depuis cinq mois en finissant par me demander si sans m'en rendre compte ce ne serait pas moi le tueur en série qui multiple ses crimes historiques.

Le sujet me plaît.

Je fais quelques recherches sur internet et dans des écrits qui sont dans ma bibliothèque.

Je me dis que je ne dois pas me noyer dans tous les tourbillons et toutes les tempêtes de la Révolution, qui sont quand même très compliqués.

Je commence à rédiger un premier jet :

« La Révolution française est l'événement capital de l'histoire de la France qui a rendu l'Alsace davantage française. Le passage de l'ancien régime des royautés à l'abolition des privilèges et des droits féodaux dans la nuit du 4 août 1789, suivie de la Déclaration des droits de l'homme et du citoyen, et en 1792 à la 1re République a indéniablement été un progrès démocratique. Les historiens sont d'accord : les Alsaciens ont pleinement adhéré à l'enthousiasme de la Révolution française pour la justice et la liberté. »

Puis je passe au présent :

« La prise de la Bastille entraîne des émeutes, des pillages et des incendies dans les campagnes et dans des villes. À Strasbourg, on s'oppose aux nobles. Fin juillet, dans le Sundgau, le château de Ferrette est pillé et incendié par des paysans révoltés venus de la vallée de Saint-Amarin. La foule saccage aussi les châteaux de Hirsingue, de Carspach et de Hirtzbach. On incendie aussi les maisons de juifs prêteurs d'argent.

Dès l'automne 1789, de très nombreuses familles nobles alsaciennes émigrent en Allemagne et ailleurs.

L'année suivante, la province Alsace devient une région administrative divisée en deux départements, le Haut-Rhin et le Bas-Rhin. Comme ailleurs dans le pays, l'Église catholique y perd beaucoup de sa puissance car ses possessions, pareillement que celles de la royauté et de nombreux nobles, sont confisquées, devenant des biens ou domaines nationaux. Les citoyens ne payent plus la dîme, qui était l'impôt dû au clergé.

En juillet de cette même année 1790, l'Assemblée nationale constituante adopte la constitution civile du clergé, qui fait dépendre celui-ci de l'État et non plus du Saint-Siège. L'article 1 du décret énonçant que chaque département forme un seul diocèse, un évêque s'installe à Colmar. La collégiale Saint-Martin, œuvre majeure de l'architecture gothique des XIIIe et XIVe siècles, et deuxième plus grand édifice catholique d'Alsace, devient cathédrale constitutionnelle dans la ville préfecture du Haut-Rhin. Elle le restera jusqu'à l'entrée en vigueur du Concordat en 1802.

La nationalisation des biens de l'Église fait beaucoup de mécontents dans une Alsace attachée à la spiritualité. Les révolutionnaires abattent toutes les représentations religieuses dans la cathédrale de Strasbourg qui devient "temple de la Raison".

Deux cent trente-cinq statues y seront détruites. Un conseiller municipal demande la démolition de la flèche qui "blesse le sentiment d'égalité de la République". Elle a été sauvée grâce à la proposition d'un autre conseiller municipal, Jean-Michel Sulzer, de coiffer la pointe d'un bonnet phrygien en tôle de fer peint en rouge et haut de plus de dix mètres, qui restera au sommet de la flèche jusqu'en 1802.

Après la fuite manquée du roi Louis XVI et de sa famille, et leur arrestation à Varennes, en juin 1791, les souverains étrangers, poussés également par de nombreux nobles exilés et déjà de milliers d'Alsaciens émigrés, deviennent hostiles envers le nouveau régime français. Ils craignent une contagion émeutière chez eux. En même temps, beaucoup de révolutionnaires français veulent en découdre avec les vieilles monarchies européennes.

Le 20 avril 1792, l'Assemblée législative déclare la guerre à l'archiduc d'Autriche François II de Habsbourg. Six jours plus tard, Rouget de Lisle entonne pour la première fois la *Marseillaise*, qui ne s'appelle pas encore ainsi, dans le salon du maire de Strasbourg Philippe-Frédéric de Dietrich.

Les troupes autrichiennes et prussiennes, qui sont entrées en France jusqu'à Verdun, sont repoussées à Valmy le 20 septembre, par les armées françaises de Kellermann et Dumouriez. C'est le début de plus de vingt ans de guerres qui vont se succéder en Europe. Après l'exécution de Louis XVI en janvier 1793 et l'instauration de la Terreur où la guillotine fonctionne à plein, la Révolution est discréditée en Alsace. Le baron de Dietrich, accusé de trahison, acquitté en mars par un tribunal de Besançon, est guillotiné fin décembre 1793 à Paris sur l'insistance de Robespierre. »

Moi qui veux aussi défendre la langue alsacienne, je me dis qu'il faut absolument terminer l'article par cette imbécillité jacobine majeure qu'était la francilisation, comme on l'appelait à l'époque.

Je me rappelle une interview que j'avais faite il y a déjà longtemps de l'ancien maire d'Ingersheim Gérard Cronenberger, érudit et grand défenseur de la cause alsacienne. J'aime beaucoup Gérard.

Il disait que les Alsaciens avaient été ravis de participer à la Révolution française pour la justice et la liberté, mais qu'ils ont déchanté quand les jacobins ont développé une terrible répression de toutes les langues régionales sous le slogan « une nation, une langue », alors qu'à cette époque même pas un Français sur dix ne savait le français.

Durant la première partie de la Révolution, les différentes langues parlées en France étaient utilisées officiellement, mais les jacobins se mirent en tête que le français devait être la langue unique de tous les citoyens. Ils décidèrent que les langues régionales étaient des patois, « des jargons barbares et des idiomes grossiers qui ne peuvent plus servir que les fanatiques et les contre-révolutionnaires ».

Il me revient que Gérard Cronenberger a dit aussi que, dans cette guerre aux patois, le député Bertrand Barère, membre du Comité de salut public du gouvernement révolutionnaire, a fait noyer dans le Rhin, ou passer à la guillotine comme ailleurs en France, ceux qui résistaient à la francilisation.

Ce Barère, qui était Gascon, avait déclaré :

« Le fédéralisme et la superstition parlent bas-breton ; l'émigration et la haine de la République parlent allemand ; la contre-révolution parle l'italien, et le fanatisme parle le basque. Cassons ces instruments de dommage et d'erreur. »

Je trouve aussi un document dans lequel il est écrit que, le 23 novembre 1793, le député de la Dordogne Élie Lacoste proposa « de guillotiner un quart des Alsaciens pour éradiquer ceux germanophones considérés comme des alliés des ennemis de la République et de ne laisser en Alsace que ceux qui avaient participé à la Révolution.»

Je termine mon article ainsi :

«Après le coup d'État du 18 Brumaire en 1799, par lequel Napoléon Bonaparte met fin à la Révolution, la paix religieuse avec le Concordat, l'administration rétablie et le développement économique reprenant font que l'Alsace adhère massivement à l'Empire. Il s'y développe même un patriotisme qui fait s'engager dans l'armée impériale de très nombreux Alsaciens.

Soixante généraux ou maréchaux d'Empire sont alsaciens, de Kellermann à Lefèbvre, né à Rouffach comme son épouse Catherine Hübscher plus connue sous son surnom de Madame Sans-Gêne, en passant par Kléber, Rapp ou Coehorn.

Napoléon se fichait bien qu'ils parlent alsacien. Pourvu qu'ils sabrent français, disait-il. »

Je finis de rédiger ma chronique le dimanche soir. Avoir parlé de Strasbourg dans ces pages me donne une irrépressible envie d'y retourner et revoir d'abord la cathédrale. J'imagine comme elle aurait été défigurée si on avait écouté cet élu municipal de la Révolution qui demandait la démolition de la magnifique flèche.

Je n'y vais plus depuis longtemps en voiture.

Le lundi matin, je prends le train très tôt en gare de Colmar. J'aime regarder les Vosges qui défilent, puis qui s'éloignent à mesure qu'on s'approche de Strasbourg. Sur la Grande Île, je remonte toujours la Grand'Rue jusqu'à la rue Gutenberg où, sur la place, je dis bonjour à Gutenberg, statufié debout sur son piédestal dans le bronze, que le temps a patiné en vert-de-gris.

J'ai appris que la statue a été installée ici en 1840 pour célébrer le quatre centième anniversaire de la venue à Strasbourg de ce génie né Johannes Gensfleisch, qui aurait fui sa ville de Mayence pour des raisons politiques et qui s'est établi dans la capitale alsacienne sous le nom d'emprunt tiré d'une propriété familiale appelée Zum guten Berg.

Après, je tourne à droite dans la rue du Vieux-Marché-aux-Poissons, puis je vais à gauche dans la rue Mercière.

Et là, c'est toujours aussi fabuleux. Je ne me lasserai jamais de revoir comme ça la façade de la cathédrale.

Un jour, j'ai imaginé le grand Goethe se tenant au même endroit il y a environ deux siècles et demi pour écrire ceci : « Plus je contemple la façade de la cathédrale, plus je suis conforté dans ma première impression qu'ici élévation est alliée à la beauté. »

La chambre d'étudiant de Johann Wolfgang von Goethe se trouvait à deux pas, au deuxième étage de la maison à colombages sise au 36, rue du Vieux-Marché-aux-Poissons, en 1770 et 1771, quand il faisait ses études de droit à l'université de Strasbourg. Il courtisait alors Frédérique Brion, la fille du pasteur de Sessenheim.

Ensuite, je me rends sur la place Kléber où la statue du général d'Empire strasbourgeois assassiné au Caire surplombe son tombeau.

Puis, place de l'Homme-de-Fer, je monte dans un tram.

Ça fait longtemps que j'ai envie d'aller boire un verre au Café Brant, sur la place de l'Université, dont me parlait souvent Mina, et de voir de plus près au cœur de la Neustadt l'église réformée Saint-Paul, qui avec ses deux flèches se dresse comme un phare devant la confluence de l'Ill et de l'Aar.

Le tramway avance dans la rue de la Mésange. Il va s'arrêter place Broglie. Je me dis que juste avant se trouvait l'hôtel du baron de Dietrich où Rouget de Lisle a chanté pour la première fois la *Marseillaise.*

À travers la vitre, je vois un bonhomme qui vient de se recouvrir avec la capuche de sa parka foncée en train de dépasser sur le trottoir une femme âgée toute menue, puis de l'attendre au coin de la rue de la Nuée-Bleue.

Je n'entends rien. Mais alors que le tram s'arrête à la station Broglie, j'ai l'impression que la femme tombe au sol et que la silhouette foncée tourne dans la rue de la Nuée-Bleue.

Quand, l'après-midi, dans le train qui me ramène à Colmar, j'apprends en consultant le site de *L'Alsace* que le tueur en série aux arcanes du tarot de Marseille a commis un nouveau crime à cet endroit précis, cette horreur me glace et me rassure en même temps.

Je me dis que, si j'ai presque assisté au meurtre depuis le tram, je ne peux pas être ce serial killer…

… Même si une fois de plus j'étais au même endroit au même moment.

16
AOÛT 1870

Il avait choisi l'arcane de l'as d'épée pour symboliser le nouveau personnage historique qu'il mettait en scène. Ce n'était pas seulement parce qu'il avait perdu, le 6 août 1870, la bataille de Froeschwiller-Woerth.

Celle-ci est souvent appelée à tort la bataille de Reichshoffen, d'abord parce que le télégramme du maréchal de Mac Mahon annonçant la retraite est parti de son quartier général arrière installé à Reichshoffen, et ensuite à cause de la très héroïque, mais tout à fait inutile, charge des cuirassiers français de la cavalerie de réserve, qui était justement stationnée à Reichshoffen.

Ces cavaliers lourdement armés et équipés, protégés par des cuirasses, d'où leur nom, s'étaient sacrifiés avec gloire et panache en attaquant, rien que pour l'honneur, des troupes prussiennes quatre fois plus nombreuses.

Le sacrifice des cuirassiers de Reichshoffen ne changea pas le cours de la bataille, qui se déroulait depuis le matin de ce 6 août autour de Froeschwiller et de Woerth, au sud-ouest de Wissembourg.

Elle opposait l'armée française forte de cinquante mille hommes, dont dix mille tirailleurs algériens appelés turcos, commandée par le maréchal Patrice de Mac Mahon, aux quatre-vingt-dix mille soldats prussiens, badois, wurtembergeois et bavarois menés par le fils du roi de Prusse Guillaume de Hohenzollern, le Kronprinz Frédéric, futur empereur allemand Frédéric III.

La mémorable charge des cuirassiers de Reichshoffen permit pourtant au gros des troupes françaises de Mac Mahon de battre retraite vers Metz et Verdun. Le bilan de cette bataille d'une journée fut d'environ dix mille morts dans chaque camp. Il y eut également neuf mille prisonniers français.

Notre tueur amateur de l'histoire trouvait que l'arcane de l'as d'épée de tarot de Marseille correspondait assez bien à la personnalité et au parcours de Mac Mahon.

À l'endroit, la carte symbolise la clarté mentale, le courage de prendre des décisions difficiles, la confiance en son intuition et la capacité à ne pas avoir peur de la vérité. À l'envers, elle signifie la difficulté à y voir clair et la nécessité de revoir ses idées.

Le comte Marie Edme Patrice Maurice de Mac Mahon s'était fait remarquer par sa bravoure dans l'armée, en participant dans les années 1830 et 1840 à la conquête de l'Algérie. Il y avait gagné ses galons de général. On dit que c'est ensuite à Sébastopol, durant la guerre de Crimée, qu'il a prononcé le célèbre « J'y suis, j'y reste ».

En 1859, au cours de la campagne d'Italie menée par Napoléon III et le royaume de Sardaigne contre l'armée autrichienne de l'empereur François-Joseph, il avait remporté, le 4 juin, la célèbre bataille de Magenta. Le monarque neveu de Napoléon Bonaparte le nomma en même temps maréchal de France et duc de Magenta.

Il s'illustra pareillement trois semaines plus tard à la bataille de Solferino, qui libéra complètement la Lombardie de la domination autrichienne et qui permit à la fois l'unité italienne et la création de la Croix-Rouge par Henry Dunant. Ce jeune banquier genevois, qui était en voyage d'affaires en Lombardie, avait été indigné en voyant l'effroyable spectacle, sur le champ de bataille, de milliers de soldats mutilés gisant à même le sol sans que personne ne se préoccupe de leur sort.

Mais ensuite Mac Mahon n'excella point lorsqu'il fut nommé gouverneur général d'Algérie.

Il brilla encore moins dès le début de la guerre de 1870, que l'empire français de Napoléon III venait de déclarer le 19 juillet au royaume de Prusse. Dans la première bataille de ce conflit, le 4 août à Wissembourg, l'avant-garde du maréchal Mac Mahon battit en retraite dans une pagaille générale.

Deux jours plus tard, ce fut la défaite française de cette guerre, à Froeschwiller-Woerth.

On était en début de l'après-midi du jeudi 18 mai, trois semaines et trois jours après son dernier crime à Strasbourg. Le temps était froid et triste. Notre tueur récidiviste avait choisi le jour de l'Ascension sachant qu'il n'y aurait personne à la mairie de Woerth, située à côté du musée de la Bataille du 6 août 1870, ni dans l'autre bâtiment public. Les jours fériés, hormis les visiteurs du musée, il n'y a pas foule dans le village.

En venant ici en voiture, il s'était rappelé avoir lu quelque part qu'après cette boucherie, la rivière Sauer à Woerth et les ruisseaux Eberbach et Schletterbach à Froeschwiller étaient rouges de sang, tout comme la Moder à Bischwiller, où de très nombreux blessés tant français qu'allemands avaient été transportés dans le nouvel hôpital civil.

Il imagina ces bataillons de soldats des deux camps partant au combat, harangués par les ordres de leurs capitaines, commandants et colonels, fonçant furieux ou apeurés sur l'ennemi, les Français depuis Froeschwiller, les Prussiens depuis Woerth. Puis ces luttes qui n'en finissaient pas, ces tirs qui venaient de partout, des fusils Chassepot français et des Dreyse bavarois, ces cavaliers qui chargeaient, ces corps-à-corps au sabre. Ces soldats qui tombaient, ces autres qui revenaient par vagues.

Il essaya aussi d'imaginer ces champs et ces bois le soir, entre les deux villages, recouverts de cadavres de soldats qui s'étaient entretués de sept heures du matin à dix-sept heures. Des blessés qui n'étaient pas encore évacués et qui étaient en train de mourir.

Il se demanda tout à coup quelle odeur pouvait dégager ce champ de bataille, avec le sang, la poudre, la terre, le feu et la peur. Et s'il y avait eu un grand silence contrastant avec les vacarmes des affrontements et que certainement dans ce silence montaient les gémissements des agonisants.

De nombreuses stèles et colonnes, belvédères et autres monuments, français et surtout allemands érigés après 1871 rappellent ces terribles combats, avec des panneaux explicatifs, de Froeschwiller à Woerth, et Reichshoffen et Elsasshausen.

Il avait vu les grandes peintures qui racontaient ces tueries. Beaucoup glorifiaient les charges des cuirassiers de Reichshoffen. Il y en a qui les montrent chargeant dans les rues étroites de Morsbronn, aussitôt abattus par l'ennemi embusqué dans les maisons du village. Il avait aussi lu que les habitants des villages alentour avaient été réquisitionnés pour enlever et enterrer les morts jonchant le champ de bataille et qu'ils mirent huit jours à le faire.

Notre tueur ne s'y connaissait pas beaucoup dans les choses de la guerre et de la stratégie. Cependant il s'étonnait que Napoléon III, qui avait du mal à se déplacer, car souffrant d'un gros calcul à la vessie, ait pu venir ensuite commander lui-même son armée lors de la bataille de Sedan, le 2 septembre suivant. C'est là que l'empereur fut fait prisonnier, en même temps que Mac Mahon, qui était déjà blessé.

Cette dernière bataille à Sedan se solda par la capitulation française. Elle mit également fin au Second Empire. Deux jours après, Léon Gambetta annonça la déchéance de l'empereur. La veille, les Prussiens avaient emmené Napoléon III en captivité en Allemagne. En mars suivant, il partit en exil en Angleterre où il mourut en janvier 1873.

Le 4 septembre 1870, la République fut proclamée à l'hôtel de ville de Paris par Léon Gambetta, Jules Ferry, Jules Favre et d'autres députés.

Notre serial killer savait encore qu'après la bataille de Sedan l'armée prussienne avait continué à envahir la France, assiégeant Paris puis prenant Versailles.

C'est là que, le 18 janvier 1871, le chancelier Otto von Bismarck fit proclamer dans la galerie des Glaces l'Empire allemand et couronner empereur le roi de Prusse Guillaume de Hohenzollern, sous le nom de Guillaume 1er, Wilhelm I en allemand.

Il retenait surtout que l'armistice et les traités négociés par Adolphe Thiers et Jules Favre avaient obligé la France, outre à verser une indemnité de guerre de cinq milliards de francs or, à céder à l'Allemagne les territoires qui faisaient partie du Saint-Empire romain germanique jusqu'en 1648. Il s'agissait de la partie de la Lorraine que constituait le département de la Moselle, et toute l'Alsace, sauf l'arrondissement de Belfort resté français grâce à l'héroïque résistance de cent trois jours, au siège prussien, menée par le colonel Aristide Denfert-Rochereau et ses soldats avec la population de la ville.

Le 1er mars 1871, les députés français, siégeant à Bordeaux, avaient ratifié cet abandon « à perpétuité » par cinq cent quarante-six voix contre cent sept et vingt-trois abstentions, alors que les élus des territoires cédés, profondément révoltés, avaient dû quitter la séance.

Avant cela, le député du Haut-Rhin Émile Keller y avait déclaré :

« À l'heure qu'il est, je n'ai pas la prétention de changer les dispositions trop arrêtées dans un grand nombre d'esprits. Mais j'ai tenu, avant de quitter cette enceinte, à protester, comme Alsacien et comme Français, contre un traité qui est une injustice, un mensonge et un déshonneur. Et si l'Assemblée devait le ratifier, d'avance, j'en appelle à Dieu, vengeur des justes causes ; j'en appelle à la postérité qui nous jugera les uns et les autres ; j'en appelle à tous les peuples qui ne veulent pas indéfiniment se laisser vendre comme un vil bétail ; j'en appelle enfin à l'épée de tous les gens de cœur qui, le plus tôt possible, déchireront ce détestable traité ! »

Après la proclamation du vote, Jules Grosjean, qui comme préfet du Haut-Rhin avait participé à l'héroïque défense de Belfort et qui était aussi député haut-rhinois à l'Assemblée nationale, lut la déclaration collective des représentants de l'Alsace et de la Lorraine :

« Nous déclarons encore une fois nul et non avenu un pacte qui dispose de nous sans notre consentement. La revendication de nos droits reste à jamais ouverte à tous et à chacun dans la forme et dans la mesure que notre conscience nous dictera.

Au moment de quitter cette enceinte où notre dignité ne nous permet plus de siéger, et malgré l'amertume de notre douleur, la pensée suprême que nous trouvons au fond de nos cœurs est une pensée de reconnaissance pour ceux qui, pendant six mois, n'ont pas cessé de nous défendre, et d'inaltérable attachement à la patrie dont nous sommes violemment séparés… »

Ce jour-là, Émile Kuss, le député-maire de Strasbourg, succomba à Bordeaux à un malaise cardiaque.

Ce jour-là aussi à Bordeaux, Victor Hugo, qui qualifiait Napoléon III de Napoléon le Petit, et qui fut l'un des rares députés à voter contre l'abandon de l'Alsace-Moselle, prononçait son visionnaire discours sur l'Europe :

« Soyons la même République, soyons les États-Unis d'Europe, soyons la fédération continentale, soyons la liberté européenne, soyons la paix universelle ! »

Notre assassin féru d'histoire mesurait l'ironie de tout cet épisode : si c'était bien Napoléon III qui avait déclaré cette guerre au roi de Prusse Guillaume de Hohenzollern, il était en réalité tombé dans le piège imaginé par le redoutable politicien Otto von Bismarck, qui était alors à la fois ministre-président du royaume de Prusse et chancelier de la confédération de l'Allemagne du Nord. Bismarck voyait d'un mauvais œil l'essor économique de la France qui, depuis les années 1840, avait entamé sa révolution industrielle avec la construction de machines-outils, la mécanisation, le développement des mines de charbon et de la sidérurgie, l'amélioration des transports avec le chemin de fer, les canaux et les grands ports, la mutation des villes… Le chancelier voulait aussi unifier l'Allemagne, « par le fer et par le feu si nécessaire », autour de la Prusse militariste, industrielle et protestante.

En deux guerres, contre le Danemark en 1864, et contre l'Autriche en 1866, il avait chassé d'Allemagne, par la victoire de Sadowa, les Habsbourg catholiques qui avaient formé la puissance dominante de l'ancien Saint-Empire romain germanique auquel avait mis fin Napoléon Bonaparte en 1806.

En 1870, le rusé Bismarck ourdit la fameuse affaire de la dépêche d'Ems pour amener la France à déclarer la guerre à la Prusse et entraîner de la sorte tous les États allemands face à l'agresseur français. Il prit pour prétexte la vacance du trône d'Espagne, poussant la candidature, acceptée fin juin par les Cortès, d'un cousin du roi de Prusse, le prince Léopold de Hohenzollern-Sigmaringen.

Apprenant la nouvelle le 3 juillet, Napoléon III se sentit menacé d'encerclement comme au temps de Charles Quint. Les diplomates français obtinrent du roi de Prusse une promesse du retrait de la candidature de son cousin.

Poussé par la presse et l'opinion publique parisienne, l'empereur demanda à l'ambassadeur de France en Prusse, le comte Vincent Benedetti d'aller voir le roi Guillaume 1er, qui prenait les eaux à Ems, pour obtenir des garanties supplémentaires, et l'assurance qu'il n'y aurait plus jamais d'autres candidats prussiens au trône d'Espagne. On dit que le roi refusa poliment.

Le 13 juillet, Bismarck envoya dans un télégramme officiel à toutes les ambassades européennes, et le faisant fuiter dans la presse, une version tronquée de l'entrevue, disant que le roi avait renvoyé l'ambassadeur français de manière très désobligeante.

Comme il l'écrira plus tard, Otto von Bismarck savait que ce texte, entré dans l'histoire sous le nom de la dépêche d'Ems, « fera sur le taureau gaulois l'effet d'un chiffon rouge ».

En effet, en France, la presse et la population crièrent à la guerre pour venger l'affront. Et ce fut ainsi que le 19 juillet, l'empereur Napoléon III déclara la guerre à la Prusse dans un discours euphorique :

« Cette guerre, nous la déclarons d'un cœur léger. L'armée prussienne n'existe pas. La France a la meilleure armée du monde ! »

Dix mois plus tard, le chancelier Bismarck réalisait tout ce qu'il souhaitait avant la guerre. Il fit l'union des États allemands dans le deuxième Reich, avec à sa tête l'empereur Guillaume 1er.

Et en même temps il ramenait l'Alsace-Lorraine dans l'empire allemand. Les deux départements alsaciens et la Moselle resteront annexés pendant quarante-huit ans avant de redevenir français à l'issue de la Première Guerre mondiale.

Guillaume 1er régissait directement la province perdue, devenue le Reichsland Elsass-Lothringen. Lui refusant le drapeau Rot un Wiss (rouge et blanc) souhaité par la population, il lui imposa des armes héraldiques de sa propre création.

Les plus d'un million et demi d'Alsaciens et Lorrains devinrent de facto des Allemands, et seront soumis à la volonté impériale de défranciser les trois départements en y rendant l'allemand obligatoire.

Le traité de Francfort du 10 mai 1871, qui mit officiellement fin à la guerre, leur permit cependant d'opter pour la nationalité française, à condition de quitter le territoire, ce que fera presqu'un Alsacien sur dix.

Notre tueur historien amateur connaissait ce qui s'ensuivit.

Après cette cruelle défaite française, un immense sentiment d'humiliation s'empara des Parisiens qui avaient résisté durant près de quatre mois aux Prussiens pendant un siège très dur. L'armistice, avec l'abandon de l'Alsace-Lorraine, leur était insupportable.

Lorsque, le 1er mars 1871, les troupes allemandes défilèrent sur les Champs-Élysées, ce peuple affamé se sentit trahi par une Assemblée nationale et un gouvernement à majorité monarchiste et bourgeoise.

L'insurrection débuta le 18 mars sur la butte Montmartre. Des hommes, des femmes, des enfants, des vieillards affluèrent pour faire barrage quand l'armée, sur ordre d'Adolphe Thiers, chef du pouvoir exécutif de la République, vint se saisir des canons de la Garde nationale parisienne dans laquelle s'étaient engagés de nombreux prolétaires.

Les officiers donnèrent l'ordre de tirer. Les soldats refusèrent. Des barricades furent montées.

Ce fut le début de la Commune de Paris.

Le même jour, Thiers et les corps constitués fuirent Paris et se replièrent à Versailles tandis que la garde nationale s'installait à l'hôtel de ville de la capitale.

Un historien a tout résumé: « Les insurgés vibraient d'un patriotisme de gauche que la honte de la défaite exaspérait. »

Sans l'avoir voulu, les révoltés se retrouvèrent maîtres de Paris et de ses deux millions d'habitants. Ils organisèrent des élections où l'extrême gauche obtint la majorité, avec des élus ouvriers, artisans, journalistes, avocats, artistes, médecins dans un conseil de soixante-dix-neuf membres. Le drapeau rouge flottait partout.

Les patrons et les grands bourgeois quittaient la capitale.

Les communards, aussi dits fédérés, réquisitionnaient les ateliers et les usines. Les ouvriers les géraient eux-mêmes. Paris s'organisait dans un système libertaire de démocratie directe. Les églises devenaient des lieux de débats populaires où les femmes prenaient autant la parole que les hommes.

Puis Paris fut à nouveau assiégé. Il le fut cette fois par l'armée du gouvernement d'Adolphe Thiers. Avec le tacite accord des Prussiens, cent trente mille soldats commandés par le maréchal Mac Mahon, le vaincu de Froeschwiller-Woerth, combattaient à partir d'avril les fédérés. Ceux-ci perdaient bataille après bataille.

Le 21 mai, les Versaillais entrèrent en force dans Paris. Ce fut le début de la Semaine sanglante. La capitale était à feu et à sang. Des morts jonchaient les rues. Le palais des Tuileries, le palais de justice, l'hôtel de ville brûlaient.

L'ultime bataille se déroula le 27 mai.

Ce jour-là, cent quarante-sept fédérés furent fusillés devant le mur d'enceinte du Père-Lachaise. La dernière barricade tomba le lendemain. La répression de la Commune de Paris fit vingt mille morts. Des milliers de communards seront déportés dans les bagnes de la Nouvelle-Calédonie.

Après sa sanglante victoire, Patrice de Mac Mahon déclara : « Paris est délivré. L'ordre, le travail et la sécurité vont renaître ». Adolphe Thiers sera ensuite élu président de la République française.

Deux ans plus tard, Mac Mahon lui succèdera. Il essaiera sans succès, jusqu'en 1877, de rétablir la royauté en France. Victor Hugo, qui le détestait autant qu'il abominait Napoléon III, écrivit à son propos ce calembour, usant du nom du général Monck qui avait contribué à restaurer la royauté en Angleterre après la République des Cromwell au XVIIe siècle :

Mac Mahon, tant de fois vaincu,
Es-tu donc avide de gloire
Au point de jouer dans l'histoire
Le même rôle que Monck eut ?

Notre serial killer annaliste pensait à cela en entrant dans le musée de la Bataille du 6 août 1870. Ledit musée, entièrement rénové en 2017, est installé dans le château de Woerth, dont la construction remonte au XIVe siècle. On y pénètre par la grande et haute tour carrée médiévale entre deux ailes dans le style Renaissance.

Il n'y avait pas encore beaucoup de monde. Il visitait les lieux un peu distraitement, maintenant de plus en plus absorbé par le crime qu'il allait commettre. Il s'arrêta un moment devant l'imposant diorama où plus de quatre mille figurines en étain représentent les armées française et allemande sur le champ de bataille, avec la célèbre charge des cuirassiers de Reichshoffen. Il jeta un coup d'œil aux uniformes des deux camps, à leurs casques, leurs coiffes, leurs armes blanches et leurs armes à feu dans les vitrines.

Il porta un peu plus d'intérêt aux équipements des turcos et des zouaves, parce que c'étaient eux, les tirailleurs algériens, la chair à canon. Il ne lut que les titres sur les panneaux explicatifs. Puis il fit mine de contempler encore les tableaux guerriers. En réalité, imaginant la chose hardie, il se disait que ce serait un bel exploit d'abattre ici un des visiteurs.

Il lui arrivait de plus en plus souvent de rêver d'actions insensées comme ça. C'était très tentant. Mais il comprit qu'il serait fait comme un rat et que même s'il réussissait ensuite à sortir de ce musée, on le poursuivrait. Et la vidéosurveillance le confondrait de toute façon.

Alors il traîna encore dans les salles à repérer l'occasion. Devant une vitrine, un couple d'un certain âge portait grand intérêt à des uniformes bleus des troupes bavaroises pendant la grande bataille. Ils parlaient l'allemand.

La jeune femme blonde qui se tenait derrière eux se désintéressait manifestement. Il l'entendit leur dire dans la langue de Goethe qu'elle avait trop envie de fumer une cigarette et qu'elle allait le faire en se promenant le long de la rivière qui passe à côté du bâtiment.

Notre chanceux tueur sourit en se disant qu'il irait allumer un cierge au dieu des fumeurs.

Il sortit derrière elle quinze secondes après. Elle venait d'allumer sa cigarette en inspirant profondément la fumée avec bonheur. Puis elle avança vers la Sauer. À cet endroit, elle est bordée d'arbres sur les deux rives.

L'endroit lui parut si désert et si idéal qu'il décida de ne pas relever sur sa tête la capuche de sa parka. Ça lui plaisait de prendre ce petit risque.

La jeune femme ne comprit pas ce qu'il lui disait en français. Son sourire se figea et ses yeux s'écarquillèrent quand elle comprit que c'était un pistolet qu'il tenait en main.

La balle lui traversa le cœur.

Il glissa dans la veste de la victime l'arcane de l'as d'épées, avec au dos la date d'août 1870, et repartit tranquillement vers sa voiture.

17
AU SOUVENIR DES USINES

Depuis trois semaines, je ne cesse de me demander si je ne devrais pas me manifester auprès de la police à Strasbourg. De ce que je comprends des appels à témoins réitérés par les enquêteurs dans la presse, ils pédalent toujours dans la choucroute. J'ai été intrigué par une formule alambiquée dans les articles sur le dernier crime à Strasbourg. Jusqu'à présent, il était toujours question du tueur en série, de l'assassin ou du serial killer aux arcanes du tarot de Marseille. On parlait aussi de l'individu ou du mystérieux inconnu. Mais cette fois une même phrase qui apparaissait dans presque tous les médias évoquait « l'homme ou la femme ».

Ça veut dire pour moi que les flics, gendarmes et magistrats n'écartent pas du tout que le tueur puisse être une tueuse et qu'ils pourraient prendre cette possibilité au sérieux. Du coup, je repense beaucoup à la scène à laquelle j'ai assisté depuis le tram, le lundi de ce dernier crime juste avant l'arrêt Broglie à Strasbourg. Moi aussi je me suis dit que c'était un bonhomme que j'ai vu se recouvrir avec la capuche de sa parka foncée, puis dépasser sur le trottoir une femme âgée toute menue et l'attendre au coin de la rue de la Nuée-Bleue. Mais plus je revois ces images dans ma tête, moins je suis sûr que ce soit bien un homme. Je n'ai pas vu son visage, ni rien de précis d'ailleurs de cette silhouette.

Ça pouvait effectivement bien être une femme.

Et puis je n'avais pas vu non plus le crime. Quand je l'ai appris sur mon smartphone dans le train en revenant de Strasbourg, je retenais seulement que j'avais presque assisté à ce nouvel assassinat et donc que je ne pouvais pas être le serial killer.

Cette conclusion m'a enlevé un poids immense. Je me suis senti redevenir normal.

C'est pour ça que je n'ai pas parlé à mon psychiatre de mes terribles doutes et de mes tourments quand je l'ai revu la semaine dernière.

Il m'a demandé si j'allais bien.

J'ai répondu que ça n'avait jamais été aussi bien dans ma vie. Je lui ai dit j'avais des articles à écrire pour *Tonic Magazine*, que je travaillais sur un nouveau livre et que je pensais à faire un nouveau voyage, car puisque le printemps semblait rester pourri ici, je rêvais de jolies villes pleines d'arbres fruitiers et de fleurs multicolores comme Camargo ou Cochabamba en Bolivie où, plus bas que la haute et froide Cordillère des Andes, il y a le printemps éternel.

« Pourquoi la Bolivie ? », qu'il s'est étonné.

« Parce que j'y ai vécu il y a plus de cinquante ans, et que dans ma nostalgie il reste autant de belles images comme ça que d'autres, très douloureuses de mes camarades de l'armée de libération clandestine assassinés en résistant à la terrible dictature d'un général nommé Banzer-Suarez. » Voilà ce que j'ai expliqué.

Devant son air dubitatif, j'ai ajouté que parfois je me sentais dans la peau de Quentin Albert qui, dans *Un singe en hiver* d'Antoine Blondin, une nuit sur deux descendait le Yang-Tsé-Kiang dans son lit-bateau.

Il a souri, et j'ai pensé qu'il devait trouver que je suis un bien étrange patient. Après, je me suis aussi demandé s'il ne se disait pas que si je me replongeais dans ce vieux passé, c'était pour fuir le présent.

Il m'a fixé un nouveau rendez-vous dans trois mois et m'a dit de continuer à bien profiter de ma retraite.

Quand je rentre chez moi, je vais me balader le long de la Fecht. C'est toujours lénifiant, ça permet de se vider la tête en regardant couler la rivière. Ces jours-ci, les fleurs des acacias et des sureaux mettent des taches blanches comme de la neige sur le vert des feuillages, en même temps qu'elles embaument l'air de leur parfum.

En marchant, je pense à mon prochain article pour *Tonic*.

Le sujet de la révolution industrielle du XIXe siècle en Alsace s'impose d'un coup. C'est sans doute parce que je reviens de Mulhouse où j'ai vécu une grande partie de ma vie et que c'est bien Mulhouse qui est associée à ce processus historique. J'ai appris voilà bien longtemps que cette révolution industrielle a débuté presqu'un siècle avant à Mulhouse, en 1746, quand trois jeunes gens issus de familles bourgeoises protestantes, Jean-Jacques Schmaltzer, Jean-Henri Dollfus et Samuel Koechlin, se sont associés pour y créer la première manufacture d'impression sur étoffes. La production de ces tissus imprimés, qu'on appelle des indiennes, était interdite dans le royaume de France par un édit de 1686, mais Mulhouse, cofondatrice en 1354 de la Décapole, cette alliance de dix villes libres alsaciennes du Saint-Empire romain germanique, était alors une République libre alliée depuis 1515 à la Confédération suisse. Le creusement du canal du Rhône-au-Rhin, la création des lignes de chemin de fer, l'expansion du tannage et du textile, puis des industries chimiques et mécaniques au XVIIIe siècle ont ensuite fait de Mulhouse la ville aux cent cheminées, la Manchester française, car en janvier 1798 la Stadtrepublik Mülhausen a voté sa réunion à la France.

Je résume aussi dans mon article qu'après avoir produit des machines textiles, l'industriel et homme politique André Koechlin a ouvert en 1839 à Mulhouse un atelier de construction de locomotives à vapeur, et, qu'après l'annexion de l'Alsace-Lorraine par l'Allemagne en 1871, il a fusionné avec les Ateliers de Graffenstaden pour créer la Société alsacienne de constructions mécaniques. Je précise que cette SACM avait des sites de production à Mulhouse, Graffenstaden et Belfort, et donnera plus tard naissance à la multinationale Alstom, contraction d'Als pour Alsace et Tom pour Thomson.

Dans mes recherches, je vois que les descendants d'un certain Jean Dietrich, anobli par Louis XV et qui a fait construire son château à Reichshoffen, ont fondé la dynastie industrielle De Dietrich qui a produit dans son usine de Reichshoffen du matériel ferroviaire de 1848 à 1997, avant de céder cette activité à Alstom. Au passage, j'apprends qu'un des membres de la famille est le baron Philippe-Frédéric de Dietrich, maire de Strasbourg chez qui Rouget de Lisle joua pour la première fois la *Marseillaise*.

Alors, à force de lire le nom de Reichshoffen, mes ricochets mentaux me rappellent la vieille comptine d'enfants :

C'était un soir la bataille de Reichshoffen
Il fallait voir les cavaliers charger.
Attention cavaliers, chargez !
D'une main...

C'était un soir la bataille de Reichshoffen
Il fallait voir les cavaliers charger.
Attention cavaliers, chargez !
D'une main, de deux mains...

C'était un soir la bataille de Reichshoffen
Il fallait voir les cavaliers charger.
Attention cavaliers, chargez !
D'une main, de deux mains, d'un pied...

C'était un soir la bataille de Reichshoffen
Il fallait voir les cavaliers charger.
Attention cavaliers, chargez !
D'une main, de deux mains, d'un pied, de deux pieds...

Et puis en écho me reviennent les chants patriotiques qu'on nous apprenait à l'école primaire, la Marseillaise évidemment, mais aussi *Le chant du départ* et *Les cuirassiers de Reichshoffen* que chantait le baryton Henri Weber :

Ils reculaient, nos soldats invincibles.
À Reichshoffen la mort fauchait leurs rangs.
Nos ennemis, dans les bois, invisibles,
Comme des loups poursuivaient ces géants.
Depuis le jour disputant la bataille,
France ! ils portaient ton drapeau glorieux.
Ils sont tombés, vaincus par la mitraille

Et non par ceux qui tremblaient devant eux.
Refrain :

Voyez là-bas, comme un éclair d'acier,
Ces escadrons passer dans la fumée,
Ils vont mourir et, pour sauver l'armée,
Donner le sang du dernier cuirassier,
Donner le sang du dernier cuirassier.

On leur a dit : il faut sauver la France,
C'est de vous seul que dépend l'avenir.
De Waterloo, gardez la souvenance ;
Ainsi qu'alors, il faut vaincre ou mourir.
Le vent du soir, soulevant leurs crinières
Et secouant leurs cuirasses d'airain,
Fit tressaillir, au fond de leurs tanières,
Ces Allemands qui se serraient en vain .

Par quatre fois, torrent irrésistible,
Ce flot humain troua les rangs pressés
Des Allemands que cet élan terrible
Sur les blés verts couchait comme les blés.
Ils sont passés ! mais après la bataille,
Quand on chercha ces régiments de fer,
Les corbeaux noirs déjà faisaient ripaille
De sang fumant et de lambeaux de chair !
Dernier refrain :

Ils sont là-bas , ces régiments d'acier
Qu'on vit jadis, à travers la fumée,
Pour essayer de sauver notre armée,
Donner le sang du dernier cuirassier,
Donner le sang du dernier cuirassier.

À tous ces chants de guerre, je préfère depuis toujours d'autres, plus doux et fraternels, comme *Le temps des cerises* que chantait si bien Marcel Mouloudji, que j'ai eu la joie de rencontrer, ou bien *Le chant des partisans*, et même l'*Internationale*, ce chant révolutionnaire dont les paroles à la gloire de l'internationale ouvrière ont été écrites par Eugène Pottier en 1871, lors de la répression de la Commune de Paris.

Je trouvais curieux qu'on glorifie une défaite militaire. Mais ces chansons nourrissaient en France de l'intérieur, comme on disait déjà, l'esprit revanchard et patriotique, après la perte de l'Alsace-Lorraine.

Comme dans une chanson de geste, il fallait sublimer le sacrifice absolument inutile mais plein de grandeur des cuirassiers de Reichshoffen. On les peignait aussi dans leurs magnifiques uniformes bleus, blancs et rouges, appuyant la propagande pour la reprise de l'Alsace, qu'amplifiera aussi le très francophile et très germanophobe illustrateur et peintre colmarien Jean-Jacques Waltz, plus connu sous le nom de Hansi.

Reichshoffen m'intrigue tellement que je profite du jour de l'Ascension pour aller y faire un tour, histoire de mettre un peu de couleur et d'ambiance dans mon article. J'aime rouler en longeant les Vosges, regardant d'abord sur la gauche le château du Haut-Koenigsbourg et celui de Kintzheim qui abrite la Volerie des aigles, puis, contournant Strasbourg, fixant par moment sur la droite la flèche de la cathédrale qui dépasse tout. Puis, après les riches terres du Kochersberg, je redécouvre les hautes houblonnières. Ensuite, après les champs, à l'orée de la forêt, je me suis un peu perdu.

J'ai failli prendre la route qui va à Haguenau. Puis à Schweighouse je suis très tenté de sortir pour aller voir la forêt d'Ohlungen.

C'est là que se tenait tous les deux ans, le merveilleux festival Summerlied, grande célébration de l'alsacien et des autres langues régionales créée en 1997 par le militant de la cause alsacienne Jacques Schleef, et qui a vu passer sur la scène de la clairière Hugues Aufray, I Muvrini, Tri Yann, Stephan Eicher, les artistes alsaciens Roland Engel, René Egles, Jean-Pierre Albrecht, Robert Frank Jacobi, Liselotte Hamm, Olivier Félix Hoffmann, et bien d'autres poètes et conteurs des cultures du monde. La mauvaise santé de la forêt a mis entre parenthèses ce grand moment.

Reichshoffen célèbre la bataille du 6 août 1870 par des noms de ses rues. Les Turcos, les Zouaves, les Lanciers, la Division Bonnemains, le général Michel et la maréchal Mac Mahon ont leur rue, les Cuirassiers ont leur monument. Son usine ferroviaire, fondée par la dynastie des de Dietrich, cédée à Alstom, a été reprise en 2022 par le groupe espagnol CAF.

Dans son cadre bucolique, le massif château de Dietrich tout en grès rose, posé au milieu de la nature verte, est devenu un beau centre événementiel. Dans la rue Jeanne-d'Arc, le musée historique et industriel, dit aussi musée du Fer, fait face au cimetière. Il raconte l'histoire de la cité depuis la période gallo-romaine et la longue vie de l'entreprise des maîtres des forges de Dietrich.

Juste à l'est, Froeschwiller est plus petit que Reichshoffen, mais il y a aussi un château dont l'origine remonte au XIVe siècle, celui des de Dürckheim, accolé à l'église, et des tombes et des monuments sur le champ de la bataille du 6 août 1870.

Et juste après, c'est Woerth que traverse la Sauer. Forcément, les cuirassiers, les lanciers, les grenadiers et les généraux de la bataille y ont aussi des rues à leurs noms. Le collège s'appelle Maréchal Mac Mahon.

Dans la grande courbe de la Grand'Rue se dresse le monument bavarois, dressé par la Bavière en 1888, en hommage à ses soldats morts dans la bataille. Il a été inauguré le 6 août 1889. Dessous sont enterrés quatre cent cinquante-deux soldats français et allemands morts lors de la bataille de Froeschwiller-Woerth.

Sur un grand soubassement en pierre claire, les panneaux portent les noms des batailles auxquelles ont participé les troupes bavaroises durant cette guerre de 1870-71. Dessus est allongé un lion vert-de-gris. Sur le piédestal supérieur, également en bronze verdi, un immense ange de la Victoire couronne de lauriers un soldat mourant portant un drapeau, avec, posées à ses pieds, des armes.

Ensuite je tourne en rond pour trouver un restaurant ouvert pour déjeuner.

Je marche sous le soleil printanier dans les rues presque désertes de Woerth. Dans la rue du Moulin, sur un mur en briques, un panneau indique mairie-musée 30 m avec une flèche qui fait un coude. Derrière apparaît la haute tour carrée de l'ancien château médiéval. Du lierre recouvre les vieilles pierres.

Sur internet, j'ai lu que des sires de Lichtenberg avaient acheté en 1308 le village et son château nouvellement construit et y avaient fait ajouter une fortification dont il ne subsiste que ce grand donjon carré, ainsi que la tour du manoir qui protégeait l'entrée de la ville sur la rivière. Il est aussi dit que les deux ailes remplaçant les parties détruites par les guerres ont été reconstruites en 1555, et qu'il y a un joli oriel sur la façade arrière.

Je visite un peu rapidement le musée de la Bataille du 6 août 1870 car je commence à saturer de tout cet univers guerrier. Je comprends bien l'importance et la nécessité du tourisme de souvenir, seulement je n'ai jamais eu l'âme belliciste.

Devant un grand panneau étalant tous les protagonistes de la guerre de 1870, un couple regarde la photo d'Otto von Bismarck. Ils sont âgés. La femme a des cheveux blancs ramassés en queue de cheval. Il y a beaucoup d'inquiétude sur son visage ridé. Elle dit en allemand à son compagnon que leur fille met bien trop longtemps à revenir.

En ressortant, je me dis qu'avant de reprendre la route pour Ingersheim ça me fera du bien de marcher un peu le long de la Sauer, comme je le fais souvent le long de la Fecht.

Au pied des arbres, la rivière coule tranquille. Au bord, il y a de l'herbe et de la mousse. Je ne vais pas loin. Dans cette verdure paisible, une femme blonde est couchée sur le dos, une main posée sur sa poitrine. Au-dessus, elle a un trou rouge.

J'entends la voix de la femme allemande du musée qui se rapproche. Elle crie de plus en plus fort « Heidi ».

Alors je ne sais pas pourquoi, sauf que je sais déjà qu'on m'accusera du crime si on me trouve là, je fuis comme un voleur.

18
13 MAI 1908

Il ne voyait que la lame numéro quatre des vingt-deux arcanes majeurs du tarot de Marseille, celle de l'empereur, pour symboliser le personnage historique de son prochain crime.

Il avait certes déjà utilisé cette carte à Haguenau à l'occasion de son deuxième assassinat. C'était pour figurer un autre empereur : cet Henri VI qui était au XIIe siècle à la tête du Saint-Empire romain germanique. Il y avait collé au dos la date d'avril 1193, celle du procès, en partie au château impérial de Haguenau, du roi d'Angleterre Richard Cœur de Lion, capturé à son retour de croisade et prisonnier dudit empereur Henri VI.

Il se le répétait encore après avoir pris sa décision : cet arcane de l'empereur, assis sur un trône et tenant un spectre, figurant la force, le pouvoir, la puissance et la volonté du bâtisseur, était bien absolument le seul qui dépeignait à la perfection Guillaume II de Hohenzollern, le Kaiser Wilhelm II en allemand.

Ce choix apparaissait au pointilleux tueur en série d'autant plus évident qu'il avait appris que ce troisième et dernier empereur d'Allemagne, et neuvième roi de Prusse, possédait lui-même un grand sens de la mise en scène, où il se mettait toujours en avant. De tout ce qu'il avait lu sur lui, il retenait que ce très militariste Guillaume II était très imbu de son droit, entendait affirmer son caractère prussien et se considérait comme un Kaiser de droit divin.

Depuis sa naissance en 1859, il souffrait d'une atrophie du bras gauche et d'une lésion à une rotule. Cette infirmité congénitale avait engendré chez lui une sorte de complexe d'infériorité qu'il combattait en se montrant bon cavalier et bon tireur. Dès son jeune âge, il avait aussi multiplié les voyages et les séjours en Alsace, ne cessant d'en affirmer haut et fort la germanité.

Notre assassin mémorialiste voyait le nouveau forfait qu'il préparait comme une suite du précédent commis à Woerth, car Guillaume II était le petit-fils de Guillaume 1er et le fils de Frédéric III, et tout cela découlait de la défaite française de 1870. Son grand-père roi de Prusse avait été couronné premier empereur d'Allemagne, le 18 janvier 1871 dans la galerie des Glaces du château de Versailles après la déroute française. Son père, qui n'a régné que trois mois et six jours, succombant à un cancer du larynx, était encore Kronprinz lorsque, à la tête des soldats prussiens, wurtembergeois, badois et bavarois, il avait remporté la grande bataille de Froeschwiller-Woerth le 6 août 1870. Guillaume II était aussi le petit-fils de la célèbre reine Victoria du Royaume-Uni, puisque son père Frédéric III avait épousé sa fille aînée, la princesse Victoria, dit Vicky.

Notre tueur grand lecteur se souvenait d'un épisode croustillant de la vie de Guillaume qu'il avait lu dans un roman policier paru aux Éditions du Bastberg. L'auteur s'y référait à des découvertes faites autour de l'an 2000 par des chercheurs universitaires allemands qui avaient épluché les archives de la chancellerie sous Bismarck. Il y figurait des documents sur les pratiques sexuelles particulières qu'avait le monarque avec une courtisane alsacienne réputée. La dame s'appelait Émilie Klopp et était originaire de Gertwiller. Le Kronprinz l'avait connue à l'occasion de manœuvres militaires à Strasbourg. Il avait vingt ans et il a été dit que c'est elle, Miss Love comme il l'appelait, qui l'a dépucelé.

Quand il est devenu empereur en 1888, Guillaume II la fit venir dans son palais de Potsdam. Il continua à entretenir avec elle « une relation sexuelle sur une longue durée », selon une lettre qu'il écrivit à son frère. Lorsqu'ensuite le Kaiser mit un terme à leur relation, il offrit à Miss Love une photo de lui et une somme assez modeste de cent marks. Émilie Klopp le prit assez mal. Elle menaça de rendre public, si on ne lui donnait pas plus d'argent, le fait que l'empereur aimait se faire ligoter et éprouvait du bonheur à mêler sexe et violence.

La dame contacta un de ses anciens amants, le comte Guillaume de Bismarck, qui était le fils du chancelier Bismarck. En accord avec son père, Guillaume versa à la courtisane alsacienne vingt-cinq mille marks, en échange des lettres que l'empereur lui avait envoyées, missives dans lesquelles il revenait sur leurs relations sadomasochistes.

La chancellerie allemande étouffa aussi l'histoire de la fille que Guillaume II a eue avec Miss Love. Il l'avait prénommée Viktoria, comme sa célèbre grand-mère anglaise la reine Victoria, avec le « k » allemand à la place du « c ». On ignore ce qu'est devenue cette fille après ses quatorze ans, quand sa mère est morte en 1894 à presque cinquante ans. Certains ont dit qu'elle a vécu dans la misère chez une tante à Barr. Il a aussi été prétendu qu'Émilie Klopp avait livré des renseignements sur l'Allemagne aux services secrets français. Mais surtout, il a été affirmé que c'est cette affaire qui a conduit au limogeage du chancelier Otto von Bismarck en mars 1890. Guillaume II, déjà trop méfiant à son égard pour des raisons politiques, n'aurait pas supporté qu'il sache tout sur ses pratiques sexuelles singulières. Quoi qu'il en soit, le chancelier déchu fit ensuite cette prédiction : « Le Kaiser est un exalté qui entraînera l'Allemagne dans la guerre. »

Le lundi de Pentecôte, antépénultième jour de mai, onze jours après son dernier crime à Woerth, l'étrange tueur décida de retourner à Strasbourg. Voyant que les policiers, les gendarmes, les magistrats, ni nul autre, n'arrivaient à remonter jusqu'à lui au bout de ses huit assassinats commis du nord au sud de l'Alsace au cours des six derniers mois, il se sentait pousser des ailes toujours plus grandes.

Certes, il faisait tout pour ne pas laisser de trace. Il était minutieux et prenait grand soin des moindres détails, se répétant que c'est précisément là que le diable se niche. Pourtant, ça l'étonnait de voir les enquêteurs pédaler dans la choucroute. Leur échec était sa victoire.

Dans tous les articles des gazettes, les commentaires radiotélévisés et sur les réseaux sociaux, il était décrit de plus en plus souvent comme l'insaisissable serial killer aux arcanes du tarot de Marseille. Il se demandait si un jour quelqu'un écrirait un livre sur lui. Ne devrait-il pas, pour renforcer sa légende déjà acquise, envoyer des lettres aux différents médias en y livrant quelques détails savoureux, ainsi que Jack l'Éventreur l'avait fait en 1888 à Londres ?

Lui aussi semait la terreur en tenant la police en échec. Notre tueur rêvant de gloire croissante ne savait pas combien de livres ont été publiés sur ce Jack the Ripper, qui n'a jamais été arrêté non plus. Mais c'était beaucoup. « Pourtant on n'impute que cinq meurtres à ce mystérieux tueur anglais, alors que moi j'ai déjà assassiné huit victimes », constatait-il, un peu amer. Tout cela le faisait jubiler quand même.

Il était cependant lucide et se répétait qu'il ne devait pas se laisser entraîner par cette ivresse. Mais surtout, Jack l'Éventreur s'en était pris à des prostituées. Il les agressait dans les bas-fonds de Londres. Il leur tranchait la gorge puis leur ouvrait le ventre en les éviscérant.

C'était bestial. Lui au-moins tuait proprement, ses victimes ne souffraient pas longtemps.

En montant dans le train en gare de Colmar, il se demanda derechef quel bizarre ricochet de la pensée, dans son esprit compliqué, le faisait à nouveau se comparer à Jack l'Éventreur.

Il aimait bien regarder le paysage qui défilait à travers les vitres du wagon, les vignes immenses en premier plan, derrière elles les monts vosgiens avec d'abord le Christ en pierre étendant depuis le sommet du Galtz ses bras vers la plaine d'Alsace, puis les trois châteaux de Ribeauvillé.

Après, c'est la vieille gare de Saint-Hippolyte, grand bâtiment en grès des Vosges tout en ruine depuis qu'elle a été ravagée par un incendie en 2010. On l'appelle la gare du Kaiser, parce que l'empereur Guillaume II l'avait fait réaménager, avec une tour accolée où il logeait lors de ses visites en Alsace, en même temps qu'il faisait restaurer le château du Haut-Koenigsbourg qui trône magnifique sur la montagne au-dessus.

À Strasbourg, il prit un tram pour se rendre place de la République. Juste avant la station Broglie, rue de la Mésange, il fixa intensément l'agence de voyages qui fait le coin avec la rue de la Nuée-Bleue. C'était là, sur le trottoir, un mois et demi auparavant, qu'il avait abattu la vieille dame. Il se demanda si les gens de l'agence avaient fait le rapprochement entre le crime et le client qui se disait très tenté par un séjour à Zanzibar et qui n'est jamais revenu.

Toute circulaire et grande, avec au milieu ses grands arbres centenaires, la place de la République lui est toujours apparue comme une sorte d'agora grecque ou de forum romain symbolisant la puissance allemande dans la capitale alsacienne en 1871.

Elle est comme un immense parvis qui fait entrer, après la grande île et son cœur historique, dans la Neustadt, la nouvelle ville, construite par le pouvoir allemand, avec ses larges avenues, ses grands bâtiments au confort moderne où l'eau et le gaz montent à tous les étages.

L'Allemagne unifiée, dans la galerie des Glaces au château de Versailles par la victoire prussienne, avait fait de Strasbourg la vitrine du Reich, permettant à l'Alsace et à la Moselle de bénéficier de la prospérité économique et des avancées de la législation sociale mise en place par Bismarck, ce qui faisait aussi accepter aux Alsaciens la germanisation de leur province.

Il considérait cette place de la République qui s'appelait Kaiserplatz, place impériale, quand elle a été achevée en 1887. À l'ouest se dresse le massif et colossal palais du Rhin surmonté d'une grande coupole. C'était le palais impérial, le Kaiserpalast. C'est l'empereur Guillaume 1er qui a décidé sa construction et c'est son petit-fils Guillaume II qui l'a inauguré en août 1889, avant d'y revenir une dizaine de fois.

À l'est, voisinent deux autres grands édifices de la même époque, mêlant pareillement l'architecture Renaissance, rococo et baroque en un style monumental berlinois : le palais du Théâtre national de Strasbourg, qui était le palais de la Diète d'Alsace-Lorraine, le Landesausschuss, l'assemblée législative du Reichsland Elsass-Lothringen, et de l'autre côté de l'avenue Victor-Schoelcher, la Bibliothèque nationale et universitaire qui s'appelait à sa construction en 1872 la Kaiserliche Universitäts und Landesbibliothek.

Il avait prévu de commettre son nouveau crime ici, mais il y renonça. L'espace était trop grand et partout il y avait toujours des passants, des bus, des voitures et des trams. Il n'était pas sûr non plus que l'on associerait forcément un assassinat perpétré ici à l'empereur Guillaume II. Alors il revint à sa première idée : faire ça au château du Haut-Koenigsbourg.

Il s'y rendit le surlendemain, tôt le matin.

Il avait vu sur le calendrier que, ce dernier jour de mai, on ne fêtait pas un saint, mais la Visitation. Le journal lui avait appris que les catholiques et les orthodoxes commémoraient par cette fête un épisode de l'Évangile selon Luc, relatant la visite rendue par la Vierge Marie, enceinte de Jésus, à sa cousine Élisabeth, enceinte de Jean Baptiste. Selon l'évangéliste, Élisabeth avait dit à sa visiteuse : « Tu es bénie entre toutes les femmes, et le fruit de tes entrailles est béni ! ». Ces paroles ont donné la première partie du *Je vous salue Marie* appelé en latin *Ave Maria*.

Ce genre de choses le distrayait avant d'aller tuer.

Comme l'été semblait installé, il avait troqué sa parka à capuche contre une veste coupe-vent marine, où il pouvait mettre dans une poche son pistolet Walter PPK, et un bob noir. Il avait d'abord pensé prendre le train jusqu'à Sélestat, et de là prendre la navette du Haut-Koenigsbourg. Il lui était arrivé plusieurs fois de voir cet autocar blanc barré de bleu sur les côtés, avec les dessins d'un aigle, du château du Haut-Koenigsbourg et d'un singe, le tout suivi de l'inscription Navette Haut-Koenigsbourg, car il dessert également Cigoland, la Volerie des aigles et la Montagne des singes. Ç'aurait été pratique, surtout qu'il n'était plus trop à l'aise en roulant sur les routes de montagne, mais il se voyait mal, une fois le crime commis, redescendre au milieu d'un tas de gens parmi lesquels l'un ou l'autre curieux risquerait bien de le trouver suspect.

Alors il prit sa voiture. Il passa par Saint-Hippolyte. En entrant dans le village aux belles et colorées maisons à colombages, tout niché dans le vignoble, le château du Haut-Koenigsbourg lui apparut déjà autrement, majestueusement étalé sur la courbe de la montagne devant lui. Notre historien amateur mais tueur enragé connaissait bien sûr l'histoire de cette forteresse.

Au XIIe siècle, le duc de Souabe Frédéric le Borgne, fondateur de la ville de Haguenau, père de l'empereur Barberousse, avait créé une ligne de défense pour renforcer le pouvoir de sa dynastie des Hohenstaufen. Parmi les châteaux qu'il a fait construire souvent sur des terres qui ne lui appartenaient pas, il y a celui du Haut-Koenigsbourg, bâti à plus de sept cents mètres d'altitude, sur le promontoire rocheux d'une montagne que Charlemagne avait donnée à l'abbaye de Lièpvre.

Au XVe siècle, les Habsbourg avaient confié le château très endommagé aux Tierstein, une famille seigneuriale du Jura suisse, qui l'ont reconstruit, agrandi et fortifié. L'empereur Maximilien 1er le racheta plus tard. En 1633, pendant la guerre de Trente Ans, les Suédois prirent la forteresse après cinquante-deux jours de siège, et la laissèrent détruite et incendiée. En 1862, le site et les ruines du Haut-Koenigsbourg furent classés monuments historiques et rachetés trois ans plus tard par la ville de Sélestat, laquelle les offrit en 1899 à l'empereur Guillaume II.

Le Kaiser décida d'en faire un musée promouvant la germanité de l'Alsace en marquant la limite occidentale de l'empire allemand, comme le château de Marienbourg en marquait la limite orientale. Il confia la restauration de la forteresse à l'architecte et archéologue berlinois spécialiste de la fortification médiévale Bodo Ebhardt, qui durant sept ans dirigea la reconstruction du monument, tel qu'il est aujourd'hui.

Guillaume II venait régulièrement visiter le chantier, logeant parfois dans une partie de la gare de

Saint-Hippolyte spécialement aménagée en 1903 pour l'accueillir. Dans cette colossale apologie du monde chevaleresque médiéval allemand, il a fait entremêler, sur le portail d'honneur du château, son blason avec celui de l'empereur Charles Quint, dont il se voulait l'héritier. Le mercredi 13 mai 1908 fut un jour historique : après huit ans de travaux, Guillaume II inaugurait le château du Haut-Koenigsbourg entièrement et magnifiquement restauré.

Alors que notre assassin allait sortir de Saint-Hippolyte, le luxueux hôtel-restaurant Val-Vignes se dressa à sa droite dans ses couleurs brique et blanc. En se documentant, il avait retrouvé un article de Serge Bastide paru dans les *Dernières Nouvelles d'Alsace* sur un dîner impérial qu'avait organisé l'établissement en avril 2019. Son chef, Christophe Schreiber, avait reconstitué, avec le même menu de six plats, le déjeuner pris au château le jour de son inauguration, cent onze ans auparavant, exactement pour quatre-vingt-sept convives : consommé de viande, côtelettes de veau et asperges blanches, homard mayonnaise, caneton aux légumes et salades, crème au chocolat, beurre et fromage puis fruits. Le repas de 1908 avait été préparé à Strasbourg, amené le matin en train puis monté en voiture au château, où il a été réchauffé dans la belle et nouvelle cuisine.

Ces festivités étaient grandioses. Le Kaiser était en uniforme de général d'infanterie. Il était arrivé la veille à Strasbourg où il a dormi au Kaiserpalast avant de prendre le train pour Saint-Hippolyte et d'être conduit en voiture au Haut-Koenigsbourg. Des enfants des écoles de

Kintzheim étaient postés au bord de la route pour le saluer. Les villages étaient décorés, on sonnait les cloches des églises. L'inauguration avait débuté par un important défilé historique.

Une grosse pluie s'était invitée à la cérémonie. L'empereur était sous un chapiteau, mais les trois cents figurants, les nombreux invités et les orateurs furent noyés sous les trombes d'eau. La scène inspira à l'illustrateur germanophobe Hansi une caricature assez cocasse où devant l'entrée du château, on ne voit, encadrant des personnages en costumes médiévaux, que des parapluies avec des croix pour dire qui sont les personnalités dessous, et le chapiteau blanc frappé de l'aigle allemand en rouge.

Après les vignes, au détour des lacets, la masse rose du Haut-Koenigsbourg lui apparut là-haut toujours plus monumentale, avec ses hautes murailles, ses tours et son grand donjon carré au toit vert-de-gris.

Il gara sa voiture sur le grand parking et rangea son pistolet dans la boîte à gants.

C'était parce qu'il s'était rendu compte que de plus en plus dans les endroits publics des agents de sécurité se servaient de détecteurs de métaux ultrasensibles qui se mettaient à siffler s'il y avait un objet métallique, quand ce n'étaient pas des portiques de sécurité. Il ne savait pas s'il y avait ce genre d'appareils au Haut-Koenigsbourg, qui est l'un des monuments les plus visités en France, mais comme il était prudent il préférait ne pas emporter son arme avec lui.

De toute manière, il n'était pas assez insensé pour tuer quelqu'un dans l'enceinte du château. Il en avait certes beaucoup rêvé, car ç'aurait été une prouesse fantastique. Mais dans les différents scénarios qu'il se refaisait dans sa tête, il se voyait plus souvent ressortir prisonnier par la porte principale, pris par la foule, qu'en repartir ni vu ni connu. Alors il avait décidé d'écouter la voix sage en lui qui disait que ce serait suicidaire, dans tous les cas beaucoup trop dangereux, même s'il avait l'occasion d'abattre sa victime dans quelque endroit isolé. Et puis peut-être qu'il pourrait être confondu par des caméras de vidéosurveillance. Il aurait bien sûr pu ne pas entrer dans le château ; seulement ça faisait des années qu'il n'y était pas venu, et puisqu'il était là, c'était l'occasion de le revisiter.

Il n'avait pas voulu non plus télécharger son billet sur son téléphone portable. C'est devenu le genre de choses qu'il ne faut pas faire si on ne veut pas laisser de trace. D'ailleurs, ce mercredi matin, il n'y avait pas encore la queue à la billetterie.

Il regarda la herse de la porte principale, et au-dessus l'alliance des armoiries de l'empereur Charles Quint et des Hohenzollern. Elle faisait de Guillaume II, à presque cinq siècles d'écart, le digne héritier de celui qui fut l'un des souverains les plus puissants du monde.

Dans la cour basse, il passa devant la forge, la fontaine, l'auberge et le moulin à vent dont les grandes ailes lui firent étrangement penser au moulin de Valmy. Il passa une heure replongé dans le Moyen Âge chevaleresque, entre pont-levis, courtines et meurtrières, entre donjon, canons et bastions. Au milieu des touristes curieux, il monta dans les appartements aux grandes pièces nobles recouvertes de lambris et joliment décorées.

Il vit un grand lit dans une chambre, se demandant un instant si c'était celui de l'empereur avant de se rappeler que Guillaume II n'avait jamais dormi une nuit ici. Se retrouvant dans la salle du Kaiser, qui est la salle d'honneur, très haute, aux grandes peintures murales, il contempla au milieu du plafond, à la base du grand lustre, l'immense aigle impérial à la tête auréolée d'or comme un saint, avec la devise allemande *Gott mit uns*, Dieu avec nous. C'est une peinture de l'illustrateur de Lampertheim Léo Schnug, qui mourra fou en 1933 à l'hôpital psychiatrique de Brumath. Sur les ailes se trouvent des armoiries des électeurs du Saint-Empire romain germanique et sur son cœur celles des Hohenzollern, comme si Guillaume II voulait dire par là que dans son cœur et dans son âme il portait tous les empereurs qui l'avaient précédé.

Sur un mur, de chaque côté de la cheminée est peinte une joute entre deux chevaliers. Il y regarda aussi un meuble massif sculpté et un haut kachelofe à la faïence vert tendre.

Dans le cabinet privé du Kaiser, des fenêtres sont ornées de vitraux avec des reproductions imagées d'Albrecht Dürer ou des portraits. Il y a aussi des objets rituels, un reliquaire, des armes, et un livre d'or avec des signatures illustres, comme celle de Mustafa Kemal Atatürk, le fondateur de la République laïque de Turquie. En la considérant, notre tueur se dit qu'avec la réélection, trois jours auparavant, du président islamoconservateur Recep Tayyip Erdogan, la belle Turquie retournait dans des temps sombres. Il traversa la salle d'armes avec ses armures, épées, lances, haches, hallebardes, arbalètes, mousquets et masses, la salle des trophées avec ses bois de cerf et sa peinture murale de Léo Schnug racontant le miracle de saint Hubert, puis la chambre lorraine où pend au milieu, pour rappeler l'annexion de la Moselle, le Graoully, dragon du folklore de Metz, qui figure aussi dans la cathédrale de la métropole lorraine.

Il sortit et redescendit vers le parking pour récupérer son pistolet dans la voiture.

Il comptait remonter ensuite vers l'entrée du château et choisir sa proie. Peu lui importait qui ce serait, il voulait seulement suivre une personne s'éloignant seule et l'abattre sans témoin.

Il marchait au bord de la route quand un groupe de motards montait en vrombissant comme sur la route 66 aux États-Unis. L'un le frôla de si près qu'il faillit tomber. Il leur hurla que c'étaient des connards et des malappris.

Sur le parking, il n'y avait que des voitures vides. Il resta dans la sienne à attendre un moment, même si généralement les gens venaient en famille ou en couple.

Ce fut un motard qui arriva en décélérant. Il roula jusqu'au fond, descendit de sa machine et alla sous les grands arbres. Il était grand, de cuir tout habillé, avec un dessin rouge sur le dos du blouson. C'était peut-être un aigle, parce que ça le faisait penser à la chanson d'Edith Piaf. Il n'enleva pas son casque pour aller pisser contre un tronc.

Quand il remonta sa braguette en se retournant, il se figea d'incompréhension devant notre tueur qui posait le canon de son pistolet à l'endroit du cœur et qui tira aussitôt. L’assassin glissa dans une poche du blouson l’arcane de l’empereur où il avait collé au dos, avec des lettres et des chiffres découpés dans *L’Alsace* et les *DNA*, la date du 13 mai 1908.

Puis il s’en alla.

19
LA GRANDE ILLUSION

Depuis que j'ai fui comme un voleur, de peur d'être accusé d'avoir tué la jeune femme blonde que j'ai trouvée au bord de la Sauer en sortant du musée de la Bataille du 6 août 1870 à Woerth, je me sens écartelé entre la lâcheté et le sentiment d'avoir bien fait.

Je me répète sans cesse que de toute façon je n'aurais rien pu faire pour la victime puisqu'elle était déjà morte et qu'après m'avoir aussitôt incriminé dans ce meurtre on m'aurait forcément mis ensuite sur le dos les sept précédents crimes du tueur aux arcanes du tarot de Marseille.

Avec l'âge, je m'inquiète de plus en plus pour tout. J'ai l'impression que replonger dans le passé me fait supporter mieux le présent et l'avenir.

Le mercredi suivant, je retourne à Mulhouse où j'ai vécu tant d'années. Dans cette ville, il y a toujours un coin ou une rue qui me rappelle quelque chose.

Dans la rue du Sauvage, je m'arrête toujours devant la grande maison à la façade rouge au numéro 25. C'est la maison où est né le 9 octobre 1859 Alfred Dreyfus. Elle se trouve juste à côté de la place des Victoires.

Je trouve d'ailleurs qu'on devrait renommer celle-ci place du Capitaine-Alfred-Dreyfus, surtout qu'on ne sait pas quelles victoires célèbre cet endroit.

Mulhouse doit à Dreyfus plus qu'une rue à l'écart du centre, même si depuis 2016 il a sa statue au parc

Steinbach. Sculptée par Sylvie Koechlin, elle le montre dans sa dignité retrouvée après l'ignoble infamie, réhabilité, debout, fier et tranquille, la légion d'honneur épinglée à sa poitrine.

L'histoire d'Alfred Dreyfus est très emblématique de l'Alsace. Il a été le bouc-émissaire envoyé au bagne d'un complot d'État parce qu'il était alsacien et juif.

Il était issu d'une vieille famille juive vivant en Alsace depuis des siècles. Son grand-père était un modeste commerçant de Rixheim. Son père, Raphaël Dreyfus, avait créé à Mulhouse une petite filature de coton puis une usine de tissage. Son épouse Jeanne Libmann-Weill et lui faisaient partie de la bourgeoisie de la ville.

Alfred était le benjamin d'une grande fratrie. Il passa son enfance dans la maison familiale de la rue du Sauvage, puis plus tard dans un immeuble plus cossu au 45, rue de la Sinne.

Lorsqu'après la débâcle française de 1870 et la perte de l'Alsace-Lorraine, le traité de Francfort laissa aux Alsaciens et aux Mosellans la possibilité de rester français à condition de quitter la région annexée, la famille Dreyfus opta pour la nationalité française et quitta l'Alsace.

Alfred Dreyfus fit ses études à Paris, entra à dix-neuf ans à l'École polytechnique et accéda en 1880 avec le grade de sous-lieutenant à l'École d'application d'artillerie de Fontainebleau. En poste ensuite au régiment d'artillerie du Mans puis à la Première division de cavalerie de Paris, il fut élogieusement décrit par ses supérieurs comme un officier de grande valeur.

Promu capitaine, à la veille de son mariage avec Lucie Hadamard, issue d'une famille aisée de diamantaires originaire de Metz, il fut admis en avril 1890 à l'École de guerre. Il en sortit en novembre 1892 avec la mention « très bien », et fut appelé en tant que stagiaire à l'état-major au ministère de la Guerre.

C'est là, à la section des statistiques, qui était en fait le service d'espionnage et de contre-espionnage de l'armée que l'on connaîtra sous le nom de Deuxième Bureau, que débuta en septembre 1894 le scandale judiciaire et politique de l'affaire Dreyfus.

Le nationalisme, la xénophobie et l'antisémitisme exacerbés par l'humiliante débâcle de 1870 et la traumatisante perte de l'Alsace-Lorraine en ont grandement constitué le terreau.

Beaucoup de protagonistes de l'affaire étaient alsaciens, à commencer par Marie Caudron, épouse Bastian, la femme de ménage de l'ambassade d'Allemagne à Paris qui renseignait l'état-major français sur l'activité des diplomates prussiens, ayant ainsi permis l'arrestation d'une trentaine d'espions travaillant pour l'Allemagne. C'était elle qui avait découvert dans une corbeille à papier le fameux bordereau rédigé à la main, en français, dans lequel l'expéditeur anonyme annonçait à l'attaché militaire allemand l'envoi de documents sur les dispositifs de défense français.

Le patron de la Section des statistiques, le colonel Jean Sandherr, était mulhousien, ouvertement antisémite. Ce fut lui qui annonça victorieusement au ministre de la Guerre, le général Auguste Mercier, que le traître à l'origine de fuites constatées qu'ils recherchaient depuis début 1894 était enfin démasqué. Le service de renseignement militaire avait constitué un dossier qui contenait soi-disant « quatre preuves absolues de la culpabilité du capitaine Dreyfus » et le désignait formellement comme l'auteur du fameux bordereau.

Le 22 décembre 1894, à l'issue d'un procès à huis clos, le Conseil de guerre condamna Dreyfus pour trahison à la dégradation et à la déportation perpétuelle au bagne sur l'île du Diable en Guyane.

Le successeur de Sandherr à la tête du Deuxième Bureau, le lieutenant-colonel Marie-Georges Picquart, était strasbourgeois. C'est lui qui découvrit le véritable traître, le commandant Ferdinand Walsin-Esterházy, lequel était un sulfureux intrigant criblé de dettes. Mais l'état-major lui opposa l'autorité de la chose jugée, avec la consigne de ne rien révéler de ses découvertes.

On l'évinça en s'aidant de son adjoint, le commandant Hubert-Joseph Henry, qui avait partagé pendant plusieurs années son bureau à la Section des statistiques avec Esterházy, puis on le muta en Tunisie. Seulement Picquart se confia à son ami intime l'avocat Louis Leblois, qu'il connaissait depuis le lycée à Strasbourg et qui était le fils du grand pasteur libéral et écrivain strasbourgeois Georges-Louis Leblois.

Me Leblois, décidé d'obtenir la révision du procès de Dreyfus, rapporta les confidences de Picquart au premier vice-président du Sénat, Auguste Scheurer-Kestner. Celui-ci, né également à Mulhouse, était un proche de Georges Clemenceau et Léon Gambetta. Avec Mathieu Dreyfus, le frère d'Alfred, il convainquit Émile Zola de les aider dans la bataille pour la réhabilitation.

Dans leurs furieuses attaques contre les dreyfusards, la droite et la presse nationalistes traitaient Scheurer-Kestner d'« *industriel allemand* », d'« *agent du syndicat juif* », et de « *boche* », alors que cet humaniste protestant s'était opposé à l'annexion de l'Alsace-Lorraine par l'Empire allemand. Refusant comme le père de Dreyfus et beaucoup d'autres Alsaciens de devenir allemand, il avait démissionné en 1871 de son mandat de député du Haut-Rhin et s'était installé à Paris. Les antidreyfusards vilipendaient Dreyfus non seulement parce qu'il était juif mais aussi parce qu'il était alsacien, car ils considéraient souvent les Alsaciens et les Mosellans avec une grande méfiance, surtout à cause de leurs dialectes alémaniques.

Alfred Dreyfus, Auguste Scheurer-Kestner et d'autres furent aussi traités d'« *espions prussiens déguisés sous l'identité alsacienne* ». Cela a laissé des relents que l'on voit parfois se revenir aujourd'hui.

La révélation publique du scandale d'État, par le fameux *J'accuse* d'Émile Zola publié le 13 janvier 1898 dans *L'Aurore* de Georges Clemenceau, déchira la France encore plus. Le colonel Picquart fut la seconde victime alsacienne de l'affaire Dreyfus : aussitôt après la publication de l'article de Zola, l'état-major de l'armée l'arrêta pour violation du secret professionnel et le mit aux arrêts au fort du Mont-Valérien, puis en réforme. Il ne fut réhabilité et réintégré dans l'armée, avec le grade de général de brigade, qu'en 1906.

C'est le même jour, le 12 juillet, que la Cour de cassation prononçait son arrêt de réhabilitation du capitaine Dreyfus. Entretemps, le 30 août 1898, Henry, promu lieutenant-colonel, avait avoué au nouveau ministre de la Guerre avoir fabriqué des faux pour accréditer l'idée que Dreyfus était le traître. Le lendemain, il s'était tranché la gorge avec un rasoir dans sa cellule au fort du Mont Valérien. Esterházy s'était ensuite enfui en Angleterre où il est mort en 1923 sans jamais avoir été condamné. L'intellectuel d'extrême droite chef de l'Action française Charles Maurras avait écrit cet éloge d'Henry dans le journal très catholique *La Gazette de France* : « Ce serviteur héroïque des grands intérêts de l'État, ce grand homme d'honneur ».

Officier de réserve, Alfred Dreyfus sera mobilisé en 1914 à Paris. Il fut en 1917 au Chemin des dames et en 1918 à Verdun. Il termina la Première Guerre mondiale avec le grade de lieutenant-colonel et sera promu officier de la légion d'honneur.

Il mourra dans l'indifférence générale le 12 juillet 1935 à Paris et sera inhumé deux jours plus tard, un 14 juillet, au cimetière de Montparnasse.

La prédiction du chancelier déchu Otto von Bismarck, énonçant que Kaiser Guillaume II est un exalté qui entraînera l'Allemagne dans la guerre, s'est réalisée.

L'assassinat de l'archiduc François-Joseph d'Autriche et de son épouse, le 24 juin 1914 à Sarajevo, par un nationaliste serbe, n'était qu'un prétexte dont s'est servi l'empereur d'Allemagne pour pousser l'Autriche-Hongrie à déclarer la guerre le 28 juillet à la Serbie.

La mécanique des alliances a fait que l'Allemagne a ensuite elle-même déclaré la guerre le 1er août à la Russie, puis le 3 août à la France en envahissant la Belgique, que le lendemain le Royaume-Uni déclarait à son tour la guerre à l'Allemagne, en engageant son grand empire colonial, puis qu'un mois plus tard l'empire ottoman entrait dans le conflit au côté de l'Allemagne et de l'Autriche-Hongrie. Dans ce qui est ensuite devenu le premier conflit mondial, qui dura plus de quatre ans en faisant dix-huit millions de morts militaires et civils, l'Alsace a payé un lourd tribut, avec d'horribles boucheries.

Le fait que l'Alsace et la Moselle étaient de nouveau allemandes depuis plus de quarante-trois ans faisait que des dizaines de milliers d'Alsaciens et Lorrains mobilisés dans l'armée allemande affrontaient dans les batailles meurtrières de milliers d'Alsaciens et Lorrains enrôlés dans les troupes françaises, entraînant dans de nombreuses familles des déchirements cornéliens.

Aussitôt que le Kaiser leur eut déclaré la guerre le 3 août, les Français décidèrent de reconquérir l'Alsace. Le 7, ils atteignirent Mulhouse mais furent contre-attaqués. Le général Joffre créa une armée d'Alsace forte de plus de cent quinze mille hommes commandée par le général Pau.

Le surlendemain de ma virée à Mulhouse, je vais en haut du Letzenberg. Plus je vieillis plus je trouve que la montée est raide. Quand j'étais enfant, le sommet de cette colline était notre terrain de jeu.

Depuis toujours, j'aime la vue qu'on a de là-haut, avec d'abord mon village d'Ingersheim, Logelbach accolé où l'industriel Antoine Herzog avait créé en 1818 la grande usine de filature et de tissage de coton, puis Colmar et au fond la plaine d'Alsace et derrière la Forêt-Noire.

Avant la Grande Guerre, il y avait là un grand chalet dans le pur style suisse et une chapelle que Joseph-Antoine Herzog, le fils du précédent, avait fait construire sur cette colline du Letzenberg à la fin du XIXe siècle.

Avec son clocher carré, la petite église blanche dédiée à saint Antoine était visible depuis les vallées de Munster et de Kaysersberg, comme de la plaine du Rhin. Elle avait été érigée sur les conseils de Jean-Jacques Henner, considéré comme le plus grand peintre alsacien du XIXe siècle et le plus parisien des artistes alsaciens.

Henner, né à Bernwiller, bouleversé par la perte de sa province natale, avait opté en 1871 pour la France. Il retrouvait souvent dans des dîners parisiens d'autres Alsaciens comme le Mulhousien Auguste Scheurer-Kestner, et les industriels Herzog ou Siegfried, qui conservaient leurs entreprises en Alsace en vivant pour partie à Paris.

Jean-Jacques Henner était très ami avec Antoine Herzog fils et son épouse Ernestine, native de Colmar. En 1875, il fit d'elle son célèbre Portrait de Madame Herzog, dont le chroniqueur de la vie parisienne Jules Clarétie a joliment écrit : « M. Henner peint le regard et il peint l'âme ». En 1889, l'illustre peintre était invité aux noces d'or des époux Herzog fêtées sur le Letzenberg. Il relata les réjouissances ainsi : « *Je rentre de Colmar, j'ai passé 3 jours à Logelbach à la noce d'or de Monsieur et Madame Herzog qu'on a célébrée sur le haut de la montagne, dans la chapelle dont j'ai donné l'idée. C'était vraiment charmant... On a déjeuné et dîné en haut, on a lancé des ballons, il y a une vue magnifique et le temps était splendide... Le soir, descente aux torches dans les sentiers en zig-zag, c'était vraiment charmant...* »

Antoine Herzog possédait plusieurs tableaux de Jean-Jacques Henner, dont un où il a peint la chapelle du Letzenberg, intitulé *La tentation de saint Antoine*. Le saint y avait les traits d'Antoine Herzog. Ce tableau a disparu dans les bombardements d'août 1914 : le 15, jour de l'Assomption, l'artillerie allemande détruisit cette chapelle du Letzenberg, puis, cinq jours plus tard, l'imposant chalet.

Il a été écrit que la foule, qui assistait depuis la plaine à la destruction de la petite église, lançait des invectives et des malédictions, certaine déjà que l'Alsace allait redevenir française, car, disaient ces gens d'Ingersheim, une armée qui s'attaque aux églises ne peut pas gagner la guerre.

Dans ce début de la Première Guerre mondiale l'armée d'Alsace du général Pau tentait de libérer la province perdue par les vallées vosgiennes.

Une des premières batailles meurtrières eut lieu à Ingersheim, où stationnaient les troupes bavaroises, le 22 août. La cité fut prise et reprise à trois reprises, et très durement touchée. Quatre-vingt-sept soldats allemands et vingt-cinq militaires français furent tués dans la bataille.

Le Rhin semblait à portée de main de l'armée française, mais en Lorraine, dans les Ardennes et dans le Nord tout tournait au désastre. L'état-major de Joffre totalement dépassé ordonna la retraite.

En redescendant du Letzenberg, je passe par le cimetière. Dans le carré militaire, se dresse en grès rose l'imposant monument aux morts bavarois. Il a été érigé en 1916 à la mémoire des soldats tant allemands que français tombés ici à Ingersheim au cours des violents combats du 22 août 1914, et enterrés dans la même fosse commune.

Au milieu se détache la statue d'une femme en deuil. Peut-être une veuve. La tête baissée, elle tient dans sa main droite la couronne de laurier des héros, et dans sa main gauche contre son cœur, une brassée de roses.

Michel Rogez a établi, pour la Société d'histoire et de culture d'Ingersheim, que la jeune femme qui avait servi de modèle à Munich au sculpteur bavarois August Moser, auteur de la statue, était originaire d'Ingersheim. Elle s'appelait Marie Joséphine Eschbach et avait épousé un jeune lieutenant bavarois, Joseph Jandl.

Il faut autant qu'on peut garder la mémoire des événements tragiques et des souffrances des hommes. Alors le lundi suivant, qui était celui de Pentecôte, je monte au Hartmannswillerkopf, abrégé en HWK et appelé en français le Vieil-Armand, au-dessus de Wattwiller.

Devant la nécropole aux mille six cent quarante corps de soldats enterrés et l'ossuaire rassemblant les restes de douze mille autres, je revois ces mêmes alignements de croix filmés par François Truffaut, dans *Jules et Jim* avec Jeanne Moreau, qu'il avait tourné en 1961 en partie dans la ferme auberge voisine du Molkenrain.

Puis, au milieu des vestiges maintenant plus que centenaires des tranchées, abris, blockhaus et barbelés, où près de quinze mille soldats français et autant d'allemands sont morts entre janvier 1915 et janvier 1916 durant cette longue et inutile bataille dans le terrible froid d'hiver et la chaleur de l'été, je repense au film poignant que mon vieil ami cinéaste mulhousien Daniel Ziegler a réalisé en 2004 sur cette tragédie.

Il l'avait intitulé *HWK, la mangeuse d'hommes,* et y a scrupuleusement respecté la précision historique : les soldats tête nue parce qu'en 1915 ils ne portaient pas encore de casque, mais surtout les regards vides, la trouille mortelle, l'envie d'en finir avec cette horreur du déluge de fer et de feu, le sang dans ces paysages lunaires où se mêlaient le chair et la terre. Il y avait aussi des prêtres qui faisaient sonner des cloches pour couvrir les bruits de guerre, et des scènes de fraternisation entre soldats français et soldats allemands.

Parmi les fleurs sous les arbres qui étaient décapités et qui ont repoussé depuis sur ce grand champ de bataille, il y a des myosotis.

En allemand on les appelle *vergissmeinnicht*, ce qui se traduit par «ne m'oublie pas».

Le lendemain je me dis que j'irais bien aussi au Linge. La montagne est plus près de chez moi, entre Soultzeren, Labaroche et Orbey. La bataille y a duré bien moins longtemps, de juillet à octobre 1915, mais elle a fait aussi dix-sept mille morts.

Et puis il me revient *Barbara*, le poème de Jacques Prévert. Il parle d'une autre guerre, la suivante, et d'une autre ville, Brest. Il décrit la même pluie de fer, de feu, d'acier, de sang, et il dit : quelle connerie la guerre.

En 1918, à mesure que la défaite s'annonçait pour l'Allemagne, l'empereur Guillaume II, commandant en chef des armées, perdait sa popularité et son autorité. Des manifestations en faveur de la paix se multipliaient dans le pays. Fin octobre, les marins des navires de guerre de Kiel refusèrent d'appareiller et livrer une bataille «pour l'honneur». Le 3 novembre, ils se mutinèrent.

Une vague révolutionnaire gagna toute l'Allemagne. Des conseils d'ouvriers et de soldats se créaient dans toutes les grandes villes de l'empire, pris en main par les socialistes du SPD, les sociaux-démocrates de l'USPD et les spartakistes marxistes révolutionnaires.

Le matin du 9 novembre, Guillaume II finit par abdiquer. En début d'après-midi, le socialiste Philipp Scheidemann prit tout le monde de vitesse en proclamant à la fenêtre du Reichstag à Berlin la République allemande. Le lendemain le Kaiser partit se réfugier aux Pays-Bas. Le 11 novembre, les représentants du nouveau gouvernement allemand signeront l'armistice dans le train du maréchal Foch à côté de Rethondes, dans la forêt de Compiègne.

La révolution socialo-communiste allemande, qui s'acheva au printemps 1919 après les assassinats en janvier par les militaires des leaders spartakistes Rosa Luxemburg et Karl Liebknecht, et précédant l'adoption de la constitution de Weimar en juillet suivant, se produisit aussi en Alsace-Lorraine encore annexée. La vague insurrectionnelle montait sous l'impulsion de milliers d'Alsaciens et Lorrains incorporés dans la Kriegsmarine revenant de la mer Baltique, où ils avaient participé aux mutineries des marins.

Le 9 novembre, des conseils d'ouvriers et de soldats se créèrent à Metz et à Mulhouse. Dans la nuit suivante, un conseil de soldats se forma à la gare de Strasbourg.

En deux jours, une quinzaine d'autres conseils révolutionnaires émergèrent en Alsace, notamment à Sélestat, Colmar, Guebwiller, Molsheim, Erstein, Ribeauvillé, Neuf-Brisach, arborant drapeaux rouges et cocardes rouges. Comme le mouvement se disséminait dans les usines, des conseils d'ouvriers naissaient également à Colmar, Mulhouse et Schiltigheim.

Le matin du 10 novembre l'hôtel de ville de Strasbourg fut occupé, le conseil des soldats, suivi de la foule sur la place Kléber, proclama devant l'Aubette la République révolutionnaire, alors que Jacques Peirotes, le député et conseiller municipal socialiste et francophile, qui venait de se faire nommer maire de la ville, proclama devant la statue de Kléber la République sociale.

Le 13, un grimpeur téméraire des révolutionnaires accrocha le drapeau rouge tout en haut de la flèche de la cathédrale. Il y flotta pendant six jours.

Le 22 novembre, dans une Alsace redevenue française, comme la Moselle, après l'armistice, l'entrée dans Strasbourg des régiments français, triomphalement accueillis par la population, mit fin à la brève république soviétique alsacienne. Les conseils d'ouvriers et de soldats se dissolvaient à mesure que les unités allemandes se retiraient.

Depuis que je suis rentré lundi du Hartmannswillerkopf je ne suis pas bien. Même avec tout le temps qui est passé, les champs de bataille restent traumatisants. J'essaie de me distraire dans des envies de rien. Dans ma bibliothèque je tombe sur un vieux livre avec des illustrations de Hansi.

Le célèbre artiste colmarien, né Jean-Jacques Waltz en 1873, quand l'Alsace était allemande, fait partie du folklore alsacien presque autant que les cigognes et les colombages. Francophile exacerbé, il était depuis bien avant la Première Guerre mondiale un des plus grands symboles de la Résistance alsacienne au Reich. Dans ses dessins satiriques, où les villages alsaciens se déclinent avec plein de drapeaux tricolores, il ridiculisait tellement l'occupant allemand en Alsace que la justice du Kaiser le condamna plusieurs fois.

Il avait effrontément raillé Guillaume II lorsque celui-ci avait inauguré, le 13 mai 1908, le château du Haut-Koenigsbourg qu'il avait fait restaurer. En juillet 1914, Hansi fut condamné une nouvelle fois pour insulte au Reich. Le tribunal de Leipzig lui infligea une peine d'un an de prison. Mais profitant d'un passage à Colmar, Hansi s'échappa et se réfugia en France de l'intérieur, comme on disait déjà.

Quand la Grande Guerre éclata, il s'engagea en tant que caporal dans le 152e régiment d'infanterie alors basé à Gérardmer. C'est ce régiment, aujourd'hui installé à Colmar, qui s'est battu si héroïquement, en 1915 au Hartmannswillerkopf, que les soldats allemands l'ont appelé les Diables rouges. Il garde ce surnom.

Affecté au front comme officier interprète, Hansi se retrouva ensuite au service de la propagande aérienne. Pour saper le moral des troupes allemandes, il fabriqua des fausses lettres désespérées de soldats prisonniers et des faux exemplaires de journaux du Reichsland très déprimants. Toute la Rhénanie en fut inondée par avion et par des réseaux clandestins.

Hansi inventa aussi une technique révolutionnaire dans cette guerre psychologique, en faisant exploser à deux cents mètres au-dessus des lignes allemandes des obus de 75 remplis de tracts du même style. Dans ses *Mémoires*, le maréchal allemand Hindenburg reconnut plus tard l'effet désastreux produit sur ses troupes par cette propagande.

Puis, à nouveau, les pensées ricochent et se bousculent dans ma tête comme dans un billard. Au milieu du grand rond-point de la route de Strasbourg, il y a une grande statue du Diable rouge. On surnomme l'endroit le giratoire des casernes. C'est parce que du côté est il y a la grande caserne des pompiers et du côté ouest se trouve le quartier Walter, qui abrite le Quinze-Deux.

C'est là, dans cette caserne à l'architecture allemande, que Jean Renoir a tourné, durant les premiers mois glaciaux de l'année 1937, des scènes majeures de son mythique chef-d'œuvre *La grande illusion*, avec entre autres Jean Gabin, Pierre Fresnay, Marcel Dalio.

J'ai toujours aimé ce film qui est un monument du cinéma mondial. En racontant l'histoire de deux officiers français prisonniers dans un camp allemand durant la Première Guerre mondiale, il impressionne par la force de son humanisme, son pacifisme, son idée de fraternisation entre les peuples, en même temps qu'il dénonce le nationalisme et l'antisémitisme avec une telle force qu'Hitler l'avait interdit.

Et dans ma tête, une boule de flipper tape maintenant sur d'autres séquences de *La grande illusion* : celles tournées au château du Haut-Koenigsbourg que Jean Renoir a mué en austère et verticale forteresse de Wintersborn.

Dans ces scènes admirables, le directeur de cette froide prison, von Rauffenstein, incarné par Erich von Stroheim, rigide avec sa minerve en cuir, reçoit les officiers français prisonniers joués par Gabin et Fresnay.

Alors, soudain, comme poussé par une force indicible et irrépressible, je décide de retourner le lendemain matin au Haut-Koenigsbourg.

On dirait déjà un matin de plein été, ce dernier mercredi de mai. À Ingersheim, on a une familiarité avec le château, parce que quand on regarde au nord, par-delà les vignes, on voit, distante de presque vingt kilomètres à vol d'oiseau, sa longue silhouette rose posée sur la montagne arrondie. Juste à gauche dans cet horizon, on devine le château de Saint-Ulrich, le plus grand des trois au-dessus de Ribeauvillé, et un peu plus à gauche le massif magique du Taennchel en forme de chapeau chinois.

Je me sens comme un touriste en roulant sur la route des vins d'Alsace, traversant les villages de Saint-Hippolyte, Orschwiller puis Kintzheim où à la sortie, dans la montée, se dresse le vieux château devenu la Volerie des aigles. Et puis en haut de la montagne, après le dernier lacet juste avant la dernière ligne droite qui mène à l'entrée de la forteresse, le grand parking s'étale sur la droite. Il y a des places libres. On dirait que tout dort, paisible et tranquille.

Au moment où je me gare et ouvre la portière de ma voiture, une détonation brise le silence et se répète en écho dans la montagne. Puis, après un nouveau silence, une voiture démarre au fond, passe devant moi et va s'éloigner sur la route. C'est une Peugeot 208 bleue, comme la mienne. J'ai juste vu que la personne au volant est un homme et qu'il porte un bob noir sur la tête.

Sous un arbre au bout du parking, un motard tout habillé de cuir, à la tête casquée, est couché sur le dos, les bras en croix. Sur le thorax, du sang rougit le blouson.

Alors, comme il y presque deux semaines à Woerth, je panique et m'enfuis.

20
2 FÉVRIER 1945

Assis, en dégustant une bière fraîche, à la terrasse de la vénérable et très courue institution colmarienne qu'est le restaurant Meistermann, créé en 1881, tout au début de l'avenue de la République à Colmar, notre éclairé tueur se demandait depuis un bon moment où, cet après-midi, il allait commettre son prochain crime.

Ce matin, il avait de nouveau ressenti un puissant sentiment d'urgence. Il connaissait bien cette sensation. C'était comme s'il était mu par une force revenue tout à coup l'habiter, qui le poussait à tuer aujourd'hui.

Le soleil de l'été déjà bien installé faisait contraster nettement sur le sol les zones à l'ombre et celles dans la lumière. Il avait hésité une dernière fois, mais cela lui apparut comme évident et unique : rien que pour l'appellation du lieu et pour le symbole, il fallait qu'il le fasse sur la place du Deux-Février.

Le nom lui évoqua aussitôt une succession d'images venues du passé. Il revoyait cet endroit tel qu'il était dans sa jeunesse, un grand espace de terre et de bitume devant ce long bâtiment de trois étages qu'on appelle toujours l'ancien hôpital, même si, après avoir accueilli un temps un lycée puis une partie de l'IUT, il abrite depuis une bonne douzaine d'années la médiathèque municipale nommée Pôle Média-Culture Edmond-Gerrer.

Au tout début, il y avait à cet endroit un couvent des franciscains, à côté de leur église du XIVe siècle, qui se dresse toujours jusque sur la Grand'Rue avec les grandes orgues Silbermann, devenue l'Église protestante Saint-Matthieu. Après le départ des franciscains, leur couvent était devenu une maladrerie où on soignait les lépreux, qui fut détruite par un incendie en 1735. La monarchie de Louis XV décida de bâtir en lieu et place, pour y accueillir l'hôpital, le bâtiment d'architecture néo-classique tel qu'il est aujourd'hui, avec les pierres des fortifications de la ville que Louis XIV avait fait détruire en 1673.

C'était aussi là, dans cette partie du vieux Colmar, que se tenait tous les mois d'août la grande foire aux vins d'Alsace, déménagée depuis au parc des expositions. On entrait derrière le marché couvert, au bout de la rue des Vignerons qui donne sur le square de la Montagne-Verte.

La grande scène était dressée sur la place du Deux-Février. Toutes les grandes vedettes du spectacle s'y étaient succédé, Jacques Brel, Gilbert Bécaud, Jean Ferrat, Ray Charles, Sylvie Vartan, Françoise Hardy, Sacha Distel, Mireille Mathieu, Johnny Hallyday, Eddy Mitchell, Charles Aznavour, Antoine, les Charlots, Michel Delpech, Les Compagnons de la chanson et beaucoup d'autres. L'imprésario, comme on disait alors pour un agent d'artistes, de plusieurs de ces célébrités était Johnny Stark, alsacien né à Huningue, de son vrai nom Roger Stark.

Depuis la place a été complètement transformée. Sur ses trois côtés, des enfilades de demi-arches métalliques, reliées par des câbles, font comme un tunnel. Il y a des végétaux et une grande pelouse au milieu. C'est pour ça qu'on l'appelle le cloître vert. L'endroit est beau et tranquille. Notre tueur inventif se dit que tout à l'heure il ira voir sur place comment, son crime exécuté, il pourra disparaître sans se faire prendre.

Il avait déjà sa petite idée.

Il l'avait eue en passant en fin de matinée dans la Grand'Rue. À l'entrée de la place du Deux-Février, il avait regardé l'effigie du maréchal de Lattre de Tassigny sur le gros pilier de grès. À ce moment-là, il avait trouvé absolument immérité qu'il n'y ait pas de plaque à la mémoire du général Schlesser.

C'était pourtant lui qui avait imaginé la remarquable et audacieuse manœuvre de libérer Colmar par surprise au matin du 2 février 1945, sauvant ainsi la magnifique ville des bombardements et de la destruction.

Et c'était Guy Schlesser, dans son char portant le nom d'Austerlitz, qui avait pénétré le premier à la tête de la 5e division blindée française, dans la dernière ville française encore occupée.

Mulhouse avait été libérée le 21 novembre 1944 par la 1re DB. Strasbourg l'avait été deux jours plus tard par la 2e DB, permettant au général Philippe Leclerc de Hauteclocque de tenir le serment de Koufra où, en 1941, il avait fait jurer à ses hommes « de ne déposer les armes que lorsque les belles couleurs du drapeau tricolore flotteront sur la cathédrale de Strasbourg ».

L'assassin mémoriel se disait que le chemin avait été terriblement long, meurtrier et douloureux pour en finir avec cette Deuxième Guerre mondiale décidée par le führer Adolf Hitler en utilisant beaucoup les rancœurs allemandes nées de l'humiliation de la défaite de 1918.

L'Alsace et la Moselle réoccupées avaient eu leurs lots de tragédies et de souffrances dans cette autre tuerie planétaire, avec ses plus de cent trois mille Alsaciens et trente et un mille Mosellans incorporés de force, dont presque la moitié sont morts ou ont disparu principalement sur le front russe. Il savait également que de nombreux Alsaciens avaient rejoint la Résistance dans les maquis, comme celui du Vercors ou des Glières, puis, dans le sud-ouest, les groupes mobiles d'Alsace.

Après le débarquement d'août 1944 en Provence des troupes américaines, anglaises et françaises, ces résistants Alsaciens et Lorrains constituèrent la Brigade Alsace-Lorraine commandée par André Malraux, au sein de la Première armée française dirigée par le général de Lattre de Tassigny

Remontant vers le nord, celle-ci intégrait les résistants des FFI et des FTP qui côtoyaient ainsi les tirailleurs tunisiens, les tabors marocains, les spahis algériens, les chasseurs d'Afrique. Arrivés en Alsace à la fin de l'automne, tous dans leurs tenues d'été souffrirent de la pluie, de neige et du froid une fois arrivés en Alsace, car cet hiver alsacien était terrible.

Notre serial killer historien amateur savait que pour les Américains l'Alsace était encore allemande et que la contre-attaque de la Wehrmacht en décembre et janvier dans les Ardennes avait failli la laisser abandonnée entre les mains nazies, car le général Dwight Eisenhower, commandant en chef des forces alliées en Europe voulait un repli général à l'ouest des Vosges et déplacer toutes ses troupes pour tenir ce nouveau front.

Le général Charles de Gaulle s'y opposa, énonçant que ce serait un désastre national irréparable. Pour le chef de la France libre, il n'était pas question que les Allemands puissent reprendre les parties libérées de l'Alsace, et surtout pas Strasbourg, ville symbole. Dans une réunion en présence de Churchill, de Gaulle finit par dissuader Eisenhower.

Strasbourg restait libérée mais pas sauvée. Au prix de lourdes pertes, les soldats de la 1re armée et les FFI alsaciens parvinrent à la garder française.

Le dernier acte de la libération de la France se joua alors à Colmar. L'état-major allié décida de placer les quatre divisions du général américain Frank Milburn sous les ordres du général de Lattre, permettant ainsi de déclencher les combats pour la libération de la poche de Colmar, où était retranchée la 19e armée allemande.

La bataille dura du 20 janvier au 9 février dans le froid immense et la neige. Hitler avait ordonné à ses troupes de se battre jusqu'à la dernière cartouche. Elles minaient les champs, érigeaient des ouvrages défensifs pour arrêter les chars alliés, en contraignant la population d'y participer. Les affrontements étaient meurtriers. Ils feront huit mille tués. Des villages entiers furent détruits.

De Lattre voulait liquider les unités allemandes par une opération de débordement pour éviter des combats destructeurs dans Colmar. Le 1er février les troupes françaises et américaines réussirent à encercler la ville.

Ce fut le général Guy Schlesser qui reçut l'ordre de libérer Colmar à la tête de sa formation combat command 4, le CC4, comprenant des blindés et des unités d'infanterie et du génie.

Guy Schlesser a alors quarante-neuf ans. Saint-cyrien, il a participé à la Première Guerre mondiale au cours de laquelle il a été blessé. Il a ensuite servi dans un régiment de spahis en Syrie. En 1936 il a été affecté aux services secrets militaires, chargé du contre-espionnage. Au début de la guerre en 1939, il a été blessé dans un blindé en feu. Fait prisonnier, il s'est évadé avant de rejoindre l'Afrique du nord avec plusieurs de ses officiers. Puis il s'est engagé derrière de Lattre dans la 1re armée.

Lorsque, dans l'après-midi du 1er février 1945, le général Schlesser est convoqué au P.C. américain, le général Milburn lui demande comment il conçoit l'opération pour libérer Colmar.

Voici ce que Schlesser en a écrit lui-même :

« Je réponds que mes éléments avancés seront le soir même à 15 km au sud-est de Colmar, séparés d'ailleurs de la ville par le cours de l'Ill dont le franchissement sera difficile et que l'opération vraiment payante consiste à maintenir une puissante pression devant Sundhoffen pour attirer au sud-est de Colmar les réserves de l'ennemi et même à faire croire à notre volonté de franchir l'Ill en tentant de lancer un pont dans cette région, cependant que le CC4, tous moyens rassemblés (*ils sont réduits à 23 chars et 5 tanks-destroyers*), se décrochera et du sud-est se portera en plein nord de Colmar, attaquera du nord au sud, fera irruption dans la ville et interdira le débouché des routes venant de l'ouest et du sud.

Il s'agit en somme de faire jouer la ruse en simulant une puissante attaque par l'est ; puis de retirer le CC4 très rapidement et dans le secret (par conséquent au cours de la nuit) pour donner le coup de poing au nord… »

Le général avait déjà accompli une manœuvre similaire à Héricourt dans la bataille pour la libération de Belfort. Dans son récit, Guy Schlesser témoigne aussi de son attachement à Colmar, où, selon sa volonté, il sera enterré au cimetière du Ladhof après son décès en 1970 :

«Au mois d'octobre 1944, à partir du jour où débuta la préparation des opérations de novembre, nous ne pensions plus qu'à Colmar.»

Dans la nuit du 1er au 2 février, Schlesser, à la tête de sa troupe dans son char Austerlitz, s'empare d'abord de Horbourg, parcourt trente kilomètres tous feux éteints par une nuit noire et glaciale sur des chemins encombrés, verglacés, chargés de neige. Il franchit le canal de Colmar, l'Ill puis la Fecht sur des ponts glissants, rejoint sa base d'assaut au nord de l'agglomération. À l'aube, les unités sont en place pour l'attaque. Comme un signe, peut-être parce que c'était le jour de la Chandeleur, un vent chaud vient balayer la plaine d'Alsace et fait fondre la neige en découvrant les mines semées par les Allemands. À l'est de la route de Strasbourg des chars allemands résistent. La colonne de Schlesser est freinée par un fossé antichars. Trouvant un passage par la rue des Carlovingiens, elle se heurte encore à une vive résistance ennemie avant la caserne Marker, l'actuelle cité administrative, puis fonce vers le cœur de Colmar.

Passant par la rue Stanislas, Schlesser et ses chars atteignent la place Rapp à 11 h 30, acclamés par la population en liesse. Les Allemands tentent de résister en vain, puis battent en retraite vers le Fronholtz au sud. Les soldats français libèrent le centre-ville et les Américains longent la voie ferrée vers les quartiers sud et ouest.

À 21 h 45, l'armée allemande annonce à la radio la perte de Colmar. Dans la nuit du 8 au 9 février, les troupes du Troisième Reich repassent sur la rive droite du Rhin en faisant exploser derrière elles le pont de Chalampé.

Ce vendredi 9 juin, sous le soleil au zénith, à la terrasse de la brasserie Meistermann qui avait vu passer le 2 février 1945, venant de la rue Stanislas et tournant dans l'avenue de la République, les chars libérateurs du général Schlesser, notre assassin guerrier se félicitait de son choix de l'arcane du tarot de Marseille symbolisant le général Schlesser.

C'était la numéro un, la toute première : celle du bateleur.

Au départ, il craignait une mauvaise interprétation, car dans le temps le bateleur était un saltimbanque qui faisait des tours d'acrobatie et d'escamotage sur les places publiques et dans les foires. Le mot pouvait déprécier l'exploit militaire du général Schlesser. Mais à la réflexion c'était bien un sacré tour plein de ruse que le libérateur de Colmar avait joué aux Allemands pour sauver la ville des destructions. Dans les généralités du bateleur du tarot de Marseille, il est dit que cette lame figure le fait de commencer quelque chose de nouveau et qui ouvre des perspectives. C'était parfaitement vrai pour Colmar le 2 février 1945. Comme Schlesser, le bateleur du tarot possède une énergie et une force vitale. Il ose entreprendre, montre ses capacités et teste des choses nouvelles.

Il regarda encore une fois la carte, au dos de laquelle il avait collé des chiffres et des lettres découpées dans

L'Alsace et les *DNA* pour composer la date du 2 février 1945, puis la remit dans la poche de son bermuda bleu.

Il termina sa bière, rechaussa ses grosses lunettes de soleil, replaça son bob noir sur sa tête et partit. Il traversa l'avenue de la République et longea la place Rapp en y regardant, entouré de deux rangées de drapeaux, le général éponyme natif de Colmar, éminent sabreur de Napoléon à qui il sauva plusieurs fois la vie, statufié par l'autre illustre enfant de la ville Auguste Bartholdi. C'était sur cette place que s'était déroulée le 10 février 1945 la prise d'armes, cérémonie franco-américaine en présence du général de Gaulle célébrant la libération de Colmar.

Juste après, il s'arrêta au square Hansi, étudiant une nouvelle fois la stèle en grès rose de Rothbach dédiée à l'Oncle Hansi. Il connaissait quelqu'un qui connaissait bien le sculpteur colmarien Franco Picarella qui a réalisé l'œuvre. Juste en face, de l'autre côté du boulevard du Champ-de-Mars, sur la façade d'un immeuble au numéro 9, il est écrit en caractères dorés dans du marbre clair : « Dans cette maison a vécu et œuvré jusqu'à sa mort Jean-Jacques Waltz, dit Hansi, 1873-1951, caricaturiste, artiste-peintre, écrivain, patriote et résistant. Au temps de la séparation, il fut le symbole de l'Alsace fidèle et de l'espérance française. Hommage de la Ville de Colmar et du Souvenir français ».

Notre tueur amateur d'art savait qu'à la déclaration de guerre en 1939 l'imagier de l'Alsace tricolore et patriote était parti dans la zone libre et qu'une nuit de 1941, à Agen, il avait été tabassé et laissé pour mort par des agents de la Gestapo. Il s'était ensuite réfugié à Lausanne où il survivait en reproduisant des aquarelles faites en Alsace. Au printemps 1945, il attendait pour revenir que sa maison du boulevard du Champ-de-Mars soit remise en état car elle avait été complètement pillée et dévastée sous l'Occupation. Il venait aussi de réaliser une affiche qui deviendra célèbre et figurera en bonne place dans le musée de la Résistance.

C'est un dessin de vingt-sept centimètres de large sur trente-six de haut. Sur fond bleu blanc rouge, en écriture italique, le titre crachait comme un ordre : *Jetz awer nüss !* Et maintenant dehors !

Juste à gauche est reproduite, en petit et barrée de noir, l'affiche de propagande anti-française, que les nazis, dans la politique de germanisation mise en place par le Gauleiter Wagner, avaient placardée sur les murs dans toute l'Alsace réoccupée. Avec l'inscription *Hinaus mit dem welschen Plunder* (Dehors avec ce fatras français) la maudite affiche imprimée à Strasbourg représentait un balai poussant les symboles de la France et de l'Alsace : le coq gaulois fuyant en perdant des plumes, le buste de Marianne, le képi, le clairon, le béret, la Tour Eiffel.

La nouvelle œuvre de Hansi, intitulée *La grande balayeuse*, lui répondait férocement. Célébrant la libération de l'Alsace par les Alliés, elle figure un rouleau de balayeuse monté sur un blindé français portant la devise de la République Liberté, Égalité, Fraternité. Le très francophile artiste colmarien y a aussi dessiné de nombreux autres symboles français : un FFI au garde-à-vous sur le blindé, un militaire allié, deux enfants en costume traditionnel alsacien assis à l'avant du char, le coq gaulois perché sur le fût du canon, les drapeaux britannique et américain, le français avec la croix de Lorraine, et au fond la silhouette de la cathédrale de Strasbourg avec le drapeau tricolore. La grande balayeuse anglo-franco-américaine fait s'envoler sur son passage l'aigle nazi laissant échapper sa croix gammée. Elle écrase une casquette d'officier SS, l'autobiographie d'Hitler *Mein Kampf* et le journal nazi le *Mülhauser Tagblatt*. Devant elle s'enfuient un officier de la Gestapo, une jeune fille des jeunesses hitlériennes, un bourreau avec sa hache et son billot ensanglantés, tandis que des Alsaciens en costume rouge et noir saluent les libérateurs en agitant la bannière tricolore.

Avant d'entrer dans la rue des Marchands, il regarda sa montre. C'était encore un peu trop tôt. L'endroit dont il avait besoin pour disparaître après le crime n'ouvrait qu'à quinze heures selon le site internet du lieu.

Alors il alla dans la rue Berthe-Molly revoir la maison où Voltaire avait habité d'octobre 1753 à novembre 1754, après avoir été renvoyé de la cour du roi de Prusse Frédéric II et déclaré indésirable dans le Paris de Louis XV. Le philosophe des Lumières y louait à Madame Gall, l'épouse du bourgmestre de la ville, le petit appartement du rez-de-chaussée, aux deux fenêtres défendues par des grilles en fer forgé, à la gauche du porche, de la maison nobiliaire rose au numéro 10 de cette voie qui s'appelait alors la rue des Juifs. Il l'a décrite assez injustement, disant aussi des choses pas gentilles sur Colmar, ainsi : « J'habite une vilaine maison dans une vilaine ville. Une ville mi-française, mi-allemande et tout à fait iroquoise ».

Pour écrire ses *Annales de l'Empire*, imprimées sur les presses du libraire colmarien Schoepflin, et qui relatent l'histoire du Saint-Empire romain germanique depuis Charlemagne, Voltaire avait fait appel aux conseillers et plaideurs du Conseil souverain d'Alsace et à leurs riches bibliothèques. « J'ai trouvé à Colmar des avocats qui sont plus instruits de l'histoire de l'Empire qu'on ne l'est à Vienne », écrivait-il. Cependant, il s'était fâché avec les jésuites locaux, lesquels contestaient ses talents d'historien. À Riquewihr, Voltaire possédait des vignes hypothéquées par le duc de Wurtemberg, qui devait de l'argent au philosophe. Il arrivait à celui-ci d'offrir des bouteilles au curé colmarien qui le confessait. Notre assassin trouvait lui que la maison de Voltaire était belle et bien sûr toute la vieille ville, sinon il n'y aurait pas autant de touristes

Dans la rue des Marchands, il passa devant la maison natale de l'illustre Auguste Bartholdi transformée en musée éponyme, sur sa droite. Dans la cour, il y avait quelques visiteurs. Puis sur sa gauche, la célèbre maison Pfister était entourée d'une nuée de touristes. Presque tous gigotaient pour photographier et filmer son rez-de-chaussée avec ses solides arcades en grès jaune de Rouffach, sa tourelle d'escalier à vis, son oriel sur les deux étages, sa haute galerie à balustrade en bois au second, ses magnifiques façades, avec ses fenêtres ciselées, ses peintures représentant les empereurs germaniques, les blasons du Saint-Empire, de Colmar et de la Haute-Alsace, les quatre évangélistes, les figures allégoriques de la religion et de la justice.

De l'autre côté, la rue Schongauer était vide. Il trouva cela injuste. C'est là que Martin Schongauer, l'immense graveur et peintre de la fin du Moyen Âge, créateur de *La Vierge au buisson de roses* et de beaucoup d'autres chefs-d'œuvre, avait son atelier et habitait dans la maison Zum Schwan, Au cygne, avant d'aller peindre son Jugement dernier dans l'église de Vieux-Brisach, où il est mort de la peste.

Il regarda à nouveau sa montre. Ça allait être bientôt l'heure.

Une sensation qu'il connaissait bien lui ralentissait déjà la respiration et lui faisait monter des papillons dans le ventre, presque comme avant une rencontre amoureuse. Les battements de son cœur freinaient puis accéléraient dans l'excitation grandissante. Devant le Koïfhus, il tourna à gauche dans la Grand'Rue. Sous les grands parasols des terrasses des restaurants, il y avait encore plein de monde.

Il arriva devant l'église protestante Saint-Matthieu.

Il trouva qu'elle ressemblait beaucoup à l'église des Dominicains qui abrite *La vierge au buisson de roses*, le chef-d'œuvre de Schongauer. C'est la même architecture des ordres mendiants des XIIIe et XIVe siècles, avec ses hauts murs aux fenêtres élevées, immense vaisseau, avec une longue nef. La porte sur le côté était ouverte aux visiteurs jusqu'à dix-sept heures.

Juste à côté, les portes barreaudées de la place du Deux-Février l'étaient aussi, puisqu'elles ne sont fermées que la nuit. Devant le gros pilier de grès avec l'effigie du maréchal de Lattre de Tassigny il se répéta que c'est une grande injustice qu'il n'y ait pas de plaque à la mémoire du général Schlesser.

Quelqu'un devrait soumettre l'idée au maire de Colmar Éric Straumann ou bien à la députée Brigitte Klinkert, qui est la petite-fille du grand résistant et ancien maire de la ville Joseph Rey, pensa-t-il.

Il resta debout sous les tilleuls le long de l'église. Ils étaient en fleurs et sentaient bon. Il aimait ce parfum suave. Écrasé de soleil, le cloître vert cerclé de demi-arches était désert. Les ornements végétaux semblaient assoiffés. Il se dit que la météo était avec lui, car s'il n'avait pas fait si chaud, il y aurait eu des flâneurs ou au moins des passants. Cependant, ne voyant passer personne, il commençait à s'inquiéter : le hasard allait-il lui amener sa victime ? Alors, à l'ombre des tilleuls en fleurs, il prit sa décision : il tuera le premier être vivant qui passera.

On aurait dit que le ciel l'avait entendu. Comme une allégorie, une jeune fille en robe à fleurs déboucha de la rue du Chasseur derrière l'église. Sur les pavés gris elle venait vers lui en longeant le mur ocre du vaisseau. Quand elle fut à quinze mètres, il sortit en le caressant son PPK Walter de la poche droite de son bermuda, prit dans la main gauche l'arcane du bateleur avec la date du 2 février 1945. Il alla vers elle et l'étreignit comme si elle était de sa famille. La jeune femme en fut étonnée puis aussitôt épouvantée lorsqu'il lui tira la balle dans le cœur. En même temps que la détonation s'évanouit, elle mourut sans un cri. Il lui mit la carte sous la ceinture de la robe et se releva.

Dix mètres après, il entra dans l'église Saint-Matthieu. Il contempla longuement les grandes orgues Silbermann et les peintures de la balustrade et de la tribune.

En ressortant trois quarts d'heure plus tard, il demanda à un badaud curieux pourquoi, plus loin sous les tilleuls, il y avait cet attroupement de policiers et de secouristes.

21
AU SOUVENIR DES RÉSISTANTS

Cela fait maintenant neuf jours que, en arrivant sur le parking du château du Haut-Koenigsbourg, j'ai failli assister à l'assassinat de la neuvième victime du tueur aux arcanes du tarot de Marseille. Si j'étais venu une minute plus tôt, j'aurais vu la scène en entier.

Tout ça me revient de plus en plus souvent. C'est comme un film qu'on rembobine et qui se reprojette automatiquement. Seulement, à la place de la musique, il y a un silence rempli de remords et de honte. J'ai beau me dire que je n'ai pas à ressentir une culpabilité pour ce que je n'ai pas fait, ça revient toujours. Des fois, la séquence arrive au ralenti, d'autres fois elle défile en accéléré, puis laisse dans ma tête des éclats de lumières tordus, pareillement que, dans le temps, sur l'écran blanc du cinéma quand la bobine s'était vidée.

Il y a des moments où tout devient confus et où d'autres images viennent tourner autour de moi dans une anarchique folie. Alors je me sens assailli par une nuée de démons grotesques et furieux, comme saint Antoine l'ermite dans le désert égyptien, gravé au XVe siècle dans le cuivre par Martin Schongauer, pour les antonins d'Issenheim, dans sa *Tentation de saint Antoine.*

Alors je me force à reconstituer, de la manière la plus rationnelle possible, les choses que j'ai vraiment vécues, en essayant de gommer l'émotion.

En ouvrant ma portière, j'ai tout de suite entendu une détonation qui a brisé le silence en se répétant en écho dans la montagne. Puis j'ai vu démarrer et passer devant moi une voiture qui a disparu sur la route. C'était une Peugeot 208. Elle était bleue comme la mienne et ça m'a beaucoup troublé.

Du conducteur, j'ai juste aperçu qu'il portait un bob noir sur la tête. J'aurais été infoutu d'en faire une description plus précise. Tout de suite après, sous un arbre au bout du parking, j'ai trouvé un motard tout habillé de cuir, à la tête casquée. Il était couché sur le dos, les bras en croix. C'était tout net qu'il était mort sur le coup. Sur le thorax, du sang rougissait le blouson.

Il venait manifestement de pisser contre le tronc de l'arbre. J'étais déjà absolument certain que c'était une nouvelle victime du serial killer. Mais je n'ai même pas cherché à voir s'il y avait une carte de tarot, tellement j'ai paniqué.

J'ai regardé si personne ne venait et j'ai couru vers ma voiture. Aussitôt je me suis enfui comme si c'était moi qui venais d'homicider le motard. Après, j'ai été pris par l'angoisse en pensant à la possibilité qu'un témoin ait relevé l'immatriculation de ma Peugeot 208 bleue, au lieu de celle de l'assassin, après avoir entendu le coup de feu. J'aurais certes pu nier énergiquement le crime, puisque je ne l'ai pas commis.

Mais j'aurais bien été obligé d'admettre que j'étais sur les lieux presque au même instant. Et bien sûr, personne ne m'aurait cru, même si on m'avait trouvé sans arme.

Et puis la peur est revenue autrement, plus férocement. À Woerth, il y a exactement trois semaines et un jour, j'ai paniqué aussi et je me suis pareillement enfui comme un voleur, quand j'ai trouvé sous les arbres du bord de la Sauer la jeune blonde couchée sur le dos, sur l'herbe et la mousse.

Elle avait une main posée sur la poitrine. Au-dessus, il y avait un trou rouge. Ça me revient aussi en force : j'ai entendu la voix terriblement anxieuse de la femme allemande que j'avais croisée avec son mari au musée de la Bataille du 6 août 1870. Arrivant vers la rivière, elle criait de plus en fort le prénom de sa fille, Heidi.

Je la revoyais comme je l'avais vue déjà inquiète au musée, petite, âgée, les cheveux blancs ramassés en queue de cheval. J'étais sûr que, si elle m'avait trouvé là sur la berge à côté du cadavre de sa fille, elle m'aurait pris pour l'assassin. Ça lui aurait été évident. Et puis on m'aurait ensuite accusé pas seulement de ce crime, mais encore des sept précédents du tueur aux arcanes du tarot de Marseille. Je n'avais pas pu faire autrement que de m'enfuir.

L'obsessionnelle question sans réponse m'obnubile jusqu'à me rendre fou : pourquoi neuf fois de suite, depuis novembre dernier, suis-je passé dans des endroits où un crime venait d'être commis ? Et pourquoi ces assassinats deviennent-ils de moins en moins espacés dans le temps, et pourquoi moi, qui n'y suis pour rien, j'arrive de plus en plus vite sur les lieux après qu'ils ont été perpétrés ?

Dans mon aliénation, ce resserrement me donne l'impression de tomber dans un cratère sans fond qui se rétrécit de plus en plus, comme dans la carte de l'enfer de Dante, peinte par Botticelli. Il m'arrive de souhaiter que cette chute sans fin finisse une fois pour toutes et que je me retrouve englouti à jamais dans les flammes de l'enfer.

À nouveau, je ne suis pas sorti de chez moi durant les trois jours suivants. Je me disais que si j'allais quelque part, dans n'importe quel endroit de la région, il y aurait de grands risques que quelqu'un y soit assassiné.

Cloîtré dans mon appartement, j'ai souvent regardé par la fenêtre si une Peugeot 208 bleue n'était pas garée autour. Dans mes pensées loufoques à chercher des explications impossibles, j'ai repris les calendriers pour voir combien de crimes du serial killer ont été commis à la pleine lune. Il n'y en avait qu'un, celui au château de Ferrette le 7 mars. Les astrologues en avaient parlé comme l'ultime lunaison chaotique de l'hiver avant le retour à la lumière. Mais c'était aussi le jour où des centaines de milliers de gens manifestaient partout en France contre la réforme des retraites. Il a été dit ensuite que la victime était montée au château parce que la foule lui faisait peur. En me renseignant sur des sites internet, j'ai trouvé plusieurs études de chercheurs qui ont conclu à une absence de lien entre les effets de la pleine lune et la criminalité. Mais je me souviens que des gendarmes, des policiers et des magistrats parlaient de crimes de la pleine lune. Je connais des gens qui disent qu'ils sont plus énervés ces jours-là.

Le dimanche, c'était la fête des mères. Alors je suis monté à pied à Katzenthal, où est né mon père.

Je suis passé par les vignes pour le cas où le tueur aurait eu l'idée de me suivre dans sa Peugeot 208 bleue, puis je me suis rendu directement au Wineck, sur la colline au-dessus du village.

C'est le seul château d'Alsace entièrement entouré de vignes, lesquelles donnent le célèbre grand cru Wineck-Schlossberg. Avec son haut, carré et robuste donjon-beffroi, et son mur-bouclier en forme de fer à cheval, il semble toujours veiller sur le village et sur les collines environnantes. Il a été construit vers l'an 1200 par les comtes d'Éguisheim, puis a appartenu aux comtes de Ferrette. On y jouit d'une magnifique vue sur la plaine d'Alsace, jusqu'à la Forêt-Noire au fond. Quand j'étais petit, je jouais souvent dans ces ruines où il y avait alors plein des ronces. Mon père possédait des vignes tout près. Il y montait souvent s'en occuper avant et après son travail à l'usine.

Quand j'arrive devant le Wineck, je rencontre avec un grand plaisir deux personnages, sortant du lointain passé, qui ont marqué mon enfance.

Pierre Laengy était le directeur d'école de Katzenthal, et aussi aumônier catholique titulaire à la maison d'arrêt de Colmar. Marcel Kuentzmann avait treize ans lors des terribles combats de la poche de Colmar durant l'hiver 1944-1945. Le petit village a été détruit à plus de quatre-vingt-dix pour cent. Marcel et Pierre et leur association Les amis du Wineck restaurent avec passion depuis 1972 ce vieux château où ils organisent des visites les après-midi des dimanches et jours fériés d'été.

Marcel me dit qu'il a bien connu mon père, et aussi ma mère. Pour ma maman, c'était avant la guerre, car après elle n'était plus remontée à Katzenthal. Ce ne pouvait être que quelqu'un du village qui l'avait dénoncée à la Gestapo.

Alors je revois, sur la tombe de mes parents au cimetière d'Ingersheim, l'unique chose dont je suis vraiment fier. C'est une plaque métallique fixée sous le nom de ma maman. Sous un rameau, il est écrit: « Les déportés à leur camarade ».

C'est un joli nom camarade. Il exprime la fraternité. Jean Ferrat le chantait avec la joie, comme il mettait de la tragique émotion dans son puissant *Nuit et brouillard*, que l'Élysée, voulant en 1963 faire oublier les honteuses années de collaboration vichyste avec les nazis, avait jugé « inopportun » et « fortement déconseillé », alors que pourtant Ferrat, né Jean Tenenbaum, fils d'un juif russe passé par Drancy et mort à Auschwitz, avait écrit cet hymne en hommage aux déportés « qui traversent la nuit de leurs ongles battants ».

Ma mère, née Anne Senn, n'était pas déportée à Auschwitz, Dachau, Buchenwald ou ailleurs de l'autre côté du Rhin, ni non plus au Struthof, que les nazis ont ouvert à partir de mai 1941 dans l'Alsace occupée. La Gestapo l'a arrêtée le 3 février 1941.

Elle allait sur ses trente ans et était enceinte de son premier enfant. Originaire d'Ingersheim, elle habitait avec mon père dans la Grand'Rue à Katzenthal. Elle était ouvrière à l'usine de tissage Herzog à Logelbach.

Un autre habitant du village a été pris par la Gestapo le même jour. Il s'appelait Louis-Étienne Haegy. Vigneron comme mon père, il avait sept ans de plus que ma maman et était le père d'un enfant de treize ans. L'occupant avait germanisé son prénom en Stefan.

Il était le fils du dévoué suisse de l'église Saint-Nicolas de Katzenthal, figure indissociable depuis des décennies de la vie paroissiale.

Après la mort de maman, j'ai retrouvé des papiers de son procès, car de son vivant elle n'était pas très loquace sur son malheur. Il y est écrit qu'on avait découvert chez elle un poste récepteur à lampes de marque Unic sur lequel elle écoutait tous les jours Radio Londres et des stations suisses, souvent en compagnie de Louis-Étienne Haegy. Elle communiquait des informations captées à un réseau de passeurs.

Tous deux avaient été emprisonnés à Colmar puis à Strasbourg, où le Landesgericht, le tribunal pénal régional de l'administration nazie, les avait condamnés pour ces écoutes des radios ennemies. Maman était aussi déclarée coupable d'avoir ébruité les informations entendues et d'avoir tenu publiquement des propos haineux contre les troupes d'occupation allemandes, le Troisième Reich et le gouvernement allemand. « Anna Senn racontait que l'Allemagne perdrait la guerre et que l'Alsace retournerait à la France. Ses bavardages anti-allemands ont provoqué un grand malaise dans la population et ont gravement nui aux relations pacifiques avec l'administration allemande… », est-il écrit dans le dossier.

À propos du vigneron Haegy, il est précisé :

« Il s'est d'abord fait politiquement remarquer en septembre 1940, déclarant aux autorités occupantes à propos de personnes expulsées d'Alsace : “Vous pouvez tranquillement me chasser aussi ! ” Il a ensuite eu bien des comportements antisociaux, comme début 1941 lorsque la population masculine de Katzenthal a été appelée pour déblayer la neige et qu'il a ouvert la fenêtre de sa cuisine en criant à l'employé communal : “Ils peuvent me lécher le cul, je ne les aiderai pas ! ” Haegy s'est rendu régulièrement chez sa co-accusée pour écouter les informations radiophoniques. De même que celle-ci, il a cru sans la critiquer la propagande des stations étrangères. »

À la prison Sainte Marguerite à Strasbourg, ma mère a accouché d'une fille mort-née. C'était ça le pire du pire qui l'a hantée toute sa vie, la petite fille née morte en prison. Elle disait toujours : *S'tota Maidala*.

Elle disait aussi que les gardiennes alsaciennes se montraient parfois plus cruelles que les allemandes. Après qu'elle a été libérée après plus d'un an de détention, elle n'est plus jamais revenue à Katzenthal.

C'était comme si elle avait rayé définitivement le village de la carte du monde. Elle a habité avec mon père à Ingersheim, jusqu'à sa mort. Papa montait régulièrement à Katzenthal visiter sa mère et son frère et travailler dans les vignes familiales. J'allais souvent avec lui, presque en cachette.

Ça m'a fait du bien de revoir Marcel et Pierre. En redescendant du Wineck, je me suis arrêté au cimetière sur la tombe de mes grands-parents paternels, puis sur celle de l'abbé Haumesser. Elle est au fond, contre le mur d'enceinte.

Avant, il y avait un conifère devant la pierre brute grise où est écrit : « Abbé Auguste Haumesser 1910-1971 », avec dessous ses décorations et les emblèmes des déportés. Il était devenu curé de Katzenthal après la Libération. Ce bonhomme au visage carré et fort, avec des lèvres fines et un regard franc derrière d'épaisses lunettes, portait presque toujours un calot noir militaire, auquel était accrochée sur la gauche une croix argentée. Il était vieilli par ses années à Dachau. Il toussait beaucoup. Parfois, sa voix sourde était comme brisée.

À Sausheim, où il était curé au début de la guerre, il avait entraîné un gamin du village, plutôt que de lui faire servir la messe, à dérober la nuit des mines antichars à l'occupant allemand. C'est sans doute à cause de cette expérience que le môme s'est mué en un futé braconnier, parce qu'en ces temps de misère il fallait bien aider à nourrir la famille.

Il s'appelait Roger Hassenforder et était le fils d'un artisan peintre de la commune. Plus tard, dans les années cinquante, devenu Hassen le Magnifique, il est entré dans la grande légende du cyclisme et du Tour de France par son panache et ses extravagantes facéties.

La Gestapo avait arrêté l'abbé Haumesser le 16 mars 1942. La police nazie avait trouvé dans son presbytère de Sausheim des textes de chansons où il se moquait du Führer. Il fut aussi accusé d'avoir laissé trop longtemps le drapeau français sur la tombe d'un soldat de Sausheim mort pour la France et d'avoir continué à faire chanter dans l'église des cantiques en français. Il avait d'abord été emmené dans le camp de Schirmeck, puis de là à Dachau, où il était arrivé le 2 septembre 1942.

Auguste Haumesser témoignera de l'indicible de Dachau. La faim, le froid, le travail harassant, les barbelés, les chiens des SS, les coups des kapos, le typhus et les autres maladies, les expériences médicales du docteur Schilling, les cris, la fatigue, la lassitude morale, le désespoir, les morts quotidiens : « J'étais le prisonnier numéro 35 586. Dix jours après mon arrivée, j'ai été transféré dans un des blocs des prêtres, celui qui avait le numéro

26. Quelques jours plus tard, le 17 septembre exactement, l'abbé François Xavier Scherer a été le premier prêtre français à mourir à Dachau. C'était un spiritain, originaire de Guebwiller. Il avait été vicaire à la paroisse Sainte-Jeanne-d'Arc à Strasbourg… Nos baraques jouxtaient le crématoire. On avait en permanence dans le nez l'odeur de la chair brûlée… Les juifs étaient exterminés parce qu'ils étaient juifs, et des prêtres étaient exterminés parce qu'ils étaient catholiques… »

Il dira aussi comment la foi et la confiance dans la providence divine l'avaient aidé à tenir jusqu'à la fin avril 1945, quand les Américains avaient libéré le camp. Il y était encore resté un peu plus de deux semaines.

Le 15 mai, avec une vingtaine d'autres anciens prisonniers français, il avait été ramené en France dans un camion américain : « Lorsque nous avons traversé le Rhin sur un pont provisoire reliant Kehl à Strasbourg, nous avons tous chanté en latin le *Magnificat*. C'est le cantique chanté par la Vierge Marie après l'Annonciation. Puis, en entrant dans Strasbourg, nous avons entonné en chœur *La Marseillaise*. »

Puis le ricochet des souvenirs m'a ramené aux temps où mes parents m'emmenaient au moins une fois l'an aux cérémonies dans l'ancien camp de concentration et d'extermination nazi du Struthof. Son nom allemand était Konzentrationslager Natzweiler et c'est le seul univers concentrationnaire que les nazis avaient construit en Alsace.

Dans l'autocar plein d'anciens déportés avec leurs médailles accrochées au poitrail, le curé Oberlechner apostrophait à chaque fois de la même façon mon père en alsacien : « Dis-moi, c'est toi ou ta bonne femme que les Boches ont coffrée ? » Et mon père répétait alors son histoire personnelle semblable à celle de milliers d'Alsaciens de sa génération : soldat français mobilisé fait prisonnier sur le front lorsque les nazis ont envahi la France, incorporé de force ensuite dans la Wehrmacht, déserteur pour rejoindre les troupes alliées dans les Balkans après s'être découpé au couteau la chair du biceps où les nazis ont marqué au fer rouge, comme à une bête, son matricule qui est quand même revenu comme un cachet indélébile sur la plaie guérie. Je garde un souvenir confus et douloureux de ces visites au Struthof.

Cet univers lugubre en haut des collines douces, depuis l'immense portail de bois et de grillages, son haut mirador avec les mêmes planches noires que les baraquements, la terrible vacuité de la chambre à gaz et celle pire encore de la chambre de dissection toute carrelée de blanc, et pareillement dans l'horreur le four crématoire où l'on brûlait les cadavres placés sur un brancard métallique, puis, en ressortant, la haute potence, la double enceinte de barbelés, tout cela me terrifiait. J'imaginais que ces lieux étaient habités par les âmes de ceux qui y avaient été exterminés.

Un jour, en juillet 1960, à l'âge de treize ans, j'avais été impressionné par le nouveau monument recouvert de pierre blanche, s'élevant sur plus de quarante mètres de haut. Il symbolise dans sa forme courbe la flamme du souvenir de la déportation qui ne doit pas s'éteindre, avec gravée en tout grand au milieu l'image d'un déporté squelettique. Il y est écrit : « Aux héros et martyrs de la déportation, la France reconnaissante ».

Ce jour-là, le général de Gaulle, qui était président de la République, venait inaugurer ce Mémorial national de la déportation. Au milieu de la foule qui se pressait autour de la voiture décapotée de l'illustre général qui s'y tenait debout en serrant des mains, ma mère portée par l'enthousiasme me soulevait sur le côté de l'automobile. De Gaulle me serra la main en même temps que le chauffeur donnait un petit coup d'accélérateur au véhicule, de sorte que je me retrouvais déséquilibré en l'air, retenu par la main du général. La petite frayeur passée, j'entendis le grand homme me déclarer de sa grosse voix en me regardant : « Je vous présente mes excuses, jeune homme ! »

Louis Oberlechner était le curé de la paroisse Sainte-Marie à Colmar. La bonne bourgeoisie de parvenus de la ville le traitait de prêtre communiste. Avec son éternel foulard rouge noué au cou sur sa soutane râpée et son parler cru, il n'y allait pas par quatre chemins.

Avant la guerre, quand il a été nommé en 1930 dans ce quartier ouvrier de Colmar, il n'y avait pas d'église. Alors il a commencé par construire une chapelle, puis un foyer qu'il voulait comme une maison sociale pour rassembler les gens, et ensuite l'église.

Pendant la guerre, c'était un résistant malin que la Gestapo, qui l'avait arrêté deux fois, n'avait pas réussi à coincer. Il disait : « J'ai beaucoup joué au chat et à la souris avec eux. Finalement, je les ai bien eus. Tout ce qu'ils avaient comme preuves contre moi, c'étaient quelques lettres où j'essayais de remonter le moral aux jeunes de ma paroisse qui avaient été incorporés de force dans la Wehrmacht. Je leur ai répondu que c'était bien la moindre des charités chrétiennes de la part de leur curé. Et notre Seigneur a bien voulu que je ne meure point durant mes deux séjours dans les geôles nazies. »

Après la guerre, il continua à soutirer sans vergogne des sacs d'un demi-quintal de pommes de terre, des jambons entiers et d'autres victuailles aux commerçants du quartier en déclarant très haut : « C'est pour mes pauvres. Le bon Dieu vous remboursera au centuple ! »

Il lui arrivait de menacer des flammes de l'enfer les riches qui rechignaient à lui donner des fonds pour ses œuvres sociales.

C'était un chanoine atypique, gros fumeur et gros buveur. Il aimait la pipe, le cigare, le bon whisky, les schnaps et autres eaux-de-vie, et les vins d'Alsace. Fort instruit, il connaissait les philosophes de l'Antiquité et des Lumières, Cervantès, Rabelais, Tchekhov, Schiller et Johann Fischart, le satirique écrivain strasbourgeois qui égratigna au XVIe siècle les catholiques et traduisit Rabelais en allemand. Il possédait toute la collection reliée en cuir des quatre-vingt-quinze ouvrages de *La comédie humaine* d'Honoré de Balzac.

Le curé Oberlechner avait énormément d'humour et faisait de la satire une religion. Il jurait comme un charretier, choquait par son comportement les bigotes et les bourgeois.

Il écrivait des chroniques, pas toujours très catholiques et qui agaçaient souvent l'évêché, dans *Le Nouvel Alsacien et L'Ami du Peuple*, deux publications qui défendaient autant la religion catholique que le particularisme alsacien. Il tenait aussi dans son bulletin paroissial une rubrique en allemand intitulée *Hyeronimus Gück ins Land* (Jérôme la Vigie) où il livrait des jubilatoires et savoureuses satires sociales et politiques. Il y mettait en scène sa gouvernante Cathy et son mari le sacristain, justement surnommé la Vigie car « du haut de son clocher il pouvait voir jusqu'en Amérique et en Russie, ainsi que dans toutes les casseroles mijotant dans les cuisines de la paroisse Sainte-Marie de Colmar ».

Dans ces cérémonies annuelles au Struthof, il y avait aussi d'anciens maquisards. Ma mère parlait avec eux de son frère Charles, fusillé par les Allemands au printemps 1944 à Auch. Ceux qui avaient libéré le Sundgau avec l'héroïque Brigade Alsace-Lorraine commandée par André Malraux, lequel se faisait appeler colonel Berger, racontaient comment l'auteur de *La condition humaine* et de *L'espoir* avait récupéré au château du Haut-Koenigsbourg, et rendu au musée Unterlinden à Colmar, le retable d'Issenheim, que les Américains y avaient trouvé, démonté dans des grandes caisses en bois.

Les nazis avaient stocké dans la forteresse le monumental chef-d'œuvre, en attendant de l'envoyer à Linz en Autriche où Adolf Hitler projetait d'ouvrir son *Führermuseum.*

Ces libérateurs relataient encore de quelle manière très chrétienne, avec Malraux, ils avaient fait le 13 décembre, veille de la fête d'Odile, au mont Sainte-Odile, à l'entrée du couvent créé par la sainte patronne de l'Alsace, une haie d'honneur à monseigneur Charles Ruch, l'évêque de Strasbourg, pour marquer solennellement son retour d'exil dans le Sud-Ouest. Puis que, quatre jours plus tard, ils s'étaient retrouvés dans la nef de la cathédrale, où Pierre Bockel, l'aumônier de la Brigade Alsace-Lorraine, avait prononcé une homélie restée célèbre, en l'honneur des hommes tombés pour libérer l'Alsace et Strasbourg de la barbarie nazie.

Je suis rentré à Ingersheim en passant aussi à travers les vignes. Comme ça j'étais sûr que le tueur en Peugeot 208 bleue ne pourrait pas me suivre.

Le souvenir des deux curés résistants associés aux pèlerinages au Struthof avec mes parents me ramenait à d'autres choses que je savais sur la Résistance alsacienne. Elle était particulière parce que les réseaux, de facto dans un territoire annexé, figuraient parmi les tous premiers groupes de la Résistance. Ils faisaient surtout passer de l'autre côté des Vosges, ou en Suisse, beaucoup de ceux qui fuyaient l'Allemagne nazie.

C'était une grande nébuleuse alsacienne, éclectique et clandestine, d'ouvriers, cheminots, gendarmes, prêtres, intellectuels, étudiants, paysans, vignerons, mineurs, notables, patrons et encore ménagères et commerçants. Ces soldats de l'ombre combattaient les nazis parfois seulement de manière sporadique, parfois en permanence dans leur clandestinité, souvent sous le couvert de leur travail.

Beaucoup résistaient à la nazification, parfois avec humour. Ainsi, au lieu de dire *Heil Hitler*, on disait *Ein Liter,* un litre.

Dans le *Mülhauser Tagblatt,* le journal de l'occupant à Mulhouse, il y eut une cocasse coquille transformant le titre du livre d'Adolf Hitler *Mein Kampf* (Mon combat) en *Mein Krampf,* qui veut dire en allemand académique ma crampe, et en alsacien ma camelote, ma foutaise ou ma connerie. Une légende courait aussi à Mulhouse selon laquelle les habitants avaient été hilares, en juillet 1940, durant le temps où la principale rue commerçante de ville, la rue du Sauvage, dénommée ainsi depuis le début du XIXe siècle car une hôtellerie du Sauvage s'y trouvait alors, aurait été rebaptisée Adolf-Hitler-Strass. Mais personne n'a jamais apporté la preuve de l'existence de telles plaques écrites en gothique.

Le fait certain est que, sous l'occupation, ce fut la plus belle place de Mulhouse, la place de la Réunion, qui avait été renommée Adolf-Hitler-Platz.

À Mulhouse et Thann, il y avait la Septième colonne d'Alsace, fondée en août 1940 par l'industriel du textile thannois Paul Dungler, alias commandant Martial, puis dirigé par l'industriel mulhousien Paul Winter qui sous le pseudonyme de commandant Daniel, devint le chef des Forces françaises de l'intérieur dans le Haut-Rhin.

Il y avait aussi des groupes de résistants communistes et socialistes dans les usines, chez les mineurs de potasse et chez les cheminots, dont beaucoup se livraient aussi à des sabotages contre les diverses branches de l'économie de l'occupant.

Un des plus actifs était celui de Georges Wodli. Originaire de Schweighouse-sur-Moder, ce dernier avait été mobilisé à dix-huit ans dans la Kriegsmarine allemande où il a pris part à la mutinerie spartakiste à Kiel. Cheminot communiste et cégétiste, il a activement soutenu le Front populaire, puis s'est battu pour les antifascistes allemands victimes des nazis, car ceux-ci avaient ouvert dès 1933 les premiers camps de concentration pour y enfermer les opposants politiques, les tziganes, les homosexuels, les « asociaux », les Témoins de Jéhovah, des prêtres catholiques. Car les premières victimes d'Hitler étaient des Allemands.

Georges Wodli organisa dans toute l'Alsace une résistance communiste cégétiste, sabotant l'exploitation ferroviaire. Elle organisait des filières d'évasion de prisonniers, diffusait des tracts... Son bras droit était Georges Mattern. Dans la région mulhousienne, les membres du groupe Wodli s'appelaient Édouard Schwartz, René Kern, Alphonse Kuntz, Marcel Stoessel, Adolphe Murbach, René Birr…

Wodli fut arrêté le 30 octobre 1942 dans les Yvelines par la police de Vichy et livré à la Gestapo. Il mourra sous la torture début avril suivant au siège de la police politique nazie, rue Sellénick à Strasbourg.

Schwartz, Kern, Kuntz et Stoessel furent arrêtés aussi. Le 19 mars 1943, ils furent condamnés à mort par le Volksgerichtshof, la cour du justice du peuple, présidé par Roland Freisler, le juge pénal le plus cynique nommé par Hitler. Il était spécialement venu à Strasbourg pour cela. Tous les quatre furent ensuite décapités le 29 juin à la prison de Stuttgart.

À Strasbourg, les résistants de La Main Noire n'étaient âgés que de quatorze à dix-huit ans. Ils se nommaient ainsi pour « symboliser la main vengeresse s'opposant aux affronts nazis faits à l'Alsace ». C'étaient pour la plupart des enfants de chœur et petits chanteurs de la maîtrise de la cathédrale.

Dès septembre 1940, ils multipliaient les actes de sabotage, peignaient la croix de Lorraine sur les murs, distribuaient des tracts de contre-propagande. Ils détruisaient invariablement les vitrines où figurait une photo ou un buste d'Hitler, ce qui incitait les commerçants à refuser d'en placer.

Le 8 mai 1941 à Strasbourg, leur chef, Marcel Weinum, qui n'avait que dix-sept ans, et un autre jeune partisan nommé Albert Uhlrich, lancèrent deux grenades à l'intérieur de la voiture du Gauleiter Robert Wagner.

Seulement le plus haut représentant d'Hitler en Alsace n'était pas encore dans le véhicule. Weinum fut pris plus tard puis décapité en avril suivant. « Si je dois mourir, je meurs avec un cœur pur », avait-il écrit dans sa dernière lettre à ses parents.

À Colmar, les résistants organisaient surtout des filières d'évasion dès juin 1940 et livraient des informations militaires et économiques aux services secrets de la France libre, via les réseaux Uranus et Kléber. Leurs responsables s'appelaient Joseph Rey, Eugène Hussmann, les frères Edmond et Robert Borocco.

Ces deux derniers étaient des correspondants du Deuxième Bureau à Londres, le BCRA du colonel Passy.

Depuis la cité de Bartholdi, le groupe avait fait passer en France et parfois en Suisse, près de deux cents réfractaires, prisonniers de guerre français évadés et autres personnes fuyant le régime nazi.

L'organisation s'occupait de leur hébergement, du ravitaillement, de l'habillement, puis de l'acheminement vers les passeurs des vallées de Kaysersberg et de Munster.

Le réseau fut semble-t-il infiltré par un agent des nazis. Le 1er avril 1942, Joseph Rey fut arrêté par la Gestapo, en compagnie du docteur Ernest Brenckmann, chirurgien à Colmar, en même temps que des passeurs qui faisaient partir les gens par le train jusqu'à Wihr-au-Val. Là-bas, en fonction des passages des patrouilles allemandes, le chef de gare indiquait aux fugitifs le moment de s'éclipser, puis monter par les sentiers vosgiens jusqu'aux crêtes après le Wettstein.

Eugène Hussmann échappa à la rafle et s'enfuit en zone libre. Mais son épouse et leur fille Marie-Madeleine, qui était âgée de dix-huit ans, furent faites prisonnières.

Joseph Rey fut emprisonné à Schirmeck, puis à Kehl et à Fribourg-en-Brisgau. C'est là que la Première armée française le libéra le 25 avril 1945.

Après ces arrestations d'avril 1942, les autres résistants colmariens du réseau Kléber-Alsace reprirent leurs activités clandestines. Dans la nuit du 14 au 15 décembre suivant, vingt-et-un d'entre eux tombèrent à leur tour dans les griffes de la Gestapo à Colmar, Mulhouse et Strasbourg.

Quatre autres Alsaciens déjà détenus depuis octobre 1941 dans les prisons allemandes furent accusés avec eux : l'abbé Charles Venner, aumônier à l'hôpital militaire de Colmar avant la guerre, Paul Gasser, employé aux mines de potasse d'Alsace, le sapeur-pompier mulhousien Marcel Grebert et l'employé de bureau colmarien Oscar Fega, lequel mourra sous la torture. Secondé par Marcel Grebert et Paul Gasser, l'abbé Venner avait organisé le réseau à Mulhouse.

Une jeune Mulhousienne dactylo à la Gestapo, Yvonne Bader, les renseignait sur les personnes arrêtées. L'équipe était encore aidée par une courageuse jeune fille employée à l'écluse de Munchhouse.

Deux fois par semaine, l'abbé Venner venait à Colmar chercher des messages qu'il transmettait au mécanicien de locomotive mulhousien Pierson, qui les acheminait à Belfort, d'où ils partaient pour Londres.

Neuf de ces résistants furent eux aussi condamnés à mort en novembre 1943 à Strasbourg par le terrible juge nazi Roland Freisler. C'étaient Robert Borocco, Pierre Fischer, Paul Gasser, Marcel Grebert, Clément Helfer, Charles Lamouche, Léon Saettel, Charles Venner et Louis Voegtli.

Ce dernier était boulanger à Wintzenheim. Il avait été nommé maire de sa commune par l'occupant, ce dont il avait bien profité pour délivrer des cartes d'identité à de nombreuses personnes qui purent ainsi traverser la frontière plus facilement.

On ne les exécuta pas, car on préféra les utiliser pour des missions suicides en Allemagne, dans des groupes d'artificiers appelés *Himmelfarthskommando*, chargés de désamorcer les bombes alliées qui n'avaient pas éclaté en tombant au sol.

Le 29 juillet 1944, huit d'entre eux venaient de déterrer une grosse bombe près de Cologne. Les gendarmes allemands qui les surveillaient octroyèrent une pause à l'équipe composée de l'abbé Venner, Grebert, Saettel, Fischer et Robert Borocco.

Mais l'explosion de la bombe qui se produisit ensuite tua l'employé des MDPA Paul Gasser, le professeur de Logelbach Clément Helfer et Louis Voegtli.

Edmond Borocco fut lui arrêté le 29 décembre 1942, deux semaines après ses vingt-et-un camarades.

Il avait épousé la fille de l'imprimeur Albert Jess, grand ami de Hansi pour qui il tirait les lithographies de ses œuvres. Cette proximité leur valut d'incessantes tracasseries dès le début de l'Occupation. L'imprimerie située route de Rouffach à Colmar, dont Edmond Borocco était le directeur, fut fermée par les nazis en 1943.

Avec son épouse Andrée, Borocco y fabriquait des faux documents d'identité pour le réseau et les évadés, que très souvent il convoyait lui-même vers Gérardmer. Parce qu'il y avait une autre enquête contre lui, Edmond Borocco ne fut condamné qu'à neuf mois, pour atteinte à la sûreté de l'État. Relâché, il fut prévenu qu'il allait être arrêté à nouveau. Des camarades le cachèrent à Wittenheim, puis le firent passer en Suisse, dissimilé sous un train de charbon.

Edmond Borocco revint en Alsace dans les rangs de la Première armée française. Il sera député du Haut-Rhin de 1958 à 1973. Joseph Rey, lui, sera élu en 1947 maire de Colmar. Il le restera pendant trente ans.

Puis, dans ces réminiscences, je me suis rappelé aussi ma fierté, quand j'ai été engagé en 1973 en tant que journaliste stagiaire à *L'Alsace* à Mulhouse. Il y régnait encore l'esprit de la Résistance J'étais terriblement impressionné d'y rencontrer mes maîtres et amis Jean-Georges Samacoïtz et Patrice Hovald, qui s'étaient tous deux engagés dans la Première armée française.

Je savais que *L'Alsace* était né dans la résistance clandestine.

Le journal avait été préparé en secret par quatre courageux Mulhousiens : Jean-Frédéric Durm, Raoul Hillmeyer, René Koenig et Louis Zimmermann.

Ils travaillaient au *Mülhauser Tagblatt,* le quotidien de la ville contrôlé par les nazis. En août 1944, les locaux du journal avaient été très endommagés par un bombardement allié. La rotative abîmée était ensevelie sous les décombres.

Elle était perdue pour les Allemands mais pas pour quatre résistants employés du journal. Pendant des semaines, patiemment et secrètement, ils dégagèrent la grosse machine des gravats. Il la réparèrent dans un sous-sol, se procurèrent tout aussi discrètement des linotypes, du papier et tout le nécessaire pour imprimer une publication. Pour ce faire, Durm, Hillmeyer, Koenig et Zimmermann avaient trouvé un financement auprès d'un camarade des FFI, le maître boucher René Waechter, vice-président du Comité départemental de libération du Haut-Rhin.

Le premier numéro de *L'Alsace*, tiré à trente mille exemplaires, parut le vendredi 24 novembre 1944, trois jours après la libération de la ville. Le grand titre était « Mulhouse est redevenu français ». Dessous, il y avait un portrait du général de Gaulle. Le nouveau quotidien devint alors, écrit dans un bandeau, l'Organe officiel des Forces Françaises de l'Intérieur d'Alsace

Puisque le tueur à la 208 bleue, comme je l'appelle maintenant, semblait vouloir me laisser en paix, le mardi je suis allé à pied à Turckheim. On n'était pas encore en plein dans les vacances d'été, mais il y avait déjà beaucoup de touristes.

Des gens attendaient aussi pour entrer dans le Musée Mémorial des combats de la poche de Colmar. Des visiteurs viennent du monde entier dans ce vieux caveau aux épais murs voûtés qui a servi d'abri solide à la population du village pendant la Deuxième Guerre mondiale.

Cet essentiel lieu de mémoire raconte avec beaucoup de précisions incroyables ces terribles batailles du rude hiver 1944-1945 qui ont abouti à la libération de la région colmarienne. Dans ses deux grandes salles d'exposition, des scénographies, des vitrines avec des armes, des casques, des uniformes, des documents, des photographies, des cartes et toutes sortes d'objets militaires témoignent avec un extraordinaire réalisme de ce qu'ont été ces combats aussi bien dans le camp des alliés que dans celui de l'Allemagne.

Je me suis arrêté devant la vitrine consacrée à la 5e DB. Il y a le calot fétiche du général Guy Schlesser, le libérateur de Colmar.

Puis, ce vendredi après-midi, je ne résiste pas à l'envie d'aller à Colmar. J'y vais en bus, en me disant que de la sorte le tueur ne me suivra peut-être pas. Il y a aussi déjà des nuées de touristes. Beaucoup sont attablés aux terrasses des restaurants. Alors je vais directement sur la place du Deux-Février. Elle est vide, ça arrive souvent l'après-midi. Je m'avance vers les tilleuls le long de l'église Saint-Matthieu et hume l'odeur agréable de leurs fleurs.

Une jeune femme en longue robe à fleurs rouges me dépasse. Sa démarche est ailée. Un peu pressée, elle s'éloigne en direction de la Grand'Rue.

Tout à coup, je vois une silhouette sombre qui avance vers elle. Je sais tout de suite que c'est le tueur. Il est en bermuda bleu et chemise grise, avec un bob noir et des lunettes de soleil. Il a surgi comme s'il était sorti du mur de l'église. Le voilà qui étreint la victime, et aussitôt une détonation. La jeune dame tombe au sol. Il se baisse pour mettre quelque chose sur elle, puis repart en vitesse.

Je cours vers la victime, me penche sur elle, comprends qu'elle est morte sur le coup. Ses yeux sont grand ouverts, immobiles. Aussitôt, je me mets à courir après le tueur. Je l'ai vu passer par la porte barreaudée à côté du mur de Saint-Matthieu. Dans la Grand'Rue, je ne le vois ni à droite, vers la place Jeanne-d'Arc, ni à gauche sous les arcades. On dirait qu'il a disparu en se volatilisant.

Quand je m'apprête à revenir vers la victime, il y a déjà des gens autour d'elle.

Alors, je prends peur une fois de plus et m'en vais.

22
AU COMMISSARIAT CENTRAL

Je parle tout seul. Dans mon égarement, je soliloque jusqu'au délire. Je radote, divague. Ça fait trois jours que ça dure et que ça s'aggrave. Je ne fais que me répéter, et me répéter encore, comme s'il fallait à tout prix que j'inscrive encore plus profondément dans mon esprit cette réalité qui y est gravée depuis vendredi après-midi : j'ai vu le tueur assassiner sa dernière victime.

Je revois sempiternellement la séquence. La jeune femme en robe rouge qui me double sous les tilleuls. Maintenant je me demande si je n'ai pas pensé à ce moment que son parfum se mélangeait harmonieusement à celui suave des fleurs des tilleuls. Puis revoici la silhouette noire surgissant comme si elle était sortie du mur de l'église qui avance vers elle et l'enlace. Le coup de feu, sec et bref, qui s'évanouit sous les arbres. Le tueur penché sur elle tombée au sol et qui aussitôt décampe. Et moi qui cours vers la victime, horrifié par ses yeux écarquillés remplis d'interrogations, comprenant tout de suite qu'elle est morte, puis me lançant à la poursuite du tueur que je ne retrouve plus…

Et ensuite la panique qui me prend d'un coup quand, retournant vers la victime, je vois déjà plusieurs personnes autour d'elle. Après je me suis dit que c'est fou comme le malheur attire les gens, tellement qu'il provoque des attroupements. Mais sur le coup je n'ai pas réfléchi. Avec ma peur et le cœur qui tambourinait, j'ai fui et je m'en suis tout de suite senti à nouveau coupable. Je ne suis pas resté dans la Grand'Rue, sans doute inconsciemment, par crainte de tomber sur le tueur. J'ai emprunté la rue Morel presqu'en face et je me suis retrouvé place de la Cathédrale.

C'est ensuite, au pied de la collégiale, que je me suis traité d'imbécile, car en repartant comme ça en vitesse j'ai sans doute dû attirer l'attention de l'un ou l'autre passant. Si j'étais revenu vers la victime j'aurais pu leur dire à ces spectateurs que j'avais assisté au crime et que j'avais couru après le tueur.

Seulement il y avait l'autre possibilité, celle que personne n'ait vu le tueur que moi j'ai bien vu, et qu'on m'ait vu, moi, tout de suite après l'assassinat, penché sur le corps de la victime, puis partir en hâte.

Dans mon désordre mental, je mesure soudain que, ces trois dernières semaines, tout s'est accéléré en me mettant de plus en plus au centre des crimes. C'est comme si durant ces presque sept mois écoulés ce mystérieux tueur jouait avec moi au chat et à la souris en se rapprochant de plus en plus de moi pour mieux me sauter dessus. Et si la prochaine fois, il m'attendait pour me tuer ? La question m'arrive, abrupte, brutale, effrayante.

Aujourd'hui on est lundi matin. Je ne suis pas sorti de chez moi ni samedi ni hier. Je me suis abruti comme j'ai pu. Hier soir, j'ai vidé la bouteille de whisky et maintenant j'ai en prime une méchante gueule de bois.

Avant de me soûler, j'ai tenté tout le dimanche, au milieu de ma confusion, d'être très cartésien dans mes idées. J'ai tout repris, à rebours puis chronologiquement, en essayant de gommer les émotions dans cette récapitulation. Mais le temps met aussi du flou dans les souvenirs en plus de leurs chambardements.

Le jour du premier crime, le 18 novembre à Pfastatt, j'étais déjà parti du Super U de Pfastatt quand l'auteur a été abattu sur le parking. Mais en même temps j'ai eu l'impression, et que j'ai toujours, de l'avoir vu, et précisément sa scène finale. Celle où l'écrivain prend ses livres dans le coffre de sa Jaguar quand il se fait tuer.

Le 10 décembre, j'étais à Haguenau le soir où un des acteurs du Théâtre alsacien Saint-Nicolas, qui venait de jouer la pièce *Barbarossa* sur la vie de l'empereur Barberousse, a été homicidé. Je ne l'avais appris que le surlendemain dans le journal, mais là aussi j'ai eu l'étrange sentiment d'avoir vécu la scène meurtrière relatée dans le quotidien, comme si je possédais le don d'ubiquité.

Dix jours plus tard, je déjeunais avec les amis à L'atelier du peintre, rue Schongauer dans le vieux Colmar quand la touriste belge a été tuée par balle, sur le marché de Noël où je venais de passer.

Le 11 février, j'étais au mont Sainte-Odile et je suis passé devant la source miraculeuse où un vieux pèlerin allemand a été abattu. C'est ensuite que j'ai sérieusement commencé à croire que l'assassin me suivait pour abattre des gens innocents là où je vais. Ça devenait pour moi une affolante histoire de fou.

Puis, après le meurtre suivant, le 7 mars, je me suis posé et reposé la question à laquelle je n'ai toujours pas la réponse : étais-je monté ou pas au château de Ferrette, où avait été assassinée la Ludovicienne qui avait préféré découvrir ces lieux médiévaux plutôt que d'aller à la grande manifestation mulhousienne contre la réforme des retraites ?

J'étais et suis encore seulement sûr d'être passé à Ferrette en allant d'Oltingue à Liebsdorf. Mais avec toutes mes interrogations c'est devenu flou dans ma tête

C'est à partir de là que je me suis questionné de plus en plus sur ma santé mentale.

Le mois précédent, j'avais vu mon psychiatre qui me prescrit tous les trimestres un tranquillisant qui calme mes anxiétés. Je me rappelle que j'avais beaucoup hésité à lui parler de ce que j'appelle mes concomitances de lieux avec les crimes du tueur en série. Au lieu de ça, je lui ai raconté mon beau voyage en Israël et en Jordanie que j'avais fait en janvier, en lui disant qu'il faut absolument aller voir Jérusalem et Pétra. En ressortant de son cabinet, je me mordais les doigts de ne pas m'être confié à lui, surtout que je m'étonnais beaucoup que le tueur n'ait pas sévi pendant que j'étais parti.

Dans ma douloureuse récapitulation, je passai au crime suivant, deux semaines plus tard, le 21 mars, quand l'assassin a homicidé un veuf sexagénaire qui venait de déposer une coupe de primevères rouges sur la tombe de son épouse, à côté de la chapelle Sainte-Marguerite à Epfig.

J'y étais allé ce même jour, parce que le chef d'orchestre des Musiciens d'Europe Jean-Marie Curti allait y donner dans le jardin médiéval un interlude musical également médiéval, dans le cadre des événements d'avril perpétuant la mémoire du compositeur alsacien Auguste Schirlé, le grand-père de l'amie Béatrice Schirlé.

Je revoyais dans ma tête, adossé à la vieille chapelle, l'ossuaire contenant derrière les grillages des centaines de crânes des paysans alsaciens massacrés en mai 1525 par le duc de Lorraine pendant la guerre des rustauds. J'imaginais déjà devant cet endroit un grand concert hommage en mai 2025 qui débuterait par 1525, la chanson-hymne de mon camarade François Brumbt.

Après le crime d'Epfig, je suis resté claustré chez moi durant deux semaines, comme je le suis à nouveau depuis vendredi. J'étais malade à vomir. Dans ma perdition j'étais prêt à tout, même à me déclarer moi-même coupable pour tout ce dont je me savais innocent. Puis Pat m'a appelé en me suggérant de faire pour *Tonic Magazine* un papier sur l'Alsace sous la Révolution française. Alors, un lundi matin, le 24 avril, je suis allé à Strasbourg, qui me manquait. Je sais maintenant que, dans le tram, c'est le tueur que j'ai vu en train d'abattre une vieille dame au coin de la rue de la Mésange et de la rue de la Nuée-Bleue.

Et puis il y a eu les trois derniers crimes rapprochés, le 18 mai à Woerth où j'ai découvert la victime au bord de la Sauer, le 31 mai au Haut-Koenigsbourg où j'ai vu s'enfuir, juste après son forfait, le tueur dans une Peugeot 208 bleue comme la mienne. … Et le dernier, vendredi, place du Deux-Février à Colmar… auquel j'ai assisté.

Cette nuit, avec ma gueule de bois qui me met des coups de marteau à l'intérieur du crâne, j'ai eu comme une révélation : et si c'était moi le tueur ?

Est-ce que je ne serais pas une sorte de paranoïaque à la double personnalité, un peu comme le docteur Jekyll et mister Hyde ? Ça expliquerait pourquoi mon double criminel s'est à chaque fois intéressé aux mêmes événements historiques que moi en Alsace et qu'ainsi, étant avec moi, il tuait ses victimes, laissant sur elles ses arcanes du tarot de Marseille avec les dates correspondantes.

Il faudra que je voie si j'ai encore un jeu de cartes entier, et si je n'ai pas découpé dans les journaux des lettres et des chiffres. Ce n'est pas dans mes habitudes, mais quand on est dérangé du ciboulot tout peut arriver. Dans la littérature et dans le cinéma, il y a beaucoup d'histoires à suspense où, à la fin, le narrateur et le criminel sont les mêmes.

Un jour, mon psychiatre m'a dit que l'esprit humain est complexe et parfois surprenant. Mais il m'avait rassuré : le mien est à peu près normal, en tout cas pas malade au sens psychiatrique, qu'il m'a fait.

Mais peut-être que le tranquillisant qu'il me prescrit depuis des années tous les trois mois me ferait de drôles d'effets, même s'il m'assure qu'il n'est pas très fort et ne m'en rend pas dépendant. Certaines nuits, quand je n'arrive pas à dormir, je me rends compte que j'ai seulement oublié de prendre ce petit cachet blanc.

Cette nuit non plus je n'ai pas fermé l'œil, pas seulement à cause de l'alcool. Les tourments de l'angoisse me torturaient trop. Dans cette géhenne, j'ai comme souvent allumé mon ordinateur et effectué des recherches sur internet.

J'ai retenu que la schizophrénie est un trouble mental sévère qui affecte un peu moins d'un pour cent de la population. Mais avec ma malchance, ça ne m'étonnerait pas que j'en sois atteint, car elle est définie comme une perte de contact avec la réalité et se caractérise par des idées délirantes, des hallucinations, une désorganisation de la pensée et du discours, et un comportement bizarre et inapproprié, alors que la personne qui en souffre ne se considère pas comme malade.

J'ai pensé que j'entre dans ce cas de figure, surtout que j'ai trouvé des études concluant que la schizophrénie est parfois à l'origine d'homicides.

Alors m'est revenu le film *Psychose*, le chef-d'œuvre thrillerien et absolument horrifique d'Alfred Hitchcock, avec la fameuse scène de la douche où Norman Bates, le personnage interprété par Anthony Perkins, tue la cliente de son motel jouée par Janet Leigh.

Ensuite, je suis tombé sur des pages traitant d'une autre grave affection mentale appelée trouble dissociatif de l'identité, simplifié en TDI, et dénommé avant trouble de la personnalité multiple. Je l'ai aussitôt associé à ma peur de souffrir d'une sorte d'ubiquité.

Si j'ai bien compris, il s'agit d'un dérangement où deux ou plusieurs états de personnalités distincts se retrouvent chez un même sujet, prenant tour à tour le contrôle de son comportement, s'accompagnant d'une incapacité de s'en souvenir. Il est dit aussi que chez chaque individu les symptômes varient et que le comportement peut être souvent inadapté à une situation vécue.

J'ai déduit du charabia médical des articles suivants que cette sorte de dédoublement, avec de l'amnésie dissociative, est assez comparable à du somnambulisme, et s'accompagne de pensées intrusives qui sont des obsessions indésirables et angoissantes se manifestant sous forme d'images mentales, de doutes, d'émotions étranges et de plein d'autres choses.

Alors, dans ma neurasthénie, j'ai fait mon diagnostic. Je me suis persuadé que je souffre d'un tel dédoublement de ma personnalité…

… et que, l'amnésie gommant les crimes, le tueur aux arcanes du tarot de Marseille ne peut être que moi.

Comme elle me glace, cette terrible évidence !

Je me sens répugnant et salaud. J'ai honte. L'ignominie et la culpabilité m'assomment.

Pourquoi ai-je tué des gens que je ne connais pas et qui ne m'ont rien fait ? Qu'est-ce qui m'a pris de partir dans cette délirante croisade criminelle ?

Maintenant que je sais, il n'y aura plus d'autres crimes. S'il est un réconfort dans toute cette tragédie, c'est bien l'unique.

L'idée me vient de me suicider. Seulement il faut du courage pour ça, et je ne sais pas ce que l'autre en moi a fait de son pistolet…

Alors je prends la décision ferme et irrévocable.

Tout à l'heure, en début d'après-midi, j'irai me constituer prisonnier au commissariat de Colmar. Je dirai que je suis le tueur aux arcanes du tarot de Marseille que tous les policiers et gendarmes d'Alsace cherchent en vain à arrêter depuis sept mois.

J'expliquerai tout depuis le début. J'avouerai tout. Les dix assassinats, un après l'autre. Je ne sais pas encore si je dirai que je ne suis pas tout à fait certain de les avoir commis ou pas. Mais en me constituant prisonnier, je mettrai fin à cet enfer.

Ça me libérera d'un poids énorme.

Peut-être que le médecin qui viendra m'examiner en garde à vue trouvera que je souffre d'un trouble dissociatif de l'identité ou de quelque chose dans le genre. Ça me conforterait dans mon idée. Mais je ne voudrais surtout pas qu'on me déclare pénalement irresponsable pour mes troubles mentaux. Je veux comprendre ce qui m'est arrivé et qu'on me soigne. Je veux assumer ce que j'ai fait si je l'ai fait. J'ai trop vu dans ma vie antérieure les souffrances du non-savoir des familles de victimes.

À l'angle de rue de la Cavalerie et de la route de Sélestat, le commissariat central est construit dans ses couleurs noires et crèmes en angle effilé avec son entrée-bout arrondie surmontée d'un toit-tente à deux pans. Le drapeau tricolore et celui de l'Europe flottent au vent.

Je dis au policier à l'accueil que je veux parler à quelqu'un de la brigade criminelle. Il a une bonne bouille, le visage rougeaud, des cheveux presque couleur de carotte. Il me demande pourquoi. Je réponds :

– J'ai bien peur d'être un tueur en série…

Derrière son guichet, il me dévisage d'un drôle d'air.

– Ah bon ? Et comment ça ?

– Je crois que je suis le serial killer aux arcanes du tarot de Marseille…

Il n'a pas l'air de me comprendre, ou alors il croit que je me moque de lui.

– C'est une blague ? qu'il me fait.

– Non monsieur, pas du tout. Je suis tout à fait sérieux. Je crois que j'ai tué des innocents. J'ai besoin de me confier à un enquêteur de la brigade criminelle.

Il me regarde autrement, mi-figue, mi-raisin.

– Vous vous appelez comment ?

– Julien Sorel.

Il note, recherche sur un répertoire devant lui, prend le téléphone, compose un numéro…

– Allô capitaine…

– …

– J'ai là un dénommé Julien Sorel… Il veut parler à quelqu'un de la crime… Il dit qu'il croit être un tueur en série…

Le capitaine qui vient me chercher à l'accueil est une capitaine. Elle arrive comme une allégorie d'une nymphe.

Elle est mince et jolie, visage ovale, cheveux châtain clair courts, en jean et débardeur lavande. Pour un peu je me serais attendu à un sourire. Elle me considère avec plein d'interrogations. Elle doit se demander si elle n'a pas en face d'elle un frappadingue échappé d'un asile d'aliénés.

– Si je comprends bien, vous vous constituez prisonnier en avouant que vous êtes un tueur en série ?

– Je n'en pas suis totalement sûr, mais je crois que je suis le serial killer aux arcanes du tarot de Marseille.

Un étrange étonnement se dessine sur son visage.

Elle m'examine encore, puis dit :

– Venez, on va voir ça dans mon bureau…

Un instant, je m'étonne que ni elle, ni personne, ne me mette les menottes. J'imaginais qu'après m'être annoncé en me référant au plus grand tueur en série recherché ces derniers mois en Alsace on s'assurerait de ma personne avec force et qu'un commissaire se déplacerait.

On se fait face. Entre elle et moi, il y a seulement un PC et une corbeille en plastique rouge avec des dossiers empilés.

– Expliquez-moi…

– Voilà. Ça fait plus de sept mois que ça dure. À chaque fois qu'il y a eu un crime quelque part en Alsace, j'étais sur place le même jour. Au début, j'ai cru que c'étaient des hasards. Ensuite, j'ai cru que l'assassin me suivait pour assassiner les victimes…

Elle me coupe :

– Il les tue comment ?

– Avec un pistolet…

– Vous en avez un ?

– Non, je n'aime pas beaucoup les armes.

Elle ne dit rien. Je continue :

– Il laisse toujours un arcane du tarot de Marseille sur la victime, avec une date et un lieu …

– Pourquoi ?

– Les journaux et tous les médias disent à chaque fois que ça correspond à des grandes dates de l'histoire de l'Alsace.

J'ai failli ajouter qu'elle a forcément dû lire ou voir ça dans la presse et dans les dossiers judiciaires.

Elle me scrute comme si elle fouillait mon esprit.

– Et qu'est-ce qui vous faire dire que vous croyez que vous êtes ce tueur en série ?

– Les trois dernières fois, je me suis retrouvé devant les victimes qui venaient d'être abattues …et ensuite j'ai toujours fui. Ça m'a plongé dans une terrible culpabilité. J'ai eu beau reprendre tout cent fois pour comprendre, la chose la plus plausible est que c'est moi l'auteur de tous ces crimes… Bien sûr pas consciemment, mais dans une sorte de dédoublement de personnalité, avec de l'amnésie. Vous voyez, un peu comme si j'avais été somnambule…

– Ou le docteur Jekyll et mister Hyde…

– Les psychiatres appellent cette maladie un trouble dissociatif de l'identité… Mais si c'est bien ça, je ne la veux pas comme une excuse. J'assumerai…

Il y a un silence. J'essaie de lire sur son visage ce qu'elle pourrait penser. J'ai bien vu qu'elle écoute mon discours en m'étudiant sous toutes les coutures. Elle a joint ses mains devant elle, les pouces sous le menton, les index sur le bout de son nez. Je me demande pourquoi elle ne prend pas de notes. Elle doit vraiment penser que je suis complètement givré, sinon elle ne resterait pas si impassible.

Je sens son regard dans mes yeux quand elle dit :

– Ces crimes sont au nombre de combien ?

– Dix.

– Ils ont eu lieu quand et où, chronologiquement ?

Maintenant, elle est prête à noter sur une feuille blanche. J'énumère.

– Ça a débuté en novembre à Pfastatt, quand il y a eu les journées du livre et des écrivains alsaciens au Super U. En décembre, c'était à Haguenau après une pièce de théâtre sur l'empereur Barberousse, puis ici à Colmar au marché de Noël. En février, un pèlerin a été tué devant la source miraculeuse au mont Saint-Odile. En mars, un crime a eu lieu au château de Ferrette et un autre à la chapelle Sainte-Marguerite à Epfig. En avril, la victime a été abattue à Strasbourg. Les suivantes l'ont été en mai à Woerth, puis la dernière vendredi après-midi encore ici à Colmar, place du Deux-Février.

À mesure que je parle, ses yeux s'écarquillent. On dirait qu'elle va rester bouche bée.

Puis elle a un sourire si angélique qu'il me confond complètement, et dit doucement :

– Mais il n'y a pas eu de crime vendredi place du Deux-Février, ni ailleurs à Colmar. Je le saurais forcément. Toute notre brigade criminelle serait dessus, vous pensez bien. Et il n'y a jamais eu non plus d'homicide au marché de Noël de Colmar. Vous avez dû les rêver…

La douceur de ces mots, que j'ai dû rêver ces crimes, est comme si je me réveillais tout à coup de mon long et abominable cauchemar, me faisant retrouver dans cet enchantement ma normalité.

Elle me remplit d'un immense soulagement. Pour un peu, je l'embrasserais puis je pleurerais. Puis revoici une ombre.

– Et les huit autres crimes, je les ai imaginés aussi dans ma tête ?

Elle pianote sur son clavier.

– Rien de rien, fit-elle. Il n'y pas eu le moindre homicide enregistré aux dates et lieux que vous indiquez. Je vous le dis : vous avez bien rêvé tout ça !

Je ne comprends pas tout à fait.

– Et tous les articles que j'ai lus dans les journaux, et les annonces entendues à la radio et vues à la télé ?

– Je vous assure que moi je n'ai rien lu, rien vu ni rien entendu de tous les crimes dont vous me parlez. Ça m'aurait quand même interpellée, vous ne croyez pas ? Non, vous avez forcément dû le rêver aussi !

Je me fous qu'il y ait de la moquerie dans sa façon d'énoncer tout cela, je l'aurais quand même embrassée encore. Par-dessus tout je me retrouve apaisé.

Mais apaisé comme un con bienheureux.

Tout ce que je trouve à répondre, c'est merci et que je suis désolé de l'avoir dérangée. J'ajoute que je vois un psychiatre tous les trois mois et que je lui en parlerai la prochaine fois.

La jolie capitaine rit en disant qu'elle est bien contente d'avoir élucidé des crimes qui n'existent pas et démontré l'innocence d'un citoyen qui était convaincu de les avoir commis.

– Vous ne regarderiez ou ne liriez pas un peu trop de polars ? qu'elle me fait avant de me laisser partir.

Je confirme.

Alors elle me suggère :

– Vous devriez écrire des romans policiers.

FIN

REMERCIEMENTS

Un grand merci, pour leur aide précieuse :

À Michèle Nauroy et Stéphane Samacoïtz pour leurs amicales, fidèles, attentives et efficaces relectures du manuscrit, bien sûr également à Martine Moser.

Et aussi, pour leur confiance, aux Éditions du Bastberg, plus particulièrement à leur directeur, Philippe Krauth, à Patricia Krauth, associée gérante de la Scop Canard Indépendant Alsacien, et Joël Boos.

Merci particulièrement à Annabelle Diot pour la belle couverture de ce livre.

Dans la même collection, aux Éditions du Bastberg

Amitiés post mortem	Jean-Pierre Schackis
Arcanes	Renée Hallez
Attention, voisins méchants	Claude Schmitt
Atout coeur	André Delabarre
Au nombre des vieilles femmes en pleurs	Louis-Donatien Perin
Au nom du père et du...	Jean-Pierre Schackis
Coups de foudre au club Vosgien	Claude Schmitt
Contre-chocs	Michel Kopp
Cursus mortel	Michel Kopp
Craignez le pire	Denis Voignier
Cruelle sera la nuit	Jean-Pierre Chassard
Crimes de guerre en Alsace	Jean-Marie Stoerkel
Crime au pressoir	Jean-Marie Stoerkel
De guerre lasse	Claude Peitz
Double Je Fatal	Jean-Pierre Schackis
Ecran fatal	André Cabaret
Et de treize ...Amen	Jean-Pierre Schackis
Et mourir de plaisir	Claude Schmitt
Faut pas tuer l'prof d'histoire	André Delabarre
FiatLux	Patrick Fintz
G20 ans OTAN mourir	Jean-Pierre Schackis
Gigot bitume mortel	Sandra Noël
Géographie d'un meurtre	Jean-Claude Baudroux
Horoscope fatal	Claude Schmitt
Jusqu'à ce qu'il n'en reste rien	Renée Hallez
L'affaire du collier d'émeraude	Claude Peitz
L'alambic de la mort	Michel Hammel
L'édi...tueur	André Delabarre
L'enfer de l'or noir	Claude Schmitt
L'enfer de Schongauer	Jean-Marie Stoerkel
L'héritage des cousines	Claude Schmitt
L'oiseau noir	Anne Basc
L'ombre de Pitchipoï	Michel Kopp
L'ombre en deuil de soi-même	Louis-Donatien Perin
La blancheur du Lys	Christian Giboudeau
La conspiration de l'ill	André Cabaret
La croix de Baya	Jean-Marie Stoerkel
La dixième plaie	Renée Hallez
La femme sans nom	Patrick Demory
La fille aux amulettes	Christine Daux
La fille qui mourait dans l'aube	Grégoire Gauchet
La justicière dans la nuit	André Cabaret
La ligne droite	Renée Hallez
La onzième preuse	André Cabaret
La maison du silence	Anne Basc
La môme cailloux	Jean-Claude Baudroux
La morte du confessionnal	Jean-Marie Stoerkel
La mort des pigeons	Claude Schmitt
La petite camarde alsacienne	Louis-Donatien Perin
La pièce manquante	Renée Hallez
La poupée des ténèbres	Claude Schmitt
La punition	Claude Schmitt
La tentation du rasoir	Jean-Claude Baudroux
Le bal des ours	Grégoire Gauchet
Le bal des SDF	André Delabarre

Le cauchemar de la cigogne	Claude Schmitt
Le coupable n'est d'autre que...	André Cabaret
Le dernier plongeon	André Cabaret
Le garçon perché	Christine Daux
Le livre maudit	Claude Schmitt
Le mauvais conte	Christine Daux
Le mystère de la chambre forte	J-Marie Stoerkel
Le retour des loups	Claude Schmitt
Le signe de la nixe	Nathalie Bernard
Le trésor du fermier	Claude Schmitt
Le tueur à la coiffe alsacienne	J-MarieStoerkel,Jacques Zimmerman
Le tueur de papier	Claude Schmitt
Le vampire du Ried	Patrick Demory
Le vignoble maudit	Catherine Wolff
Les amants du Lac Vert	Claude Peitz
Les anges du jugement	Claude Peitz
Les caresses du diable	Patrick Demory
Les conjurés d'Amida	Patrick Demory
Les contes de l'assassin	Claude Schmitt
Les crimes de l'Ange	Jean-Claude Baudroux
Les disparus de Saint-Amand	Anne Basc
Les doigts du franciscain	Jean-Marie Mulot
Les larmes du corbeau	Bernard Fischbach
Les larmes du gendarme	Claude Schmitt
Les loups de Tchernobyl	Patrick Demory
Les morts de l'éclusier	Jean-Marie Stoerkel
Les tueurs à la coiffe alsacienne	J-Marie Stoerkel, Jacques Zimmerman
Mat à l'étouffée	Michel Kopp
Meurtres au Printemps de Bourges	Armand Toupet
Monsieur Crime Parfait	Bernard Fischbach
Mortelle partition	Alexandre Gardea
Mortes neiges	Grégoire Gauchet
Mourir pour Wassereau	Christian Giboudeau
Musée du cadavre	Claude Peitz
Nationale 75	Franck Pélissier
Nocturne pour mourir	Jean-François Coatmeur
Nuages de haine	Claude Peitz
On peut apporter son cadavre	André Delabarre
Overdoses	Michel Kopp
Passion mortelle	André Lang
Prise d'otages	André Cabaret
Pesticible	André Cabaret
En pleine peau	Alexandre Gardea
Réminiscences	Franck Seigneur
Retour aux sources	Estelle le Goff
Rougemont	Thierry Desaules
Sale temps pour les peluches	Renée Hallez
Serial collège	André Cabaret
Six personnages en quête d'un tueur	Louis-Donatien Perin
Terminus Finistère	Roland Sadaune
Tueur sentimental	Jean-Claude Baudroux
Tweet à toute heure	Renée Hallez
Un mort et douze étoiles	Gaetano Adinolfi
Un ouvrier disparaît	André Cabaret
U-ne sou-ris ver-te	Renée Hallez
Vengeance d'automne	Jean-Marie Mulot
Vent d'Est	Mina Moutski
Vice(s) de norme(s)	André Cabaret

Imprimé par
Pulsio

2, impasse des Arquebusiers
67500 Haguenau
Dépôt légal : septembre 2023
ISBN : 9782358591980

Mise en page : Éditions du Bastberg